家藏文库

千家诗

谢枋得　王相　编选　　刘洪妹　注析

中州古籍出版社
·郑州·

图书在版编目（CIP）数据

千家诗 / 谢枋得，王相编选；刘洪妹注析. —郑州：中州古籍出版社，2018.10
（家藏文库）
ISBN 978-7-5348-7782-7

Ⅰ.①千… Ⅱ.①谢… ②王… ③刘… Ⅲ.①古典诗歌-诗集-中国 Ⅳ.①I222.72

中国版本图书馆CIP数据核字（2018）第058982号

家藏文库：千家诗

选题策划	卢欣欣　赵发杰
约稿统筹	卢欣欣
责任编辑	翟羽佳
责任校对	钟　舟
封面设计	王　歌
版式设计	曾晶晶

出　版	中州古籍出版社
	地址：河南省郑州市经五路66号
	邮编：450002
	电话：0371-65788693
经　销	新华书店
印　刷	郑州市毛庄印刷厂
版　次	2018年10月第1版
印　次	2018年10月第1次印刷
开　本	640毫米×960毫米　1/16
印　张	24.75印张
字　数	290千字
定　价	48.00元

前　言

"床前明月光，疑是地上霜。举头望明月，低头思故乡。""两个黄鹂鸣翠柳，一行白鹭上青天。"……

端个小板凳坐在星空下，拍着小手摇晃着小身板，吟诵着唐诗宋词，大概每一个中国孩子都有如此诵读背诗的美妙记忆。从牙牙学语开始，稚嫩的童音就抑扬顿挫地吟诵着李白、杜甫的诗句，品味着诗歌的美好。在吟诗诵词的同时，中国诗歌的基因也潜移默化地深埋在记忆里，流淌在成长的血液里。

中国是诗的国度。中国诗歌历史悠久，从《诗经》、楚辞、汉乐府，到唐诗宋词，诗歌的星空耀眼灿烂，成就辉煌。从民间创作到文人赋诗，历朝历代诗人辈出，诗歌作品浩如烟海，佳作亦不可胜数，其中许多已成为家喻户晓的精品。

诗和诗歌创作在中国社会生活中扮演了非常重要的角色，尤其在历代科举考试中，诗词是应试的必考科目，因此，有志仕途的寒门草根也好，富家公子也罢，都要打好诗歌创作的基本功。而唐宋时代，吟诗作诗蔚然成风，不仅赶考要作诗，郊游聚会也必要唱和应酬，吟诗助兴。在那个全民皆诗人的时代，作诗的基础必须从娃娃抓起，所以，学诗、诵诗便成为儿童启蒙教育的必修课。也因此，很早便出现了普及诗艺、开启儿童心智的诗歌启蒙读物。其中最有代表性且最流行的诗歌读物就是《千家诗》。

《千家诗》的历史可追溯至南宋后期。当时，诗人刘克庄选编了一部《分门纂类唐宋时贤千家诗选》（又称《后村千家诗》），选录了以唐宋时代为主的565位诗人共1281首作品。诗选收入的多是律诗和绝句，并按内容分类辑为二十二卷。《后村千家诗》以儿童为传播对象，开创了儿童诗歌启蒙教育的样板。但是，该选本逾千首作品对儿童来说过于庞大，学习、记诵起来较困难，所以，到明清时又有若干改良选本出现，这些选本在篇目数量和作品篇幅上都有所缩减、改进，其中最著名的是谢枋得、王相的《千家诗》版本。

谢枋得，字君直，号叠山，信州弋阳（今江西弋阳）人，南宋诗人。王相，字晋升，临川（今江西抚州）人，明末清初启蒙教育家。二人均有《千家诗》选本面世。一本是谢枋得选、王相注的《增补重订千家诗》，主要选录的是七绝和七律诗歌，选入宋诗较多。另一本是王相选注的《新镌五言千家诗》，选录了五绝和五律诗歌，选入的唐诗数量占优。后来坊间将这两个各有所长的选本合二为一，使诗选更加全面完美。这个合刊本便是现今的《千家诗》通行本，其流传最广，影响也最大。

《千家诗》选本的特点是：

以篇幅短小为选诗宗旨。《千家诗》的选诗范围是近体诗，并以七言绝句、七言律诗、五言绝句、五言律诗的顺序编排。其中七言绝句94首、七言律诗48首、五言绝句39首、五言律诗45首，共选诗226首。《千家诗》弃选长篇诗歌，而选择篇目数量适当、篇幅短小但完整的诗歌作为入门级诗歌选本。这些短诗诗意浓郁，语言流畅形象，通俗易懂，方便易记，朗朗上口，极富音韵美感，许多诗脍炙人口，很适合针对儿童进行启蒙教育，也适合成年诗歌爱好者阅读收藏。

入选诗人以唐宋时代为主。《千家诗》中收录唐代诗人65家，宋代诗人53家，年代不可考2家，另有明代2家，选录的诗人数量超过120位。入选诗人中既有皇亲国戚也有普通文人，既有赫赫有名的大诗人也有默默无闻的草根诗人和无名氏，此外，僧侣、牧童、闺中女子也在诗集中占有一席之地。这真实地再现了唐宋时代诗歌创作广泛流行的社会现象，也客观地反映了唐宋时期的诗歌创作成就。如诗集中，唐代诗篇占优势，而在唐代诗人中，杜甫的篇目最多，超过20首，李白的诗篇也明显多于其他诗人；宋代诗人中，苏轼、王安石的篇目也多于其他宋代诗人。

诗歌篇目编排以季节分类。《千家诗》不是以诗人和创作年代的顺序排列，而是四个文体部分都分别以春夏秋冬四季为序，呈现出完整一年的自然风貌。不同的季节有不同的美丽景色，诗人的观感也因季节不同而有所差异。对孩童来说，这样的编排让他们更直观地认识生活、认识自然，从不同的季节、变化的时令和变幻的色彩中，更形象地感受诗歌赋予的意象和传递的意蕴。

诗歌的内容通俗和多样化。《千家诗》中有春夏秋冬的自然面貌，春天百花盛开，夏天青青绿荫，秋天落叶纷纷，冬天冰雪洁净；有恬淡闲适的日常生活，赏春光、捉柳花、看落叶、玩冰雪、种瓜点豆、养蚕插秧、饮酒茗茶等；选本中也打上了浓厚的农耕生活的印记，立春、清明、白露、元宵、中秋等，民间的二十四节气和节日庆典，几乎都在诗中清晰有序地呈现。诗歌的题材多样，有山水诗、田园诗、送别诗，也有闺怨诗、咏物诗、怀古诗，还有讽喻诗和哲理诗，等等。大自然与现实生活在诗中触手可及，通俗的内容、形象的语言，让孩童不仅会诵读诗歌，还能锻炼他们的思维，加深他们对诗歌的印象，训练、提高他们的记忆力、理解力和想象力。至于一些应制诗,也许是选编者考虑到应试等现实而无法免俗吧。

适当的选注和评论。在每篇选诗的后面都简略地介绍了诗人的身份、生平,并对诗作进行了注释与评论,其中不乏真知灼见。这具有很强的助读参考作用,有助于读者认识诗人,更深入地理解诗作。

《千家诗》浓缩了传统文化,用如此通俗简练的方式汲取了唐宋诗的精华,展现了中国诗歌的精髓。作为历史悠久的儿童启蒙读物,《千家诗》经历了时代的检验,对儿童启蒙教育的作用依然巨大,显示了其旺盛的生命力。在新时代里,人们越加重视对儿童的基础教育、素质教育,对《千家诗》的需求仍然强烈,针对《千家诗》的各种助读本、赏读本、新注本也层出不穷。因此,我们这本《千家诗》赏读便力求具有自己的特色:

再现原貌与订正错讹。由于谢枋得、王相的《千家诗》版本在民间广泛流传,出现了不同刊印本,不同流传版本的选诗数量和选诗篇目也略有差异。我们希望再现《千家诗》的原有面貌,因此选择以民国上海锦章图书局石印本《绘图千家诗注释》为底本。该版本篇目较为齐全,最大限度地呈现了谢枋得、王相的《千家诗》的原貌。

但是,唐宋诗在传抄中不可避免地会出现差异或错讹,如不同版本中某篇诗句中的某个字词不同、诗题不同,以及诗的作者归属问题,都有不同观点和争论。针对这些争议,我们采取的办法是:比较、参考不同学术观点,尽量尊重已经达成一致的观点或理由充足的意见。因此,某些字词、诗题或诗作者与《千家诗》原版本有所不同。如在《千家诗》中,七绝《题榴花》的作者为朱熹、七律《新秋》的作者是杜甫,我们根据学者观点分别改为韩愈、张耒。

一家之言与多方观点。我们对《千家诗》的解读分为注释、赏读和集评三个部分。除了注释外，在赏读部分，我们将重点放在对诗歌的理解与感悟上，或者是有感而发，或者是引申探讨，也可以是由今思昔，尝试着从不同的角度解读作品的意境、意蕴，感受从诗歌中散发出来的另类艺术体验。"一千个读者就有一千个《红楼梦》"，文学的魅力是形象和想象，对诗歌的欣赏不必有标准答案，我们只是慨一家之感叹而已。

在一家之言外，我们在集评部分收集了各家观点。针对唐宋诗的写作，历代以来有许多研究，成果颇丰。我们尽量将各方对具体诗作的分析研究包括不同观点的表达汇集起来，以提供给读者更广阔的阅读视野和多角度的理解思路。稍微遗憾的是，由于历代对唐诗的研究成果多于宋诗，所以，总体而言，唐诗的集评较丰富，而宋诗的集评稍显薄弱。

"思无邪"，诗歌抒发内心情感，读诗陶冶身心、净化灵魂，为了成为一个成功的人、一个对社会有用的人，有必要从古诗中汲取文学营养，奠定扎实的文化修养基础。《千家诗》便具有这样的基础启蒙作用，它带动了《唐诗三百首》等诗词选本的出现和发展，对中国人的文化启蒙和中国文化的推广都具有积极的作用。蘅塘退士（孙洙）在其编注的《唐诗三百首》序中便如此说："世俗儿童就学，即授《千家诗》，取其易于成诵，故流传不废。"从这个意义上来说，《千家诗》永远都是中国儿童文化启蒙的开端，那朗朗上口的"床前明月光"会永远在中国儿童中口耳相传，唐宋诗的魅力也因此经久不衰。

目　录

七言绝句

春日偶成 …………………………… 程　颢　3
春　日 ……………………………… 朱　熹　4
春　宵 ……………………………… 苏　轼　5
城东早春 …………………………… 杨巨源　7
春　夜 ……………………………… 王安石　8
初春小雨 …………………………… 韩　愈　9
元　日 ……………………………… 王安石　11
上元侍宴 …………………………… 苏　轼　12
立春偶成 …………………………… 张　栻　13
打球图 ……………………………… 晁说之　15
宫　词 ……………………………… 林　洪　16
廷　试 ……………………………… 夏　竦　17
咏华清宫 …………………………… 杜　常　18
清平调词（其一）………………… 李　白　20
题邸间壁 …………………………… 郑　会　22

绝　句	杜　甫	23
海　棠	苏　轼	25
清　明	杜　牧	26
清　明	王禹偁	27
社　日	王　驾	29
寒　食	韩　翃	30
江南春	杜　牧	32
上高侍郎	高　蟾	34
绝　句	僧志南	36
游园不值	叶绍翁	37
客中行	李　白	38
题　屏	刘季孙	40
漫　兴（其五）	杜　甫	41
庆全庵桃花	谢枋得	42
玄都观桃花	刘禹锡	44
再游玄都观	刘禹锡	45
滁州西涧	韦应物	46
花　影	苏　轼	48
北　山	王安石	49
湖　上	徐元杰	51
漫　兴（其七）	杜　甫	52
春　晴	王　驾	53
春　暮	曹　豳	55

落　花	朱淑贞	56
春暮游小园	王　淇	57
莺　梭	刘克庄	58
暮春即事	叶　采	60
登　山	李　涉	61
蚕妇吟	谢枋得	62
晚　春	韩　愈	63
伤　春	杨万里	65
送　春	王　令	66
三月晦日送春	贾　岛	67
客中初夏	司马光	69
有　约	赵师秀	70
初夏睡起	杨万里	71
三衢道中	曾　几	72
即　景	朱淑贞	74
初夏游张园	戴复古	75
鄂州南楼书事	黄庭坚	76
山亭夏日	高　骈	77
田　家	范成大	79
村居即事	翁　卷	80
题榴花	韩　愈	81
村　晚	雷　震	83
书湖阴先生壁	王安石	84

乌衣巷	刘禹锡	85
送元二使安西	王维	87
题北榭碑	李白	90
题淮南寺	程颢	92
秋月	程颢	93
七夕	杨朴	94
立秋	刘翰	95
七夕	杜牧	97
中秋月	苏轼	98
江楼感旧	赵嘏	100
题临安邸	林升	101
晓出净慈寺送林子方	杨万里	103
饮湖上初晴后雨	苏轼	104
入直	周必大	105
夏日登车盖亭	蔡确	106
直玉堂作	洪咨夔	107
竹楼	李嘉祐	109
直中书省	白居易	110
观书有感	朱熹	111
泛舟	朱熹	113
冷泉亭	林稹	114
赠刘景文	苏轼	115
枫桥夜泊	张继	116

寒　夜	杜　耒	119
霜　月	李商隐	120
梅	王　淇	122
早　春	白玉蟾	123
雪梅（其一）	卢梅坡	124
雪梅（其二）	卢梅坡	125
答钟弱翁	牧　童	126
秦淮夜泊	杜　牧	127
归　雁	钱　起	129
题　壁	无名氏	131

七言律诗

早朝大明宫	贾　至	135
和贾舍人早朝	杜　甫	137
和贾舍人早朝	王　维	138
和贾舍人早朝	岑　参	141
上元应制	蔡　襄	143
上元应制	王　珪	144
侍　宴	沈佺期	146
戏答元珍	欧阳修	148
插花吟	邵　雍	149
寓　意	晏　殊	151
寒食书事	赵　鼎	153

清　明	黄庭坚	154
清　明	高　翥	156
郊行即事	程　颢	157
秋　千	释惠洪	158
曲江（其一）	杜　甫	160
曲江（其二）	杜　甫	162
黄鹤楼	崔　颢	164
春夕旅怀	崔　涂	167
寄李儋元锡	韦应物	169
江　村	杜　甫	171
夏　日	张　耒	173
辋川积雨	王　维	174
新　竹	陆　游	177
夏夜宿表兄话旧	窦叔向	178
偶　成	程　颢	180
游月陂	程　颢	181
秋兴（其一）	杜　甫	183
秋兴（其三）	杜　甫	186
秋兴（其五）	杜　甫	188
秋兴（其七）	杜　甫	191
月夜舟中	戴复古	193
长安秋望	赵　嘏	194
新　秋	张　耒	196

中　秋	李　朴	198
九日蓝田崔氏庄	杜　甫	199
秋　思	陆　游	203
与朱山人	杜　甫	204
闻　笛	赵　嘏	207
冬　景	刘克庄	208
小　至	杜　甫	210
山园小梅	林　逋	211
左迁至蓝关示侄孙湘	韩　愈	215
干　戈	王　中	217
归　隐	陈　抟	219
山中寡妇	杜荀鹤	220
送天师	朱　权	222
送毛伯温	朱厚熜	224

五言绝句

春　晓	孟浩然	229
访袁拾遗不遇	孟浩然	230
送郭司仓	王昌龄	232
洛阳道	储光羲	233
独坐敬亭山	李　白	234
登鹳鹊楼	王之涣	236
观永乐公主入蕃	孙　逖	239

春 怨	金昌绪	240
左掖梨花	丘 为	242
思君恩	令狐楚	244
题袁氏别业	贺知章	245
夜送赵纵	杨 炯	247
竹里馆	王 维	248
送朱大入秦	孟浩然	249
长干曲	崔 颢	251
咏 史	高 适	252
罢相作	李适之	254
逢侠者	钱 起	256
江行望匡庐	钱 翊	257
答李浣	韦应物	259
秋风引	刘禹锡	260
秋夜寄丘二十二员外	韦应物	262
秋 日	耿 湋	263
秋日湖上	薛 莹	265
宫中题	李 昂	266
寻隐者不遇	贾 岛	267
汾上惊秋	苏 颋	269
蜀道后期	张 说	271
静夜思	李 白	272
秋浦歌	李 白	274

赠乔侍御	陈子昂	276
答武陵太守	王昌龄	277
行军九日思长安故园	岑参	278
婕妤怨	皇甫冉	280
题竹林寺	朱放	281
三闾庙	戴叔伦	283
易水送别	骆宾王	285
别卢秦卿	司空曙	287
答人	太上隐者	289

五言律诗

幸蜀回至剑门	李隆基	293
和晋陵陆丞早春游望	杜审言	294
蓬莱三殿侍宴奉敕咏终南山	杜审言	297
春夜别友人	陈子昂	299
长宁公主东庄侍宴	李峤	300
恩赐丽正殿书院赐宴应制得林字	张说	302
送友人	李白	303
送友人入蜀	李白	305
次北固山下	王湾	307
苏氏别业	祖咏	309
春宿左省	杜甫	310
题玄武禅师屋壁	杜甫	312

终南山	王维	314
寄左省杜拾遗	岑参	316
登总持阁	岑参	318
登兖州城楼	杜甫	319
送杜少府之任蜀州	王勃	322
送崔融	杜审言	324
扈从登封途中作	宋之问	325
题义公禅房	孟浩然	327
醉后赠张九旭	高适	328
玉台观	杜甫	330
观李固请司马弟山水图	杜甫	332
旅夜书怀	杜甫	333
登岳阳楼	杜甫	336
江南旅情	祖咏	339
宿龙兴寺	綦毋潜	340
破山寺后禅院	常建	342
题松汀驿	张祜	344
圣果寺	释处默	346
野望	王绩	348
送别崔著作东征	陈子昂	349
陪诸贵公子丈八沟携妓纳凉晚际遇雨（其一）	杜甫	351
陪诸贵公子丈八沟携妓纳凉晚际遇雨（其二）	杜甫	352
宿云门寺阁	孙逖	354

秋登宣城谢朓北楼	李 白	356
临洞庭	孟浩然	357
过香积寺	王 维	360
送郑侍御谪闽中	高 适	362
秦州杂诗	杜 甫	363
禹 庙	杜 甫	365
望秦川	李 颀	367
同王征君洞庭有怀	张 谓	369
渡扬子江	丁仙芝	370
幽州夜饮	张 说	372

七言绝句

春日偶成

程　颢①

云淡风轻近午天②，傍花随柳过前川③。时人不识余心乐④，将谓偷闲学少年⑤。

[注释]

①程颢（hào）（1032～1085）：字伯淳，洛阳（今河南洛阳）人，世称明道先生。北宋诗人、理学家。宋神宗时曾任监察御史里行。与其弟程颐皆师从周敦颐，同为北宋理学创始人。有《二程遗书》。其诗描绘自然闲居生活，寓含哲理。②午天：中午。③傍：靠近，依傍。川：河畔。④时人：现在的人，即别人。识：理解。余：我。⑤将谓：就认为。偷闲：偷空玩乐。

[赏读]

白云悠游，微风拂面，嗅着扑鼻的花香，沿着茂盛的草木小径漫步而行。风景美丽如画，赏景的人流连忘返，不知不觉天色已近中午。沉醉在大自然的美好春色中，那发自内心的快乐舒畅岂是旁人所能明白的？

这是一首轻松愉悦的春游小品。看似即兴随意的拈来之作，却将自然的美景与内心的快乐结合得浑然一体。万物春为始，春天来了，柳绿花红，气象万千。万物各随其性便是生机无限，生活自由随意方能怡然自得。那些长期困在书斋中埋头笔墨的读书人，一旦置身自然天地，沐浴阳光，环顾满目青绿，嗅闻清新的空气，心情一定格外爽快。

情随景动,大自然的生机盎然必定激发出人们发自内心的快乐之趣,这是人与自然和谐共生的规律,也是"天理"。

[集评]

明道诗云:"旁(时)人不识予(余)心乐,将为(谓)偷闲学少年。"此是后生时,气象眩露,无含蓄。(朱熹《朱子语类》)

此明道先生自咏其闲居自得之趣。(王相《千家诗》)

春 日

朱熹①

胜日寻芳泗水滨②,无边光景一时新③。等闲识得东风面④,万紫千红总是春⑤。

[注释]

①朱熹(1130~1200):字元晦,号晦庵,徽州婺源(今江西婺源)人。南宋诗人、理学家。绍兴年间进士,官终焕章阁待制。他是宋代理学集大成者,发展了程颢、程颐理气关系学说,世称"程朱理学"。其诗平淡自然、意蕴含蓄,富含哲理意味。有《晦庵先生文集》。②胜日:晴朗美好的日子。寻芳:到郊外踏青春游。泗水:水名,在今山东境内。因孔子曾在泗水聚徒讲学,故后世用为孔子与儒家的典故。③光景:风光景色。一时新:焕然一新。④等闲:寻常,到处。识得:领会到,认识到。东风:意指春天。⑤总是:都是。

[赏读]

　　水边踏青，春日寻芳，一望无际的风光景色尽收眼底，天地焕然一新。在不经意间，东风吹过，送来了万紫千红的春天。

　　这首游春赏景诗简洁而传神地点出了春回大地、万物更新的自然景致，于无限春光中含蓄地道出了理趣。起笔叙述水滨踏青赏景，随之描写百花齐放的春天面貌，继而渲染寻芳的感受，抒发大自然春意盎然的景象和缤纷绚丽的色彩带给人们的愉悦之情。

　　东风荡漾，美景处处，"天理"无处不在。春风拂面带来盎然春意，令人神清气爽，春景与欢情就这么自然和谐地融合在一起了。

[集评]

　　喻学问博采极广，而一心会悟之后，共是这一个道理，所谓一以贯之也。（金履祥《濂洛风雅》）

　　晦翁登山临水，处处有诗，盖道学中之最活泼者。（陈衍《宋诗精华录》）

春　宵①

苏　轼②

　　春宵一刻值千金③，花有清香月有阴④。歌管楼台声细细⑤，秋千院落夜沉沉⑥。

[注释]

　　①宵：夜晚。②苏轼（1037～1101）：字子瞻，自号"东坡居士"，

眉山（今四川眉山）人。宋代文学家、唐宋八大家之一。嘉祐年间进士，官至礼部尚书。诗文成就极高，其诗题材广泛，灵动奔放。有《东坡集》。③一刻：古代计时单位，此处喻指时间很短暂。④阴：阴影，此处指月光清冷。⑤歌管：歌声和乐器声。⑥沉沉：深长。

[赏读]

这首诗以抒情起头，"春宵一刻值千金"，感叹时光短暂，紧接着描绘了静逸清冷的春夜美景。花香袭人，月光幽冷，秋千静静地悬在院落中，静美的春夜让人心醉。夜已深，远处隐约传来的清幽歌乐声与沉沉春夜相得益彰。

这是一幅绝美的春宵游乐图，陶醉在这良辰美景之中流连忘返，恨不得光阴永驻，又有几人能拒绝这吉时美景的诱惑呢？

这首诗结构上先抒情，后写景，将视点集中在春宵、花香月冷、歌管秋千上，充分调动视觉、嗅觉和听觉，营造了优美温馨的春夜氛围，深刻形象地揭示了时间的宝贵。

[集评]

造语之工，至于荆公、东坡、山谷，尽古今之变。（释惠洪《冷斋夜话》）

春宵美景，一刻之欢，值千金之价。细细，声之清也。沉沉，夜漏之迟也。甚言春宵之佳。（王相《千家诗》）

城东早春

杨巨源①

诗家清景在新春②,绿柳才黄半未匀③。若待上林花似锦④,出门俱是看花人。

[注释]

①杨巨源(755~832):字景山,蒲州河中(今山西永济)人。唐代诗人。贞元年间进士,累官至国子司业。与白居易、元稹等诗人交好,互有唱和。其诗格律工整,意蕴深厚。有《杨少尹诗集》。②诗家:诗人。清景:清新的景色。③才黄:初发的柳芽色如鹅黄。匀:匀称。④上林:秦代建造的专供皇帝游玩的园林,西汉时扩建,此处代指京城长安。锦:五色丝线织成的绸绫。

[赏读]

在诗人眼中,清丽的新春景色最美,因为早春的柳树刚刚冒出鹅黄色的嫩芽,颜色尚不均匀,只有诗人才能敏锐地洞悉这新春刚刚来临的气息。等到百花齐放、繁花似锦时,满园都是看花人,那就叫赶场凑热闹了。

这是诗人早春在长安城赏景时的有感而发,含蓄地用赏春表达内心情怀,意味深长。探春要趁早,春天的印记是在绿柳刚发芽时,只有独具慧眼的人才能最先发现万物萌动的早春之美,等到看花人满山遍野时,春天已广布大地,反而无特别欣赏之处了。"诗家"与"看花人"的才智、见解与情趣在对比中高下立见。

至于这早春嫩芽是否有所寓意、是何意蕴,不妨见仁见智吧。

[集评]

此诗喻士大夫知人,当于孤寒贫贱中求之,若待其名誉彰闻始知奖拔,特众人之智,不足言知人矣。(谢枋得《注解唐诗绝句》)

此公七言,平远深细,是中唐第一高手。(王夫之《唐诗评选》)

此诗属比喻之体。言宰相求贤助国,识拔贤才当在侧微卑陋之中,如初春柳色才黄而未匀也。若待其人功业显著,则人皆知之,如上林之花,似锦绣之灿,谁不爱玩而羡慕之?以喻为君相者,当识才于未遇,而拔之于卑贱之时也。(王相《千家诗》)

春 夜

王安石①

金炉香烬漏声残②,剪剪轻风阵阵寒③。春色恼人眠不得④,月移花影上栏杆。

[注释]

①王安石(1021~1086):字介甫,号半山,抚州临川(今江西抚州)人。北宋文学家、唐宋八大家之一。官至宰相。积极推动宋诗革新,其诗风格刚健雄劲,讲究炼字。有《临川集》。②金炉:铜香炉。漏声:漏壶滴水的声音。漏,漏壶,古代计时工具,又称"漏刻""刻漏",滴壶下放有刻度的器具,以滴水时水面变化的刻度来计时。③剪剪:形容轻风吹拂且带有寒意。④"春色"句:语出罗隐《春日叶秀才曲江》诗句

"春色恼人遮不得"。恼人，撩拨人。

[赏读]

　　金炉里的香已烧成灰烬，计时的漏壶滴水声也渐渐消失，春风吹来些许寒意，天快要亮了。可是撩人的春色令人夜不能眠，眼看着月亮西移，花影爬上了栏杆。

　　触景生情、借景抒情是诗人创作的常用手段，这首诗借春景抒发了诗人的心境。诗人在宫中值班，耳听着漏壶的滴嗒声、春风吹拂的簌簌声，眼睁睁地看着月影挪移、花影爬升，夜深沉，春夜带来阵阵寒意，春景撩人，惹得人难以入眠。

　　为何春夜难眠？其实，对诗人来说，心中有所思、有所忧，才会在这个夜阑人静的春夜辗转无眠吧。

[集评]

　　宋绝句共称者。（胡应麟《诗薮》）

　　此诗春夜不眠而有所思也。言香已成灰而更漏将尽，当此春夜，轻风蔫蔫，寒气森森，而无端春色，恼乱人心，欲眠不得，惟见月色花影，斜照于栏杆之上也。（王相《千家诗》）

初春小雨

韩　愈[①]

　　天街小雨润如酥[②]，草色遥看近却无[③]。最是一年春好处，绝胜烟柳满皇都[④]。

[注释]

①韩愈（768~824）：字退之，自谓"郡望昌黎"，世称"韩昌黎"，河阳（今河南孟州南）人。唐代文学家、唐宋八大家之首、古文运动倡导者。贞元年间进士，官至礼部侍郎。反对六朝以来的骈俪文风，主张以道为主，文与道合一，其诗奇崛险怪，自成一家。有《昌黎先生集》。②天街：皇城里的街道。酥：滑腻，此处形容春雨滋润。③遥看：远看。④绝胜：远远超过。皇都：京城长安。

[赏读]

读完这首咏春景小雨的诗，仿佛嗅到了初春时返青草木的幽幽清香，也清晰地感受到诗人喜悦的心情。"润如酥"写出了早春小雨的可贵与及时，万物经历了细雨的滋润，蠢蠢欲动，苏醒催发，爆发出茁壮生机。诗人观察细微，着眼于草色，用对比的手法描绘了春意萌发的独特景象。草儿刚刚泛绿，近看青色淡淡，似有若无，远处遥看，方见绿色连成一片，醒目而美好。

诗人喜悦地告诉我们，万物复苏中，初春的美是新鲜的美，体现的是生机初发时蓬勃旺盛的生命力，所以，雨后的早春美景才是一年中最美好的时候，等到烟柳满城时早已新意全无了。

[集评]

景绝妙，写得也绝妙。（朱彝尊《批韩诗》）

"草色遥看近却无"，写照工甚，正如画家设色，在有意无意之间。"最是"二句，言春之好处，正在此时，绝胜于烟柳全盛时也。（黄叔灿《唐诗笺注》）

此诗极赞春初微雨之细也。（王相《千家诗》）

元 日①

王安石

爆竹声中一岁除②,春风送暖入屠苏③。千门万户曈曈日④,总把新桃换旧符⑤。

[注释]

①元日:农历正月初一,即春节。②除:流逝,过去。③屠苏:指用屠苏草浸泡的酒,元日喝了能除疫气。④曈(tóng)曈:太阳升起时明亮的光线。⑤桃:桃符,古代习俗,用桃木做成木匾,上画有神像,春节时挂在门上驱邪,后演变为春联。

[赏读]

自古以来,春节就是除旧迎新、阖家欢聚的节日。洒扫庭除送旧岁,爆竹声声迎新春。在新的一年开始的时候,抛开往日的不如意,祈求未来平安幸福。诗人借典型的新年习俗,颇具生活气息地描画了欢乐迎新年的场面。

在震耳欲聋的爆竹声中,一年过去了。在新的一年的第一个清晨,家家户户热闹团圆、尽情欢乐,喝起屠苏酒庆贺新年,换上新桃符喜迎新春,温暖的春风吹走了寒冷,旭日东升,阳光普照大地。

新年新气象、新面貌,在欢乐中充满期待,在喜庆祥和的气氛中抒发新希望。送旧迎新,诗人信心满满地大步跨向新的未来。

[集评]

公绝句最高,其得意处高出苏(轼)、黄(庭坚)、陈(师道)之上。(严羽《沧浪诗话》)

绝句之妙,唐则杜牧之,本朝则荆公,此二人而已。(曾季狸《艇斋诗话》)

此诗自况其初拜相时,得君行政,除旧布新,而始行己之政令也。(王相《千家诗》)

上元侍宴①

苏 轼

淡月疏星绕建章②,仙风吹下御炉香③。侍臣鹄立通明殿④,一朵红云捧玉皇⑤。

[注释]

①上元:上元节,即元宵节,在农历正月十五。侍宴:臣子参加皇帝举办的宴会。②建章:汉代宫殿,此处代指宋朝宫阙。③御炉:皇宫里的香炉。④鹄(hú)立:臣子像鹄鸟那样伸颈而立,形容恭敬肃立。通明殿:传说中玉帝的宫殿,此处代指皇帝临朝的大殿。⑤玉皇:神话中天上的最高统治者。

[赏读]

皇恩浩荡,能参加皇帝举办的宴会何其有幸,心中能不诚惶诚恐吗?在这首应制诗中,诗人便惟妙惟肖地刻画了威严静穆的宴会气氛。

正月十五元宵佳节，月明星稀，高大巍峨的皇宫被笼罩在夜色中。风吹御香，青烟缭绕，殿中一片肃穆，参加皇帝宴请的大臣们个个毕恭毕敬，端正肃立，静待皇帝驾临。众人翘首期盼中，皇帝驾到，就像红云簇拥的玉皇大帝，以天子之尊俯视众生，威仪万千。

君臣关系如同星月绕宫殿，宴会场景如同仙境。皇帝宴会隆重气派，而臣子屏息敛声、仰视朝拜的姿态形象地再现了宫中庄严肃穆的氛围。

[集评]

苏轼之诗，其境界皆开辟古今之所未有，天地万物，嬉笑怒骂，无不鼓舞于笔端。（叶燮《原诗》）

此言天子之尊居九重，臣民瞻仰，如在天上也。（王相《千家诗》）

立春偶成[①]

张 栻[②]

律回岁晚冰霜少[③]，春到人间草木知。便觉眼前生意满[④]，东风吹水绿参差[⑤]。

[注释]

①立春：二十四节气之一，为春季的开始。②张栻（1133～1180）：字敬夫，号南轩，汉州绵竹（今四川绵竹）人。南宋诗人、道学家。累官至吏部侍郎、右文殿修撰。学术上主张"明理居敬"，与朱熹、吕祖谦齐名，世称"东南三贤"。其诗清雅平淡，意蕴精微。有《南轩集》。③律回：阳气回升。古代以十二音律类比十二个月，春夏六月为阳，称为

"律";秋冬六月为阴,称为"吕"。④生意:生机。⑤参差(cēn cī):长短、高低不齐。

[赏读]

"一元复始,万象更新。"立春是一年的开始,从此逐渐感受到春天的脉搏。冰霜日渐稀少,阳气慢慢回升,春天的脚步悄然而至。草木最先感知到春回大地的气息,放眼望去,眼前已是生机盎然,一派春天的景象。江河也在春风吹拂下解冻,绿波荡漾。

诗人敏锐地抓住了春回大地的自然特征:冰雪消融、草木发芽、绿水碧波。冬去春来,新春悄悄萌芽,仿佛突然间生机勃发,绿色满园。诗人捕捉到在不经意间悄然而至的春天的气象,激情乐观的心态流诸笔端,渴望春天的心情和热爱春天的喜悦之情不言而喻。而"春到人间草木知"与"春江水暖鸭先知"颇有异曲同工之妙,也准确形象地展现了诗人敏锐观察生活的悟性。

[集评]

有以诗集呈南轩先生。先生曰:"诗人之诗也,可惜不禁咀嚼。"或问其故,曰:"非学者之诗。学者诗,读着似质,却有无限滋味,涵泳愈久,愈觉深长。"(盛如梓《庶斋老学丛谈》)

阳春渐暖,草木敷荣,万物回春,皆含生意。东风和煦而轻徐,吹于水面,其波平浪静,日光荡漾,碧绿参差而动也。(王相《千家诗》)

打球图①

晁说之②

阊阖千门万户开③,三郎沉醉打球回④。九龄已老韩休死⑤,无复明朝谏疏来⑥。

[注释]

①打球:古时游戏。球,即鞠(jū),圆形,用皮革制成,中间填实。②晁说之(1059~1129):字以道,自号景迂生,济州巨野(今山东巨野)人。宋代诗人。元丰年间进士,曾任中书舍人。工诗文,通六经。有《景迂生集》。③阊阖(chāng hé):传说中的天门,后指皇宫正门。④三郎:唐玄宗李隆基的小名。⑤九龄:指张九龄,与韩休都是唐玄宗时期的宰相,经常规谏唐玄宗。⑥无复:不再。谏疏:谏书。

[赏读]

皇宫大门洞开,进来的是醉醺醺刚打球归来的皇帝李隆基。这个皇帝不理朝政,荒淫无度,整天沉迷在美色酒宴之中。忠诚的臣子张九龄和韩休,他们经常直言劝谏皇帝。可怜如今一个老了被罢相,一个死了,官中便再也没人敢上书进谏皇帝了。

这是诗人题于一幅《唐明皇打球图》上的题画诗,刻画了一个醉生梦死、怠于朝政的昏庸帝王形象。正是这个昏庸无度的皇帝导致唐朝从此日趋衰落,可以想见诗人无比痛心。

抚今追昔,借古喻今,书写的是唐朝史实,又何尝不是对当朝的讽喻和警示？

[集评]

盖伤其无有直谏之臣，继二贤之后正其君也。（王相《千家诗》）

宫 词①

林 洪②

金殿当头紫阁重③，仙人掌上玉芙蓉④。太平天子朝元日，五色云车驾六龙⑤。

[注释]

①宫词：诗题名，题材多是宫中琐事或宫女悲愁。②林洪（生卒年不详）：字龙发，号可山，莆田（今福建莆田）人。宋代诗人。写景诗作细致形象。有描写宫廷生活的《宫词》百余首。③金殿：帝王宫殿。紫阁：宫中楼阁，此处指唐宫朝元阁。④仙人：汉代起在宫中造神明台祭祀神仙，在两根铜柱上雕铸仙人像，仙人像手托芙蓉玉盘承接天上雨露。⑤六龙：天子的车驾用六匹马拉，此处喻指帝王。

[赏读]

帝王宫殿巍峨高大，亭台楼阁雄伟壮观，宫中高耸的铜柱上，仙人手持芙蓉玉盘，承接着天上玉露。元旦这天皇帝朝拜，乘着五彩缤纷的豪华车辆御驾光临，是多么华贵气派。

这首诗描写了皇宫朝拜的盛大场面，宫殿金碧辉煌，车马威武，仪仗严整，五彩缤纷，气势雄伟壮观，衬托出帝王的无上威严，充满歌功颂德的意味。

[集评]

　　此拟唐人元旦宫词也。唐有朝元阁，天子元旦朝上帝之所，有两柱极高数丈，上有金仙人捧芙蓉盘以承天露。六龙，天子所居。《易》云："时乘六龙以御天也。"五色云车，言天子銮舆，光华灿烂，御至尊于九重之上也。（王相《千家诗》）

廷 试①

夏 竦②

　　殿上衮衣明日月③，砚中旗影动龙蛇。纵横礼乐三千字④，独对丹墀日未斜⑤。

[注释]

　　①廷试：即殿试，指皇帝亲自出题考试，为科举考试的最高一段。廷试自唐始，宋为常制。②夏竦（985～1051）：字子乔，德安（今江西德安）人。宋代诗人。参加过编修国史，曾任枢密副使、参知政事等职。有《文庄集》。③衮（gǔn）衣：古代帝王的礼服，上绣龙形。④纵横：指文思奔放。礼乐：古代的典章制度。⑤丹墀（chí）：古时宫殿前红色的石阶，也称"丹陛"。

[赏读]

　　诗人参加宫中殿试，近距离地看见皇帝龙袍上华丽的服饰熠熠生辉，彩旗的影子倒映在砚台墨水中。下笔答卷时奋笔疾书，引经据典洋洋洒洒,数千字一气呵成。答毕出殿站立在宫前的台阶上,此时日头还未西斜。

这首诗叙述了殿试的情景,皇帝高坐殿上,应试者跪拜仰视,答题时文思如泉涌,早早答毕,于殿外静候,此时太阳高挂,天色还早着呢!看得出诗人考试顺利,因而信心满满,心情愉悦。

[集评]

公(夏竦)举制科,廷对策罢,方出殿门,遇杨徽之。见其年少,遽邀与语曰:"老夫他则不知,唯喜吟咏。愿丐贤良一篇,以卜他日之志,不识可否?"夏竦援笔欣然为书此作。杨公叹服数四,曰:"真将相器也。"(吴处厚《青箱杂记》)

此言天子临轩策士也。(王相《千家诗》)

咏华清宫①

杜 常②

行尽江南数十程③,晓风残月入华清。朝元阁上西风急④,都入长杨作雨声⑤。

[注释]

①华清宫:宫殿名,以温泉汤池著称,在今陕西西安东骊山北麓。秦始皇时便在此"砌石起宇",唐太宗时在此修建汤泉宫,唐玄宗时更名为华清宫。②杜常(生卒年不详):字正甫,卫州(治今河南卫辉)人。宋代诗人。治平年间进士,曾任工部尚书等职。③行尽:走过。程:计量单

位,此处指日行的路程。④朝元阁:华清宫中的宫殿。⑤长杨:宫殿名,旧址在今陕西周至,秦代旧宫,汉时修建,因宫中植有数亩垂杨而得名。

[赏读]

凭吊古迹常常发思古之幽情,但古今兴亡,物是人非,思古往往与抚今密切相关。

诗人数十日行色匆匆,风尘仆仆从江南来到华清宫。清晨,轻风拂面,曾经盛极一时的华清宫如今一片狼藉。面对断垣残壁,幽思连连,心中叹息不已,而那长杨宫更是荒芜一片。凄风苦雨中,诗人暗淡、凄凉的心境与那残破衰败的宫殿遗迹情景相融。

华清宫极盛而衰的变迁也是一个时代盛衰兴亡的活写照,繁华旧梦不再,叹人世沧桑,诗人对华清宫由急切期待到失望冷漠的心情变化也含蓄而清晰地呈现出来。

[集评]

唐自太宗好治离宫,至明皇而侈靡极矣。禄山乱后,王室日微,天子不复游幸。离宫别馆,均一萧条。是以朝元阁上之西风,入为长杨之雨声也。二宫虽俱秦中,相去寥绝,又况彼宫之风,果为此之雨耶?诗人托兴之词,非可求实也。(唐汝询《唐诗解》)

末二句写荒凉之状,不求甚解。(沈德潜《唐诗别裁集》)

直是唐音。(陈衍《宋诗精华录》)

清平调词（其一）①

李 白②

云想衣裳花想容③，春风拂槛露华浓④。若非群玉山头见⑤，会向瑶台月下逢⑥。

[注释]

①清平调词：唐代新曲，李白独创。②李白（701~762）：字太白，号青莲居士，祖籍陇西成纪（今甘肃秦安）。唐代诗人，史称"诗仙"。李白长期漫游各地，其诗题材广泛，风格雄奇豪放，是我国文学史上最伟大的诗人之一。有《李太白集》。③想：联想。④槛：栏杆。露华：露水的光华。⑤群玉山：仙山名，又名玉山，传说是西王母会众仙的地方。⑥会向：当向。瑶台：也叫瑶池，相传是西王母居住的地方，是仙人相聚之地。

[赏读]

天宝初年，唐玄宗与杨贵妃观赏牡丹时，玄宗兴致大发，要"赏名花，对妃子"，命李白赋新乐章助兴。李白应命，一气呵成而作三首。此诗为第一首，诗人以花喻人，以非凡的想象力，专写杨贵妃之美貌。

看见云彩就想起了她的衣裳，看见花儿就想起了她的面容，首句以两个"想"字以虚写实，勾画出了杨贵妃的娇媚容颜和华贵服饰。次句将牡丹和美人交织，以春风中花开艳丽的牡丹，衬托出贵妃的娇艳妩媚和飘逸神采。如不能在群玉仙山中相见，也只会在瑶台月下相逢，如此绝代佳人非人间所见，只有在仙境中才能看到。果然是世间绝无仅有啊！贵妃的非凡高贵因而呼之欲出。

全诗无一字直接写人，但花美人更美，诗人充分发挥无限的想象力，通过拟人化描写花，将贵妃美艳高贵的形象生动地呈现出来，仙境的描绘似幻似真，极富浪漫色彩，令人浮想联翩。

[集评]

唐云：声响调高，神彩焕发，喉间有寒酸气者读不得。（《汇编唐诗十集》）

三首皆咏妃子，而以花旁映之，其命意自有宾主。或谓初首咏人，次首咏花，三首合咏，非知诗者。着二"想"字是咏妃、后语。（黄生《唐诗摘钞》）

三章合花与人言之，风流旖旎，绝世丰神。或谓首章咏妃子，次章咏花，三章合咏，殊近执滞。（沈德潜《唐诗别裁集》）

李用二"想"字，化实为虚，尤见新颖。（王琦注《李太白全集》）

此首咏太真，着二"想"字妙。次句人接不出，却映花说，是"想"之魂。"春风拂槛"想其绰约，"露华浓"想其芳艳。脱胎烘染，化工笔也。（黄叔灿《唐诗笺注》）

三首人皆知合花与人言之，而不知意实重在人，不在花也，故以"花想容"三字领起。"春风拂槛露华浓"，乃花最艳丽、最风韵之时，则其容之美为何如？说花处即是说人，故下二句极赞其人。（李锳《诗法易简录》）

题邸间壁①

郑 会②

酴醾香梦怯春寒③,翠掩重门燕子闲④。敲断玉钗红烛冷⑤,计程应说到常山⑥。

[注释]

①邸(dǐ):府邸,此处指旅舍。②郑会(生卒年不详):字有极,号亦山,贵溪(今江西贵溪)人。南宋诗人。嘉定年间进士,曾任礼部侍郎。诗多描写自然景物,状物传神。有《亦山集》。③酴醾(tú mí):花名,又名荼蘼,属蔷薇科,春末夏初开放。④重门:一层层的门户。⑤玉钗:古时妇女头上的饰物,钗分两股,常用来剪烛花。⑥计程:计算行程。常山:地名,在今浙江西部。

[赏读]

这是题在旅舍墙壁上的旅人思乡之作,表达了身在异乡的游子对家乡亲人的思念。但明明是自己想念亲人,却以留守家乡的妻子的口吻抒写对自己的挂念。

酴醾的清香催人入梦,可从梦中醒来顿觉春寒袭人。夜晚,草木掩映,门扉紧闭,只有燕子孤独地掠过。独守屋中到深夜,烛花剪了又剪,红烛快要燃尽,算算行程,在外的旅人此刻应该到常山了吧。

诗人构思新奇,想象妻子思念自己的情景,描画了春天的夜晚妻子面对烛火独守空屋的寂寞情绪。绿荫浓密,门窗紧锁,玉钗敲断,烛火燃尽，幽暗清冷的环境更衬托了枯坐思亲人、想象亲人归程的焦虑心情。

从对方着笔，想象妻子对自己的想念，实际传达的是夫妻间的相互思念之情。

[集评]

此郑会旅行而至常山，忆家而拟作闺中思己之词也。（王相《千家诗》）

绝 句

杜 甫①

两个黄鹂鸣翠柳②，一行白鹭上青天③。窗含西岭千秋雪④，门泊东吴万里船⑤。

[注释]

①杜甫（712~770）：字子美，祖籍襄阳（今湖北襄阳），生于巩县（今河南巩义西南）。唐代诗人。杜甫是中国古代最伟大的诗人之一，后人尊其为"诗圣"。官至检校工部员外郎。其诗风格沉郁顿挫。有《杜工部集》。②黄鹂：黄莺。③白鹭：水鸟名，以小鱼和水生植物为食。④窗含：窗户对着。西岭：岷山，在成都西。千秋雪：长年不化的雪。⑤东吴：三国时孙权在建业（今江苏南京）建都，国号为吴，后称东吴，此处指今江浙一带。万里船：远航的船只。

[赏读]

安史之乱后，诗人回到成都。乱局甫定，诗人的心情可想而知是开朗愉快的，故而在他的笔下，是一片生机勃勃的自然景象，是意境无穷的绝美画面，是情景交融的诗情画意。

两只黄鹂在翠柳中鸣唱，一行白鹭在蓝天飞翔。窗外遥望岷山顶峰终年不化的积雪，门口停泊着来自东吴之地行程万里的船只。美丽的语言绘成四幅美丽的春天图画，又汇聚成一幅更加壮美的风物图景，画中晴空万里，山水相映，大自然活力无穷。诗中句句景物如画，字字色彩灿烂，远景与近景相衬，动态与静态交织，有声有色，时空交错。在这清新悦耳、赏心悦目的完美诗画中，诗人心驰万里，怡然自得，喜悦之情无法掩饰。

[集评]

韩子苍（驹）云：老杜"两个黄鹂鸣翠柳，一行白鹭上青天"，古人用颜色字，亦须匹配得相当方用，"翠"上方见得"黄"，"青"上方见得"白"。此说有理。（曾季狸《艇斋诗话》）

杜少陵诗云："两个黄鹂鸣翠柳，一行白鹭上青天。"王维诗云："漠漠水田飞白鹭，阴阴夏木啭黄鹂。"极尽写物之工。（范季随《陵阳先生室中语》）

"鹂"止"鹭"飞，何滞与旷之不齐也？今"西岭"多故，而"东吴"可游，其亦可远举乎？盖去蜀乃公素志，而安蜀则严公本职也。蜀安则身安，作者有深望焉。上兴下赋，意本一串。注家以四景释之，浅矣。（浦起龙《读杜心解》）

虽非正格，自是绝唱。（爱新觉罗·弘历《唐宋诗醇》）

海 棠

苏 轼

东风袅袅泛崇光①,香雾空蒙月转廊②。只恐夜深花睡去,故烧高烛照红妆③。

[注释]

①袅(niǎo)袅:春风轻拂。泛:闪现,透出。崇光:月光荡漾。②空蒙:雾气弥漫。廊:回廊。③红妆:喻指海棠。

[赏读]

诗人贬居黄州时,常在一株海棠下小酌赋诗,这首诗便写尽了海棠的娇艳幽独,突出了诗人对海棠的厚爱。

春风轻拂,月光荡漾,月下独自欣赏海棠花。嗅着迷人的花香,不觉间月光轻移入回廊。只怕夜已深,花儿要睡了,所以点起蜡烛照映那海棠花。

夜晚月下的海棠花迷人极了,海棠在春风吹拂下弥漫着浓郁的花香,与月光交融。月色撩人,花香扑鼻。海棠的美令人留恋,点着蜡烛观赏,花儿美得令人不舍离去。诗人点烛赏花看似痴举,却是爱花的形象写照,也抒写了诗人笑对生活的乐观心态。拟人和比喻的用法寄托了诗人名花不落、美景永在的希冀,人与花的情感和赏花的情景优美地结合为一体,创造出令人心动的艺术境界。

[集评]

《海棠诗》为东坡先生最得意之作,故常喜写,人间刻石有五六本。(孙承泽《庚子销夏记》)

山谷曰:此诗谓之句中眼,学者不知此妙,韵终不胜。(胡仔《苕溪渔隐丛话》)

人所不能比喻者,东坡能比喻;人所不能形容者,东坡能形容。比喻之后,再用比喻;形容之后,再加形容。(施补华《岘佣说诗》)

清 明①

杜 牧②

清明时节雨纷纷,路上行人欲断魂③。借问酒家何处有④,牧童遥指杏花村⑤。

[注释]

①清明:二十四节气之一,在每年阳历4月5日前后。②杜牧(803~852):字牧之,京兆万年(今陕西西安)人。唐代诗人。大和年间进士,官至中书舍人,世称"杜紫微",也因其居处被称"杜樊川"。诗文并长,与李商隐并称"小李杜"。其诗骨气豪宕,意境深远。有《樊川文集》。③行人:出门在外的人。欲:将要。断魂:旅途困苦,神情恍惚,好似灵魂要与身体脱离。④借问:请问,向人打听。⑤杏花村:泛指杏花深处的村庄。

[赏读]

　　这首诗清新朴实，像一首歌谣，讲述了一个人在旅途的故事。这故事有情节，有环境背景，有人物性格，结局饶有余韵。

　　清明时节，寒意阵阵，细雨绵绵湿人衣裳，旅途之人归家心切，无奈长久赶路困顿不堪，加之寒气袭人、饥肠辘辘，心中倍感凄凉。他焦急地拦住一个牧童，打听哪儿有栖身的酒家。牧童抬手指向远处的村子，那里开满了杏花。那里有酒家吗？断魂人能解饥愁之苦吗？

　　清明是祭祖、踏青的日子，而旅途之人早已疲惫倦怠，却还要在细雨中匆匆赶路，自然倍感凄凉、失魂落魄。"纷纷"之雨既是写景，也是描绘行人纷乱的心绪，情景交融。而与牧童的对答则颇有情趣，牧童的稚气可爱可想而知，断魂者闻讯后的动向则给人留下了无限的遐思。

[集评]

　　此清明遇雨而作也。游人遇雨，巾履沾湿，行倦而兴败矣。神魂散乱，思入酒家暂息而未能也。故见牧童而问酒家，遥望杏花深处，而指示之也。（王相《千家诗》）

清 明

王禹偁[①]

　　无花无酒过清明，兴味萧然似野僧[②]。昨日邻家乞新火[③]，晓窗分与读书灯[④]。

[注释]

①王禹偁（chēng）(954~1001)：字元之，济州巨野（今山东巨野）人。北宋诗人。太平兴国年间进士，曾任翰林学士等职。其诗风格质朴、平淡自然。有《小畜集》。②萧然：没有兴致。野僧：山野中少与世俗接触的僧人。③乞：讨。新火：清明前一日为禁食的寒食节，寒食节后重新生火叫新火。④晓：清晨。

[赏读]

清明时节，家家置酒祭祖，而诗人却无花无酒地度过了清明。生活困顿清苦，就像山野中与世隔绝、与人甚少往来的清贫僧人。昨天向邻居讨来火种，拂晓便在窗前点上灯埋头苦读。

读书人生活清贫，像野僧似的与世隔绝。因为寒食，家里没有生火，清冷的屋子更加寒气逼人，读来不禁顿生困顿孤寂之感。不过这种情绪似乎随即便消散了，代之以一个有志向的勤勉的读书人的形象，他从邻家讨来火种，点灯埋头读书。在这个书生心里，读书显然比吃饭更重要。

甘于寂寞清苦，一心为理想苦读，为了目标而奋斗，这种励志精神值得赞赏。

[集评]

文忠之诗，雄深过于元之，然元之固其滥觞矣。（吴之振《宋诗钞》）

虽云独开有宋风气，但于其间接引而已。（翁方纲《石洲诗话》）

社 日①

王驾②

鹅湖山下稻粱肥③,豚栅鸡栖对掩扉④。桑柘影斜春社散⑤,家家扶得醉人归。

[注释]

①社日:古代祭拜土地神和五谷神的节日,先祭神后饮酒,春秋季各一次。此处指春社。②王驾(851~?):字大用,别号守素先生,河中(今山西永济)人。唐代诗人。大顺年间进士,官至礼部员外郎。与司空图、郑谷等人为诗友,交谊较深。其诗构思巧妙,风格清新明快。③鹅湖山:山名,在今江西省铅山北。肥:旺盛。④豚(tún)栅:猪圈。鸡栖:鸡窝。扉:门。⑤柘(zhè):桑的一种,也称黄桑,其叶子可以养蚕。

[赏读]

十里不同风,百里不同俗。各地的民俗活动丰富多彩,依地域、时代的不同而呈现出不同的特征与样貌。在鹅湖山下举办的这次春社活动,气氛热烈而欢乐。

鹅湖山下,庄稼都已成熟,家家户户猪满圈、鸡满窝,院门虚掩,人们兴高采烈地出门参加春社庆典,祭拜土地神和五谷之神,庆贺丰收。庆祝活动持续了整整一天,直到日头偏西、桑树的影子被拉得斜斜长长时才散场,人们互相搀扶着醉酒之人意犹未尽地回了家。

诗人没有正面描写春社的活动内容,而是突出了当地的富庶兴旺以及春社后人们的欢乐情绪。庄稼丰收在望,户户家畜兴旺,节日气氛喜庆欢快。一天的狂欢后,人们醉着酒回家,这暗示了他们的心满意足,可以想象他们畅怀豪饮的欣喜之情,丰收的喜悦写在每个人的脸上。诗中充满了浓厚的生活气息和欢闹尽兴的喜庆氛围。

[集评]

极村朴中传出太平风景。(沈德潜《唐诗别裁集》)

画出山村社日风景。(李锳《诗法易简录》)

寒 食①

韩翃②

春城无处不飞花③,寒食东风御柳斜④。日暮汉宫传蜡烛⑤,轻烟散入五侯家⑥。

[注释]

①寒食:节令名,也称禁烟节,在清明前一或二日,这一天禁烟火只吃冷食。传说起于晋文公为纪念介之推被火烧死,因此这天不得烧火炊烟。②韩翃(hóng)(生卒年不详):字君平,南阳(今河南南阳)人。唐代诗人,"大历十才子"之一。天宝年间进士,官至中书舍人。其诗兴致繁富,轻巧别致。有《韩君平集》。③春城:春天的都城,指长安。④御柳:皇帝宫苑中的柳树。⑤汉宫:借指唐宫。传蜡烛:寒食节当夜,朝廷特赐火与权贵人家,以示恩宠。⑥五侯:西汉成帝封舅王谭、王商、王立、王根、王逢时为侯,称五侯。另说东汉桓帝时,同日封宦官单超、

徐璜、具瑗、左悺、唐衡五人为侯。此处借指唐朝得势的权贵。

[赏读]

春天的京城到处柳絮飘飞,宫中的柳树被春风吹拂得弯下了腰。日头落了,寒食节里禁生烟火,只有宫中才能燃起蜡烛,一路传递给皇亲国戚,轻烟弥漫在那些深宅大院。

这首诗描绘了春天的景象。春风吹来,满城飞花,早绿的柳枝迎风摇摆。飞花、东风、御柳、暮色和轻烟一起编织成了如梦似幻的暮春氛围。但细细揣摩,这天是寒食节,寒食有禁烟的习俗,可以想见,夜晚一定是暗黑一片,但只有那些享受朝廷恩宠的权贵家是例外,那里银烛高照,灯火通明。是不是有点暗讽的味道?诗人借汉说唐,含蓄地表达了隐忧之情。

但据说,唐德宗很欣赏这首诗,也许他读出的是颂扬恩泽之意。

[集评]

禁体不事雕琢语,富贵闲雅自见。(桂天祥《批点唐诗正声》)

上联记寒食之景,下联记寒食之事。言时方禁烟,乃宫中传烛以分火,则先及五侯之家,为近君而多宠也。宦官之祸,始此也夫。(唐汝询《唐诗解》)

唐之亡国,由于宦官握兵,实代宗授之以柄。此诗在德宗建中初,只"五侯"二字见意,唐诗之通于《春秋》者也。(吴乔《围炉诗话》)

此诗作于天宝中,其时杨氏擅宠,国忠、铦与秦、虢、韩三姨号为五家,豪贵盛荣,莫之能比,故借汉王氏五侯喻之。即赐火一事,而恩泽先沾于戚畹,非他人可望,其余锡予之滥,又不待言矣。寓意远,托兴微,真得风人之遗。(贺裳《载酒园诗话》)

贺黄公(贺裳)诗话言翊已有声于天宝中,诗盖为杨氏而作。考翊

乃天宝进士,则五侯比杨氏审矣。(黄生《唐诗摘钞》)

唐代宦官之盛,不减于桓、灵,此诗托讽深远。(孙洙《唐诗三百首》)

首句逗出寒食,次句以"御柳斜"三字引线,下"汉宫传蜡烛"便不突。"散入五侯家",谓近幸者先得之,有托讽意。(黄叔灿《唐诗笺注》)

气骨高妙不待言,用"五侯"寓讽更微。(宋顾乐《唐人万首绝句选评》)

首句言处处飞花,见春城之富丽也。次句言东风寒食,纪帝京之佳节也。三句言汉宫循寒食故事,赐烛近臣。四句言侯家拜赐,轻烟散处,与佳气同浮。二十八字中,想见五剧春浓,八荒无事。宫廷之闲暇,贵族之沾恩,皆在诗境之内。以轻丽之笔,写出承平景象,宜其一时传诵也。(俞陛云《诗境浅说》)

唐肃、代以来,宦官擅权,后汉事讽喻尤切。(高步瀛《唐宋诗举要》)

江南春

杜 牧

千里莺啼绿映红,水村山郭酒旗风①。南朝四百八十寺②,多少楼台烟雨中③。

[注释]

①水村：水乡。山郭：依山而建的外城。古时内城称"城"，外城称"郭"。酒旗：酒家悬挂在店门口以招揽顾客的布幌子。②南朝：在建康（今江苏南京）建都的宋、齐、梁、陈四朝。南朝诸君好佛，广置寺院。③楼台：寺庙、佛殿等建筑。

[赏读]

这首诗借描绘江南春天美景感叹人世沧桑。

千里江南的春天，到处莺歌声声，万紫千红。水乡城镇里，酒旗迎风飘展，南朝所建的许多寺庙佛殿都笼罩在茫茫烟雨中。

"人人尽说江南好"，江南民风纯朴，江南的春天色彩丰富，春光无限，美景如画，江南春天里特有的烟雨蒙蒙为这春景增添了朦胧之美。可是，那些当年大兴佛寺建起的众多寺庙佛殿如今人去楼空，盛况早已不再。

往事如烟，诗人咏江南美丽春色，思南朝佛释旧景，叹当朝人事现状，写景怀古，借古叹今，万千感慨蕴含在似问似答之中。

[集评]

周敬曰：小李将军画山水人物，色色争妍，真好一幅江南春景图。（周敬　周珽《唐诗选脉会通评林》）

缀以"烟雨"二字，便见春景，古人工夫细密。（何焯《唐三体诗评》）

若将此诗画作锦屏，恐十二扇铺排不尽。（黄周星《唐诗快》）

江南春景，描写莫尽，能以简括，胜人多许。（宋宗元《网师园唐诗笺》）

二十八字中写出江南春景，真有吴道子于大同殿画嘉陵山水手段，更

恐画不能到此耳。(宋顾乐《唐人万首绝句选评》)

题云《江南春》,江南方广千里。千里之中,莺啼而绿映焉,水村山郭无处无酒旗,四百八十寺楼台多在烟雨中也。此诗之意既广,不得专指一处,故总而名曰《江南春》,诗家善立题者也。(何文焕《历代诗话考索》)

前二句言江南之景,渡江梅柳,芳信早传。袁随园诗所谓"十里烟笼村店晓,一枝风压酒旗偏",绝妙惠崇图画也。后言南朝寺院,多在山水胜处,有四百八十寺之多,况空濛烟雨之时,罨画楼台,益增佳景。小杜曾有"倚遍江南寺寺楼"句,刘梦得有"遍上南朝寺"句,可见琳宫梵宇,随处皆是。杭州湖山之间,唐以前有三百六十寺。宋南渡后,增至四百八十寺。唐宋两朝,吴越间寺院之多,其数适同也。(俞陛云《诗境浅说》)

上高侍郎[①]

高 蟾[②]

天上碧桃和露种[③],日边红杏倚云栽[④]。芙蓉生在秋江上[⑤],不向东风怨未开。

[注释]

①高侍郎:即高骈。②高蟾(生卒年不详):渤海(今河北沧州一带)人。唐代诗人。乾符年间进士,曾任御史中丞等职。其诗气势雄壮,在晚唐诗人中很有特色。③碧桃:传说中的仙桃,此处喻指趋炎附势的

人。露：天上的甘露。④日边：太阳边，喻指离皇帝近。红杏：此处喻指趋炎附势之人。⑤芙蓉：荷花，诗人自喻。

[赏读]

生活态度决定了人生努力的目标，不必一味排斥名利富贵，也不需刻意追求清高孤傲。但如果得名利、显富贵需要趋炎附势、抛却独立人格才能换来，那不要也罢。

天上的碧桃美好夺目是因为有甘露的滋润，红杏光彩亮丽是因为靠近太阳、依傍云朵，而那芙蓉花独自生长在秋江边，无意争奇斗艳，也从不抱怨得不到东风的眷顾。诗人对那些依附于甘露和云朵的碧桃、红杏不屑一顾，却对傲立水边的芙蓉情有独钟，形象地表达了自己的人生态度：不依附威权，不谄媚顺从，独立自主做自己。

诗人幼年家贫但勤勉好学，这首诗是诗人科举落第后所写，在情绪低落时含蓄地表达不满，同时强调了不依从权势的独立气节。

[集评]

盖守寒素之分，无躁进之心，公卿间许之。（孙光宪《北梦琐言》）

谢叠山曰：此诗妙在后二。（敖英《唐诗绝句类选》）

语含比兴。前二句喻得第者沐知遇之恩；后二句喻己下第，皆时命使然，不敢归怨于主者，犹有诗人温柔敦厚之意。若孟郊之"恶诗皆得官，好诗抱空山"，几于怒骂矣，岂复可以为诗乎？（黄生《唐诗摘钞》）

存得此心，化悲愤为和平矣。（沈德潜《唐诗别裁集》）

时命自安，绝无怨尤，唐人下第诗以此为最。（李锳《诗法易简录》）

绝 句

僧志南①

古木阴中系短篷②,杖藜扶我过桥东③。沾衣欲湿杏花雨④,吹面不寒杨柳风。

[注释]

①僧志南(生卒年不详):号明老,会稽(今浙江绍兴)人。南宋诗僧。生平事迹不详。其诗风格清丽淡泊。②系:拴住缆绳。短篷:装有顶篷的小船。③杖藜:拄着藜茎做成的拐杖。藜,藤类植物。④杏花雨:杏花开放时节下的雨。

[赏读]

春天,撑着小船去城外郊游,把船儿系泊在古树的绿荫下,拄着藜杖慢慢悠悠地踱过小桥到了桥东。天上飘起了小雨,毛毛细雨夹带着杏花花瓣快要打湿了衣襟,路边的杨柳枝条摇曳,和风扑面柔和而温暖。

春风、春雨、春水,小船、小桥、古树,杨柳风、杏花雨、绿树荫,春天的意象组合成一幅美丽野趣的图景,拄着藜杖的诗人悠闲地穿行在美丽的春天图画中。晴天神清气爽,阴雨亦游兴不减,春游踏青,驾舟游、拄杖行,沐春雨、赏野景,多么逍遥自在。人在郊野,领略自然无限的春意,享受春天的喜悦,满心畅快,乐趣天成。

[集评]

南诗清丽有余,格力闲暇,无蔬笋气。如云:"沾衣欲湿杏花雨,吹

面不寒杨柳风。"余深爱之。不知世人以为如何也。（朱熹《跋南上人诗》）

游园不值①

叶绍翁②

应怜屐齿印苍苔③，小扣柴扉久不开④。春色满园关不住，一枝红杏出墙来。

[注释]

①不值：不遇，没见到主人。②叶绍翁（生卒年不详）：字嗣宗，号靖逸，处州龙泉（今浙江龙泉）人。宋代江湖派诗人。其学出于永嘉学派的叶适。其诗含蓄轻巧，多写田园风光，长于七言绝句。有《靖逸小集》。③屐（jī）齿：木屐底下的木齿，用于防滑。印：留下印迹，此处指践踏。苍苔：地面上的苔藓。④小扣：轻敲。柴扉：篱笆门。

[赏读]

去拜访朋友，敲门许久朋友却不应门，大概是爱惜地上的苔藓不想被木屐踏坏吧。可是那围墙里的满园春色哪儿关得住啊，看，一枝红杏从墙上探出头来。

拜访朋友吃了闭门羹，一定很扫兴，但是这件小事在诗人的笔下，却有了别样的意趣：访友未成，心中有点不爽，可是抬起头看到一枝越出墙来的红艳艳的杏花，顿时心情大好，想来那看不见的院墙里必定是满园红杏、满园春色。诗人情绪起伏变化的过程令人回味无穷。

陆游有诗云："杨柳不遮春色断，一枝红杏出墙头。"叶诗明显脱胎于陆诗，景虽小却意义深厚，叶诗的诗意更为形象，诗味更浓，从"一枝"红杏想象到墙内"关不住"的"满园"春色，以"一"想"满"，以小见大，拟人化地刻画了生机盎然的春意，也充满形象生动的意趣和理趣：春天的脚步无法阻拦，美好的事物岂是一堵围墙便能挡得住的？

[集评]

这是古今传诵的诗，其实脱胎于陆游《剑南诗稿》卷十八《马上作》："平桥小陌雨初收，淡日穿云翠霭浮。杨柳不遮春色断，一枝红杏出墙头。"不过第三句写得比陆游的新警。《南宋群贤小集》第十册有另一位江湖派诗人张良臣的《雪窗小集》，里面的《偶题》说："谁家池馆静萧萧，斜倚朱门不敢敲。一段好春藏不尽，粉墙斜露杏花梢。"第三句有闲字填衬，也不及叶绍翁的来得具体。这种景色，唐人也曾描写，例如温庭筠《杏花》："杳杳艳歌春日午，出墙何处隔朱门。"吴融《途中见杏花》："一枝红杏出墙头，墙外行人正独愁。"《杏花》："独照影时临水畔，最含情处出墙头。"李建勋《梅花寄所亲》："云鬟自粘飘处粉，玉鞭谁指出墙头。"但或则和其他的情景掺杂排列，或则没有安放在一篇中留下的印象最深的地位，都不及宋人写得这样醒豁。（钱锺书《宋诗选注》）

客中行①

李 白

兰陵美酒郁金香②，玉碗盛来琥珀光③。但使主人能醉客④，不知何处是他乡。

[注释]

①客中：在外旅居。行：乐府诗体之一。②兰陵：地名，在今山东兰陵，一说在今江苏常州。郁金香：一种香草，可入药，古人用以泡酒，酒色金黄。③琥珀：一种蜡黄色树脂化石，此处形容酒色金黄。④但：只要。

[赏读]

兰陵美酒散发着郁金香的香气，盛在玉碗里发出琥珀色的光泽，如果主人热情待客，让我沉醉酒中，我便忘了自己身在异地他乡。

这首诗活化出诗人酒仙的本色。客居在外，情绪低落，常有愁苦之叹，但诗人却以乐观开朗的笔调抒写旅途之趣。美酒之美、郁金香之花香、玉碗之珍贵、琥珀之光泽，酒味、酒香、酒器、酒色俱全，加之主人的殷勤好客，诗人开怀畅饮，一醉方休，醉后不知身在何处，客居的悲愁暂时消散，只有快乐舒畅，让人飘飘欲仙。盛唐时代的豪放氛围与诗人狂放不羁的个性就这么和谐地相融相合。

[集评]

太白真自传其神。（李攀龙《唐诗广选》）

太白豪放，此诗仿佛。（桂天祥《批点唐诗正声》）

酒美如此，得醉即忘其为客矣。流放之余，恬然自适，虽曰狂奴故态，要是逐臣美谈。（唐汝询《唐诗解》）

强作宽解之词。（沈德潜《唐诗别裁集》）

浅语却饶深情。（宋宗元《网师园唐诗笺》）

借酒以遣客怀，本色语却极情致。（黄叔灿《唐诗笺注》）

首二句极言酒之美，第三句以"能醉客"紧承"美酒"，点醒"客中"，末句作旷达语，而作客之苦，愈觉沉痛。（李锳《诗法易简录》）

题 屏①

刘季孙②

呢喃燕子语梁间③,底事来惊梦里闲④。说与旁人浑不解⑤,杖藜携酒看芝山⑥。

[注释]

①屏:屏风。②刘季孙(1033~1092):字景文,祥符(今河南开封)人。宋代诗人。曾任饶州(治今江西鄱阳)酒务,居官清廉,重名节。博通史传,其诗善用事。③呢喃:燕子低语声。④底事:何事,什么事。⑤浑不解:完全不理解。⑥芝山:山名,在今江西鄱阳北。

[赏读]

燕子在梁间呢喃低语,惊扰了我的美梦。告诉别人我想听明白燕子说些什么,他们一定会觉得我很奇怪。那就算了吧,拄着藜杖带着酒壶去芝山看风景去喽。

清高孤傲之人一定有异于常人的情怀思绪,普通人哪能理解他们的内心呢?既然话不投机,不如悠闲自得,去野外山间与大自然为伴,欣赏自然的景致,呼吸清新的空气。诗人超凡脱俗、孤傲淡泊的志趣,由此可见一斑。

据说诗人一生清贫,微薄的官俸都拿来置买了书籍文物,其孤傲清高的文人气息非世俗之人所能领会,因此,携酒杖藜进深山,悠闲地与自然对话,对诗人来说实在是绝妙的人生体悟。

［集评］

刘季孙初以左班殿直监饶州酒，王荆公（王安石）为江东提刑，巡历至饶，按酒务。始至厅事，见屏间有题小诗曰"呢喃燕子语梁间"云云，大称赏之。问专知官谁所作，以季孙言。即召与之语，嘉叹升车而去，不复问务事。既至传舍，适郡学生持状立庭下，请差官摄州学事，公判监酒殿直，一郡大惊，遂知名云。（叶梦得《石林诗话》）

幽闲自得之趣，未可对人言。呼童携酒，杖藜而看芝山之景也。（王相《千家诗》）

漫 兴（其五）

杜 甫

肠断春江欲尽头①，杖藜徐步立芳洲②。颠狂柳絮随风舞③，轻薄桃花逐水流④。

［注释］

①肠断：悲伤到极点。春江：春天的江水。尽头：到头。②徐步：漫步，缓缓行走。芳洲：长满花草的水中陆地。③颠狂：放荡不羁，此处指柳絮上下翻飞。④轻薄：轻浮。逐：追逐。

［赏读］

春天快到尽头了，不由得让人感伤。拄杖缓步而行，伫立长满花草的小洲之上，看着柳絮随风漫天飞舞，桃花随波逐水漂流。

杜甫客居成都草堂期间，终日散漫无聊，随性所至，信笔而书《漫兴》九首，抒发观春景之伤情。本诗是第五首，借暮春之景抒发诗人对势利小人的愤懑之情。暮春时节，春色渐失，心中留恋伤感，拄杖艰难徐行到芳洲，看落花流水、柳絮风舞，叹时光飞逝、春光难留，忧世间小人得道、借势猖狂，心中义愤不安，寸肠欲断。

触景生情，借景抒情，诗人抒发的既是对春天的依依不舍之情，也是内心对暮年生活的担忧，对世道不平的焦虑。

[集评]

春时秾丽，无过桃柳。"桃之夭夭""杨柳依依"，诗人言之也。老杜云："颠狂柳絮随风去（舞），轻薄桃花逐水流。"不知缘谁而波及桃花与杨柳矣。（许顗《彦周诗话》）

此见春光欲尽，有傲睨万物之意。"颠狂""轻薄"是借人比物，亦是托物讽人。盖年老兴阑，不耐春事也。（仇兆鳌《杜诗详注》）

因春暮而寄兴。（浦起龙《读杜心解》）

庆全庵桃花[①]

谢枋得[②]

寻得桃源好避秦[③]，桃红又是一年春。花飞莫遣随流水[④]，怕有渔郎来问津[⑤]。

[注释]

①庆全庵：宋亡后诗人在南方的隐居地。②谢枋得（1226～1289）：字君直，号叠山，信州弋阳（今江西弋阳）人。南宋诗人。宝祐年间进

士,官至江西招谕使。编定了《千家诗》七言部分。其诗寓意深长。有《叠山集》。③桃源:即桃花源,指远离人世的地方,是晋代诗人陶渊明在《桃花源记》中虚构的一个与世隔绝的理想世界。避秦:躲避秦朝的苛政,此处指诗人避元朝征召。④莫遣:莫让,莫使。⑤渔郎:进入桃花源的打渔人。问津:此处指问路。

[赏读]

陶渊明在《桃花源记》中说,有渔夫沿溪水而行,偶然间从一片桃林深处进入一个山洞,发现里面居住着秦朝避乱者的后人,他们自给自足,生活安乐。可是渔夫离开后再回来寻访,便再也找不到那块幸福之地了。

诗人将自己隐居的庆全庵比作理想王国——桃花源,自称找到了像桃花源那样的好地方,见桃花开放才发觉又一年的春天来到了,希望庆全庵也像桃花源那样与世隔绝,不要让桃花随水流淌,让外人找到进来的道路。

身居乱世,元军大举进犯,国破家亡。抗元失败后,诗人苦闷焦虑,遂隐居山林躲避世事纷扰。诗人抒写的是庆全庵桃花,但未写桃花的美景,而是借景抒情,由桃花联想到桃花源,借典故而立新意,祈求庆全庵像那桃花源一样与乱世隔绝。

不幸的是,诗人还是没能避开灾难,他被元朝征召,强押至大都(今北京),最后绝食不屈而亡。

[集评]

先生见桃花,而忆桃源之人避秦而隐。但见桃花开,始知一岁之春,无时日纪也。使我居之,当花飞时,不使之随流入溪,恐有渔郎见之,来问津涯也。(王相《千家诗》)

玄都观桃花①

刘禹锡②

紫陌红尘拂面来③,无人不道看花回④。玄都观里桃千树,尽是刘郎去后栽⑤。

[注释]

①玄都观:道教庙宇,在今陕西西安。②刘禹锡(772~842):字梦得,彭城(今江苏徐州)人,一说洛阳(今河南洛阳)人。唐代诗人。贞元年间进士,官终检校礼部尚书。其诗富政治色彩,风格通俗清新。有《刘梦得文集》。③紫陌:京城的道路。红尘:闹市车马驶过扬起的尘土。④道:说。⑤刘郎:诗人自称。

[赏读]

京城的道路上,车马川流不息,尘土飞扬,原来大家刚刚赏花归来。在玄都观里竞相开放的上千棵桃树,都是我离开长安后栽种下的啊。

这首诗看似平淡,却道尽了世态炎凉。十年前,诗人参与"永贞革新"被贬朗州,十年后的今天方回京城。十年间,京城生活依旧,贵族公子摩肩接踵赏花观景,而自己这十年的磨难又有谁知晓呢?十年里,玄都观的桃树年年种岁岁开,那些达官贵人纷纷奔走权门,趋炎附势,窃居高位。诗人以花喻人,别有寓意,桃花的盛景与自己的悲苦形成了强烈的对比。

这首诗的讥讽笔调触怒了朝中权贵,诗人再一次被贬出京城。

[集评]

陌间尘起,看花者众。桃为道士所栽,新贵皆丞相所拔,是以执政深疾其诗。(唐汝询《唐诗解》)

敖英曰:风刺时事,全用此体。唐汝询曰:首句便见气焰。次见附势者众。三以桃喻新贵。末太露,安免再谪?(周敬 周珽《唐诗选脉会通评林》)

此诗借桃花以讽朝政。栽桃花者道士,栽新贵者执政也。自刘郎去后,而新贵满朝,语涉讥刺,执政者见而恶之,因出为连州刺史。(王文濡《唐诗评注读本》)

言满朝之人,皆吾去后而升迁者。(王相《千家诗》)

再游玄都观

刘禹锡

百亩庭中半是苔①,桃花净尽菜花开②。种桃道士归何处③,前度刘郎今又来。

[注释]

①庭:庭院。苔:青苔。②菜花:野菜花。③种桃道士:此处喻指当年迫害诗人的人。

[赏读]

第一次玄都观赏花后,诗人再次被贬,十四年后再度重回京城,重游玄都观。他见到了什么?

玄都观方圆百亩庭院有一半长满了青苔，桃花早已绝迹，只有野菜落寞地开着花。玄都观已经破败荒芜，早没有了往年的热闹。当年的刘郎我又回来了，但以前种桃的道士早不知去向了。

十四年，观中景色巨变，十四年，世界变化太大。十四年后，玄都观由盛而衰，当年打击迫害诗人的那些奸臣也退出了政治舞台。诗人以喜悦的心情，借助玄都观的巨变，形象地揭示了朝廷的人事变迁。历经打击不屈不挠，如今故地重游，旧事重提，诗人自豪地以胜利者的姿态宣告：我刘郎又回来了！

[集评]

文宗之朝，互为朋党，一相去位，朝士尽易，正犹道士去而桃不复存。是以执政者复恶其轻薄。（唐汝询《唐诗解》）

诗至中唐，渐失风人温厚之旨。（王尧衢《古唐诗合解》）

前因看花诗，连遭贬黜，今得重来，而新进者随旧日之执政以俱去矣，因复借此以讽之。（王文濡《历代诗评注读本》）

禹锡再游时，桃花已尽。种桃之蹊，半是苍苔而菜花满径矣。种桃道士，比先年宰相已去，而吾幸得又还朝也。（王相《千家诗》）

滁州西涧①

韦应物②

独怜幽草涧边生③，上有黄鹂深树鸣④。春潮带雨晚来急，野渡无人舟自横⑤。

[注释]

①滁州：今安徽滁州。西涧：在滁州西，俗称上马河。②韦应物（约737~约792）：长安（今陕西西安）人。唐代诗人。曾任滁州、苏州等地刺史，世称"韦苏州"。其诗多描写景物和隐逸生活。有《韦苏州集》。③独怜：最爱，最喜欢。幽草：生长在暗处的草。④深树：树林深处。⑤野渡：无人看守的渡口。横：横浮，随意漂浮。

[赏读]

最喜欢山谷间涧水边在暗处生长的野草，还有树林深处传来的黄莺的鸣唱。晚间春雨下得急，潮水伴着雨水飞涨。无人的野渡口，小舟横漂在水上。

这首诗描绘了暮春的山间野外景色，充满诗情画意。山谷里的溪边青草茂盛，树林中的鸟儿欢快鸣唱，环境幽雅，生机盎然，这是诗人的最爱。夜晚，春雨声和潮水声打破了山谷的幽静，无人的小舟在水面上任意漂浮，宁静的气氛顿时急迫起来。山谷的画面突出了"无人"的意境，烙印下淡淡的忧伤。

晴景与雨景交替，动与静交错，声与色俱全，水边与树顶空间立体，诗人笔下的西涧人迹罕至，野趣横生，身居其中孤独但并不寂寞，清远恬淡的美感、悠然自得的意境令人心境开阔。

[集评]

自李杜以来，古人诗法尽废，惟苏州（指诗人）有六朝风致，最为流丽。（吕本中《吕氏童蒙诗训》）

野兴错综，故自胜绝。（高棅《唐诗正声》）

沉密中寓意闲雅，如独坐看山，澹然忘归，诗之绝佳者。谢公曲意取譬，何必乃尔。（桂天祥《批点唐诗正声》）

郭云：冷处着眼，妙。（郭濬《增定评注唐诗正声》）

周敬曰：一段天趣，分明写出画意。（周敬　周珽《唐诗选脉会通评林》）

写景清切，悠然意远，绝唱也。（宋顾乐《唐人万首绝句选评》）

下半即景好句，元人谓刺君子在下，小人在上，此辈难与言诗。（沈德潜《唐诗别裁集》）

闲淡心胸，方能领略此野趣。所难尤在此种笔墨，分明是一幅画图。（黄叔灿《唐诗笺注》）

宋赵章泉、韩涧泉选唐诗绝句，其评注多迂腐穿凿。如韦苏州《滁州西涧》一首"独怜幽草涧边生，上有黄鹂深树鸣"，以为君子在下、小人在上之象。以此论诗，岂复有风雅耶？（王士祯《唐人万首绝句选》）

花　影

苏　轼

重重叠叠上瑶台①，几度呼童扫不开②。刚被太阳收拾去，却教明月送将来③。

[注释]

①重重叠叠：花影重叠。瑶台：传说中西王母所居仙宫，此处指楼台。②童：童仆。不开：不走。③教：让。将：语气助词。

[赏读]

重重叠叠的花影照映在楼台上，多次呼叫童仆来扫，童仆却总也扫不掉。

太阳下山了,花影自然消失,可转眼间明月升起,花影又偷偷地爬了上来。

花影能扫掉吗?当然不能。显然诗人不是写实,而是借花影比喻小人当权,他们权居高位,腐败无能,虽然正直的官吏上书揭露但收效极微,总也"扫不开"。即使他们暂时受阻退缩,但很快便会卷土重来。

诗人讽喻的特征明显,花影的比喻既贴切又形象。但对孩童来说,忽隐忽现的花影好似一个活泼的小精灵,调皮又不可捉摸,也许这只是一幅可爱的图景而已。

[集评]

花阴重叠,映于瑶台之上,以比小人在高位也。扫不开,言虽有直臣,攻之不去也。太阳落则花影全无,犹神宗崩时,而熙、丰小人俱贬谪也。明月升而花影复来,言宣仁崩而小人复夤缘以进也。此伤小人在位而不能去之之意也。(王相《千家诗》)

北 山①

王安石

北山输绿涨横陂②,直堑回塘滟滟时③。细数落花因坐久④,缓寻芳草得归迟。

[注释]

①北山:紫金山,也叫钟山,在今南京城东。②输:送,生长。绿:绿水。陂(bēi):水边,池塘。③堑:沟渠。回塘:曲折的池塘。滟滟:水波荡漾,波光粼粼。④细数:细细品玩。

[赏读]

  北山上绿意满坡，春水满塘，笔直的沟渠和弯曲的池塘里碧波荡漾，波光粼粼。陶醉在春天的景色里，静静地坐在水边细细数着飘落的花瓣，信步漫游寻觅芳草，不觉时光流逝，待返家时天色已晚。

  诗人的别墅坐落在北山半腰，故诗人自号"半山"。这首诗描绘了雨后北山的风景，以景入情，抒发了恋春之情。由描山到叙水再写情，山清水秀让人流连。久久端坐细品落花，缓缓慢行寻觅芳草，饱尝着春天的香馨温暖，舍不得归家。水光山色无法移目，喜春恋春的情感就在"细数""缓寻"中释放。

  诗人罢相后隐居江宁，心情复杂，闲适之外定然也有烦躁与不安，这首诗便含蓄地印证了他的心境。

[集评]

  "细数落花""缓寻芳草"，其语轻清。"因坐久""得归迟"，则其语典重。以轻清配典重，所以不堕唐末人句法中。盖唐末人诗轻佻耳。（吴可《藏海诗话》）

  （后两句）盖本于王摩诘（王维）"兴阑啼鸟换，坐久落花多"，而其辞意益工也。（吴曾《能改斋漫录》）

  王荆公晚年诗律尤精严，造语用字，间不容发。然意与言会，言随意遣，浑然天成，殆不见有牵率排比处。……读之初不觉有对偶，至"细数落花因坐久，缓寻芳草得归迟"，但见舒闲容与之态耳。而字字细考之，若经檃括权衡者，其用意亦深刻矣。（叶梦得《石林诗话》）

  荆公绝句，多对语甚工者，似是作律诗未就化成截句。（陈衍《宋诗精华录》）

  《三山老人语录》曰：欧公（欧阳修）"静爱竹时来野寺，独寻春偶

过溪桥",与荆公"细数落花"诗联,皆状闲适,而王为工。(高步瀛《唐宋诗举要》)

湖 上

徐元杰[①]

花开红树乱莺啼[②],草长平湖白鹭飞[③]。风日晴和人意好[④],夕阳箫鼓几船归[⑤]。

[注释]

①徐元杰(1194~1245):字仁伯,号梅野,信州上饶(今江西上饶)人。南宋诗人、理学家。绍定年间状元,官至太常寺少卿、工部侍郎等。其诗流畅清新,平淡中有情趣。有《梅野集》。②红树:开满红花的树,形容花开繁盛。乱莺啼:杂乱的莺啼声,形容鸟多。③平湖:平静的湖面。④风日:风光景致。人意:人的心情。⑤箫鼓:箫和鼓,泛指各种乐器。

[赏读]

繁花盛开,黄莺啼鸣,绿草茵茵,平静的湖面上白鹭翩翩。风和日丽,游西湖的人们兴高采烈,坐着游船,载着夕阳,吹箫击鼓,乘兴而还。

百鸟争鸣,百花齐放,百草茂盛,白鹭飞翔。春天的西湖风景如画,红花开绿草长,黄莺鸣白鹭飞,晴空万里,和风阵阵,动静相宜,色彩斑斓,在如镜的西湖水面上勾绘出优美的画卷。而在如此美好的西湖风景中,赏景的游人必然心情快乐舒畅,欢声笑语观赏美景,夕阳西下仍然余兴未尽,热闹非常。可以想象游人的心情之畅快,游湖的兴趣之高涨。

景美意境佳,不用说,诗人自然也是开心喜悦,乐在其中。

[集评]

此咏西湖之作。湖上花开,莺啼红树。湖边草长,白鹭群飞。风日晴和,游人络绎而舒畅。夕阳西下,画船鼓吹而归来。西湖景色,真堪爱也。(王相《千家诗》)

漫 兴(其七)

杜 甫

糁径杨花铺白毡①,点溪荷叶叠青钱②。笋根稚子无人见③,沙上凫雏傍母眠④。

[注释]

①糁(sǎn):原意为饭粒,此处引申为散落。②青钱:青铜钱,此处指小而圆的新生荷叶。③稚子:嫩笋芽。④凫(fú)雏:小野鸭。

[赏读]

杨花碎片落满小径,就像铺上了一层厚厚的白毡。铜钱大的荷叶浮在小溪的水面上。没人发现竹林里那初生的笋芽刚刚破土,沙滩上才孵出的小野鸭紧挨在母鸭身边酣然入睡。

自然世界景象万千,需要细心观察,精妙道出,发现了事物特征也就抓住了四季变化的焦点。杨花满地像白毡覆盖地面,荷叶漂浮像青钱点缀水面，有颜色，有形状，有画面，比喻精确形象。竹林里的笋芽才露尖角，无人会在意；沙滩上的小野鸭毛茸茸一团倚偎着母鸭，没人分得清。可诗人敏锐地捕捉到了这些细节，在颠沛丧乱之外，给了人们温暖平和之感，传递出款款深情，极富乐趣。

这是诗人绝句《漫兴》九首中的第七首。四组景物共同组成了一幅暮春风景图，意境传神，情趣十足。诗人抓住自然世界的一草一木加以特写、放大后，世界变得清晰明朗了，生活气息也浓烈醇厚起来。

[集评]

借景物以自宽，所谓取之无禁、用之不竭者。（王嗣奭《杜臆》）

"白毡""青钱"，元、白最好写仿。其流遂有放翁。（何焯《义门读书记》）

本只点缀景物，其下二微寓萧寂怜儿之感。（浦起龙《读杜心解》）

此及下首，皆写入夏景。（杨伦《杜诗镜铨》）

春 晴

王 驾

雨前初见花间蕊①，雨后全无叶底花。蜂蝶纷纷过墙去，却疑春色在邻家②。

[注释]

①初见：刚刚看见。蕊：花蕊。②却疑：倒疑心。

[赏读]

　　刚刚下雨前还看见花间冒出了花蕊，转眼间一场急雨后，花瓣凋零，连花的影子都不见了。雨后的蜂蝶无花可采，纷纷飞过墙头，让人怀疑春光全去了隔壁邻居家了。

　　春天即将远去，快抓住春天的尾巴！可是一阵春雨过后，花树上花瓣都没了踪影，连绿叶都掉落一地，蜂蝶采花不得，"纷纷过墙"。花儿谢了，蜂蝶飞了，春天留不住了，诗人不禁感叹连大好春光都不肯留在自家的小院。可问题是，墙那边会有花可采吗？

　　春天的尾巴抓不住，春天的脚步渐渐远去，不过，落花不必伤春，只要有惜春、爱春的一片痴心。所以不妨想象一下，春天并没有离开，没有走远，只是暂时跑到了隔壁邻居家，这样是不是还存留着春天的希望？

[集评]

　　雨后花尽，疑邻家尚有春色，非真疑之；惜春尽，故意其未尽耳。（胡震亨《唐音戊签》）

　　周珽曰："雨前""雨后"分景，蜂喧蝶扰异趣，识此可以悟彼。"却疑"二字，有不自信之意，妙。（周敬　周珽《唐诗选脉会通评林》）

　　诗意盖讥炎凉之辈。（黄生《唐诗摘钞》）

春 暮

曹 豳①

门外无人问落花,绿阴冉冉遍天涯②。林莺啼到无声处③,青草池塘独听蛙④。

[注释]

①曹豳(bīn)(1170~1249):字西士,号东亩,别号东圳,瑞安(今浙江瑞安)人。宋代诗人。嘉泰年间进士,曾任浙东提点刑狱等职。其诗轻巧明快。有《玉泉集》。②冉冉:草木茂盛。③处:时候。④独:只。

[赏读]

暮春时节,人们已经习惯了万花凋零、黄莺啼声不再,大地林木苍翠,只听得青草边的池塘里传来蛙声阵阵。

花朵凋谢,春天去了;草木茂盛,夏天来了。听不到黄莺清脆的歌声,入耳的是青蛙的声声呱鸣。春夏交替,大地季节的变化是由万紫千红到青青绿荫,是由婉转莺啼到呱呱蛙鸣,不变的是大自然的斑斓色彩和天籁之音。

暮春的郊野风光轻松随意,花落了草更青,莺声歇了蛙声更亮,时序自然移转,新季节必定带来新景象、新乐趣,所以,用不着叹惜春的离去,坦然面对季节更替。花开花谢,四季自有美景、各有精彩,豁达地敞开心怀,自由自在地欣赏大自然生机盎然的美好吧。

[集评]

此诗专写暮春之景,宛然在目。(王相《千家诗》)

落 花
朱淑贞①

连理枝头花正开②,妒花风雨便相催③。愿教青帝常为主④,莫遣纷纷点翠苔⑤。

[注释]

①朱淑贞(1135?~1180?):号幽栖居士,钱塘(今浙江杭州)人。南宋女诗人。生于官宦之家。工于诗词,其诗沉郁哀婉,多抒发个人生活的幽怨之情。有《断肠集》。②连理枝:两棵树不同根但枝干交织在一起,常用来比喻夫妻恩爱。③催:同"摧",摧残。④愿教:但愿让。青帝:神话中掌管春天的神,又称苍帝、木帝。⑤遣:使,让。点:落。翠苔:青苔。

[赏读]

连理枝头鲜花怒放,而风雨嫉妒鲜花的美艳,摧花毁花不止。掌管春天的青帝你最好一年四季都管了吧,这样就不会让花儿凋零落到青苔上。

这首诗写落花,无疑也是在写人、写人生。连理枝头盛开的鲜花遭遇了风雨的摧残,就如同美好的事物被毁灭。人间的夫妻像鲜花一样被风摧雨残,势必也是悲剧一场吧。女诗人满纸惜花伤春的哀怨,哀叹好景难在,好事难周全。

鲜花无力改变命运,只有寄希望于未来:好花长开,鲜花永不凋零。诗人有怨有泪,也满怀着期盼,憧憬美好的愿景,寄托善良的追求,愿美好的事物永远给人带来希望、幸福。

[集评]

花正开,而芳姿艳丽于连理枝头,如少年夫妇燕婉和谐也。花开而遇嫉妒之风雨相摧,百花摇落,如夫妇不幸中途仳离乖阻也。安得青帝常主四时,使连理花常开并蒂,而无风雨纷纷之摇落矣。(王相《千家诗》)

春暮游小园

王 淇①

一从梅粉褪残妆②,涂抹新红上海棠③。开到荼蘼花事了④,丝丝天棘出莓墙⑤。

[注释]

①王淇(生卒年不详):宋代诗人,生平事迹不详。②一从:自从。褪残妆:指梅花凋谢。③上海棠:海棠花开。④花事了:花开完了,指百花凋谢。⑤天棘(jí):有刺的荆蔓,即天门冬。莓:青苔。

[赏读]

花开有时,万物有序。自从早春时节梅花开过,带来万物更新、生机兴旺的新春气息。荼蘼花开,则是残春的标志,预示着百花齐放的春天就要结束了。

这首诗抓住了暮春小园的景色变化,尤其是花开花落交相更替的情景,描绘了转瞬即逝的残春特征。

梅花褪色凋谢后,鲜红的海棠花接着开放,等到荼蘼花开,春天就过去了。春去夏来,取代百花的是嫩绿的天棘枝条从长满苔藓的墙头爬过。梅花、海棠、荼蘼、天棘,花期交接,花开花谢,春天逐渐消逝,夏天步步逼近。诗人用自然界百花更替开谢象征季节变化、岁月流逝,描绘的暮春画面自然逼真,色彩灿烂鲜明。

不必悲伤百花争艳的春天远去了,乐观地迎接接踵而至的夏天,因为藤蔓出墙,绿树浓荫,夏日风光同样令人心旷神怡。

[集评]

此言春事将阑也。梅花零落,则粉褪残妆矣。而新红艳丽又发于海棠枝上,及夫荼蘼开后,一春之花事已终。惟有丝丝之天棘,蔓生而出于莓墙之上而已。(王相《千家诗》)

莺 梭①

刘克庄②

掷柳迁乔太有情③,交交时作弄机声④。洛阳三月花如锦,多少工夫织得成。

[注释]

①莺梭:莺飞如梭,形容黄莺像梭子一样灵巧快捷。②刘克庄(1187~1269):字潜夫,号后村居士,莆田(今福建莆田)人。南宋江湖派重要诗人。累官至工部尚书。选编了《分门纂类唐宋时贤千家诗选》

（又称《后村千家诗》）。其诗多讥讽时政，喜用典故成语。有《后村居士诗集》。③掷柳：从柳树上飞下。迁乔：飞到高大的乔木上。④交交：黄莺的叫声。弄机：织布。

[赏读]

  人类有自己的生活世界，大自然也有自己的生存法则。人无法知晓花鸟鱼虫的思维，但不妨碍他好奇心强烈，想去探究那个人所不知的自然世界。怎么做呢？发挥人类的创造性思维：联想和想象。

  黄莺在空中来回穿梭、上下翻飞，它一会儿落在弯曲的柳树枝头，一会儿飞到高大的乔木树梢，仿佛在编织美丽春天的图画。它像织布机的梭子一样忙个不停，发出像织布机的机杼声一样的叫声。黄莺啊黄莺，洛阳三月繁花似锦，你这样在林间飞梭，要花费多少时光才能织成如此美好的景象呢？

  诗人将黄莺人格化，从黄莺在林间不停地飞来飞去联想到织布机的梭子，由黄莺的叫声联想到织布机运作的声音，想象洛阳的美景正是黄莺如此勤奋不止才织成的。这首诗真情真景，明快活泼，构思新奇，借黄莺飞翔的神态赞叹了无限美丽的春光。

[集评]

  此诗极状"莺梭"二字之妙。（王相《千家诗》）

  有悲壮的感情，高尚的见解，伟大的才气。（胡适《白话文学史》）

暮春即事

叶采①

双双瓦雀行书案②,点点杨花入砚池③。闲坐小窗读周易④,不知春去几多时。

[注释]

①叶采(生卒年不详):字仲圭,号平岩,邵武(今福建邵武)人。南宋诗人。淳祐年间进士,曾从朱熹弟子受《易》学,累官至翰林学士兼侍讲。其诗多写闲情逸致。②瓦雀:瓦屋上的麻雀。行书案:麻雀的影子在书案上移动。③杨花:柳絮。砚池:砚台。④周易:指《易经》,儒家经典著作之一。

[赏读]

对对麻雀在屋檐间嬉戏,雀影映在书案上;点点柳絮飞舞,飘落在砚台里。悠闲地坐在小窗边捧读《易经》,浑然不知春光过去了多久。

读书人捧读经典,虽然悠闲却也专心致志。窗边端坐静读,屋内柳絮飘舞,屋外麻雀影动,无声的世界创造了读书的宁静氛围,轻盈移动的杨花和瓦雀与沉浸书海专注阅读的静止身影,构成了徐缓安逸的画面。瓦雀跳跃、杨花撩人,但诗人不为所动,读得如痴如醉,闲适轻松中淡忘了身外的世界,不觉时光飞逝,颇有理学之气息。

读书之乐、读书之趣,只有读书人才深知其味。

[集评]

瓦上之雀闲行，其影动于书案之上。杨柳之花飘荡，其絮落于砚池之中。而读《易》之人，闲坐小窗，不知春色之已去，忽惊瓦雀之行，始见杨花之落，方知春去多时也。（王相《千家诗》）

登 山

李 涉①

终日昏昏醉梦间，忽闻春尽强登山②。因过竹院逢僧话③，又得浮生半日闲④。

[注释]

①李涉（766？~835？）：号清溪子，洛阳（今河南洛阳）人。唐代诗人。曾任太学博士，喜山水浪游。其诗多写景咏物。有《李涉诗》。②强（qiǎng）：勉强。③逢：遇见。僧话：与僧人交谈。④浮生：人生。

[赏读]

整天昏昏沉沉，半醉半梦度日，忽然听说春天就要过去了，赶紧强打精神去爬山。路过竹院时遇到僧人便聊了起来，于是忘却了凡尘俗世的烦扰，度过了半天的悠闲时光。

这首诗很口语化，通俗易懂地传递了诗人的情绪变化。诗人对生活失望，失去了人生的乐趣，终日浑浑噩噩、醉生梦死。他对春天并不热心，只是没精打采地勉强自己去爬山。直到遇见一位僧人，与僧人的交谈让他的心情好了许多。

诗人仕途失意,几度被贬,与僧侣的交谈化解了他烦乱的心绪。僧侣与世无争的生活态度和超然淡泊的境界让诗人顿悟人生,从俗世的名利争夺中解脱出来,诗人心中自然变得轻松、清静。

[集评]

唐狄归昌右丞,爱与僧游,每诵前辈诗云:"因过竹院逢僧话,略(又)得浮生半日闲。"其有服紫袈裟者,乃疏之。(孙光宪《北梦琐言》)

此篇自近中唐,又非懵然无觉者。(顾璘《批点唐诗正音》)

徐用吾曰:实情近语,甜淡可人。(周敬 周珽《唐诗选脉会通评林》)

此言丈夫不得志,而终日昏昏,如醉如梦,忽闻春光已尽,强去登山,以寻春色。偶游竹院,与山僧闲话良久,始觉尚在红尘劳攘之中,今又暂得清闲半日也。(王相《千家诗》)

蚕妇吟①

谢枋得

子规啼彻四更时②,起视蚕稠怕叶稀③。不信楼头杨柳月④,玉人歌舞未曾归⑤。

[注释]

①蚕妇:养蚕的妇女。吟:诗体名称,此处指歌。②子规:鸟名,又称杜鹃鸟。四更:古时将一夜分为五更,四更时天还未亮。③起:起床。

蚕稠：蚕多而密集。叶稀：桑叶稀少。④杨柳月：月亮西斜落在柳树梢。⑤玉人：美丽的女子，此处指歌女。

[赏读]

  天还未亮，子规啼声不绝，蚕妇起床查看桑蚕，担心蚕过于密集拥挤，桑叶太少不够蚕吃食。真不敢相信月儿已经西沉到了柳树梢头，那些楼台的歌女到现在还没回家。

  蚕妇不寐，夜起弄蚕，是因为担心桑蚕而无法入眠。而歌女不寐，是身不由己，是以歌舞娱人而通宵不能回家。辛苦的蚕妇不相信还有人和她一样辛苦，四更天还在唱歌跳舞。当然了，那些歌女这么辛苦，只是为了取悦那些醉生梦死的达官贵人。

  这首诗使用对比的手法描写了两种人和两种生活情景，以蚕妇的视角进行对比，在对比中情感清晰，爱憎分明。

[集评]

  言蚕妇闻子规啼而不寐，啼毕时已四更矣。起视其蚕筐，恐蚕稠而桑叶之稀，又从而添益其叶也。楼头残月，挂于柳梢，天欲明矣，而玉人歌舞，犹未归来也。（王相《千家诗》）

晚 春

韩愈

  草木知春不久归①，百般红紫斗芳菲②。杨花榆荚无才思③，惟解漫天作雪飞④。

[注释]

①归：回归，指春天将尽。②百般红紫：万紫千红。斗：争胜，比赛。芳菲：花草美丽繁盛。③榆荚：即榆钱，榆树的果实，色白，形如铜钱。才思：文才。④惟解：只知道。

[赏读]

看多了伤春、惜春的诗，晚春春色渐淡、渐远，让人多了一层伤感与不舍。留恋春天，叹惜好景不再，这无可厚非。不过，四季自然轮回，各有各的精彩，从不同的自然景色中发现美、欣赏美，为我们的生活增添动力、助力，不失为一种积极乐观的态度。

花草树木知道春天即将过去，于是抓紧时间竞相开放，万紫千红，争奇斗艳。即使无花可开的朴实的杨花、榆荚也不甘示弱，只晓得如雪花般漫天飞舞。

花草珍惜时光，不因来日无多而自怨，而是在有限的春光中"斗芳菲"，争相展现千姿百态的美好风采。晚春也有晚春的魅力，春色浓郁，色彩缤纷。在晚春中欣赏花草的无限活力，心情也会兴奋起来。

[集评]

朱彝尊曰：此意作何解？然情景却是如此。（朱彝尊《批韩诗》）

意带比兴，出口自活。（汪森《韩柳诗选》）

春日晚春，则处处应切晚字。首句从"春"字盘转到"晚"字，可谓善取逆势。二句写晚春之景。三句又转出一景，盖于红紫芳菲之中，方现十分绚烂之色，而无如杨花、榆荚不解点染，惟见漫天似雪之飞耳。四句分两层写，而"晚春"二字，跃然纸上。（朱宝莹《诗式》）

伤 春

杨万里①

准拟今春乐事浓②,依然枉却一东风③。年年不带看花眼,不是愁中即病中④。

[注释]

①杨万里(1127~1206):字廷秀,号诚斋,吉水(今江西吉水)人。南宋诗人。绍兴年间进士,曾任宝谟阁学士等职,为官清廉。与范成大、陆游、尤袤合称"中兴四大家",自创生动活泼、浅显诙谐的"诚斋体"。有《诚斋集》。②准拟:本以为。浓:多,浓厚。③枉却:白白地辜负。东风:指春风。④即:就是。

[赏读]

景为情生,内心的情感往往左右了观景的视线。诗人心情欠佳,不是有事愁闷就是疾病缠身,心中的苦还不知道如何排解,也就没有了看景的闲情逸致。

原本以为今年会有许多赏春的快乐事,没想到依然和往年一样,辜负了大好春光。心中愁苦,身体欠佳,烦心事一个接一个,也就毫无兴趣去欣赏繁花似锦的春光。

此诗为《晓登万花川谷看海棠》二首之一。美景人人爱,但对诗人来说,游春赏花像是不可能完成的任务。他原本打算今年好好赏春,却同往年一样摸不到春天的面容,年年想看岁岁无缘,从希望到失望再到失落,心情大起大落,可以想见诗人愁病交加的神态。

诗人"伤"的未必是春,心有所苦,力不能及,走不出户外、不带"看花眼"的原因也许是愁苦低落的内心。

[集评]

万花川谷主人为海棠赋二诗,妙绝古今,断章有"平生(年年)不带看花福(眼),不是愁中即病中"之叹,代花次韵。(周必大《次韵杨廷秀》)

每于人巧俱穷处,直把天工掇拾来。(潘定桂《读杨诚斋诗集九首》)

盖年年花发而略不曾观者,非愁中无绪,则病中未能也。伤春之意,情见于词矣。(王相《千家诗》)

送 春

王 令①

三月残花落更开②,小檐日日燕飞来③。子规夜半犹啼血④,不信东风唤不回⑤。

[注释]

①王令(1032~1059):字逢原,广陵(今江苏扬州)人。北宋诗人。从小聪颖,英年早逝。诗学韩愈、孟浩然,气势豪迈,想象丰富。有《广陵先生文集》。②更:又,再。③小檐:短小的屋檐。④啼血:子规悲鸣时出血。⑤不信:不相信。

[赏读]

　　暮春三月，凋落的花儿败了又开。屋檐下，燕子天天飞来飞去，辛勤筑巢。只是那杜鹃仍在半夜泣血悲鸣，固执地以为这样一定能唤回春风。

　　花落再开，但春天已去，虽然有点惋惜，但也无须伤春。大自然生机无限，美丽的春天百花盛开，夏天独特的景致风采也很喜人，要像燕子那样快乐地生活，飞翔着送走春天、迎接夏天。而杜鹃啼血悲鸣，顽强地期待留住春天的悲情，某种程度上也是诗人的自我写照，抒发的是诗人开朗乐观，信念坚定，追求希望的情怀。

[集评]

　　虽得年不永，未能锻炼以老其材，或不免纵横太过，而视局促剽窃者流，则固偘偘乎远矣。（《四库全书总目提要》）

　　言其春去难留，虽子规之悲啼流血，而不能唤回已去之春光也。（王相《千家诗》）

三月晦日送春①

贾 岛②

　　三月正当三十日，风光别我苦吟身③。共君今夜不须睡④，未到晓钟犹是春⑤。

[注释]

　　①晦日：农历每月最后一天。②贾岛（779~843）：字阆仙（一作浪仙），自号碣石山人，范阳（今河北涿州）人。唐代诗人。屡举进士不

第,曾任遂州长江(今四川蓬溪)主簿,世称"贾长江"。其诗清奇幽寂,诗风"清真僻苦",对晚唐诗人及南宋江湖派诗风影响较大,有"苦吟诗人"之称。有《长江集》。③风光:春光。苦吟身:刻苦吟诗的人,诗人自称。④君:指春天。⑤晓钟:天亮时的钟声。犹是:还是。

[赏读]

今天是三月三十日,是春天的最后一天,春光就要离我而去了。我要和春天一起不眠不休共度今夜,只要报晓的钟声未鸣,春天就一定不会远去。

诗人从春夏季节转换之际落笔,把春天拟人化,在送春的这一天,与春天告别。春天无法挽留,诗人作为送春之人,只有彻夜长坐不眠,希望与春天共度最后一晚,珍惜与春天在一起的最后时刻。

诗的构思形象、新奇,富有创意,表达了诗人对春天的深厚情意和恋恋不舍之情,惜春怜春的情态达到了顶点。

[集评]

贾岛"三月正当三十日",与顾况"野人自爱山中宿"同一法,以拙起唤出巧意,结语俱堪讽咏。(王世贞《艺苑卮言》)

中唐巧境。(陆时雍《唐诗镜》)

只是秉烛游耳,然后人送春诗更道不到此,正是善学摩诘《渭城》者。(何焯《唐三体诗评》)

第一句破题,第二句承题;三、四惜春,即是作诗本意。中间用"共君"二字,"刘评事"才不落空。(岳端《寒瘦集》)

用意良苦,笔亦刻挚。(黄叔灿《唐诗笺注》)

加倍写春之意,究竟有何好处?(王闿运《王闿运手批唐诗选》)

首言春日已尽。次言春光虽好,亦仅供我苦吟,况又别我而去耶?所言已到尽头，故后半一转，谓虽已至春尽之期，然最后一宵犹未过去，共君不睡，尚能消受之也。"犹是春"三字，可谓一刻千金，一字千金矣。流连光景，爱惜韶华，缠绵之情，而出以险仄之笔，包括多少执著痴顽在内。(沈祖棻《唐人七绝诗浅释》)

客中初夏

司马光①

四月清和雨乍晴②，南山当户转分明③。更无柳絮因风起，惟有葵花向日倾④。

[注释]

①司马光（1019~1086）：字君实，陕州夏县（今山西夏县）涑水乡人，世称"涑水先生"。北宋文学家、政治家。宝元年间进士，曾两任宰相，编撰《资治通鉴》。其诗多咏叹世事，写物细致。有《司马文正公集》。②清和：古时称农历四月，意为风清日暖的月份。乍晴：雨后天刚晴。③当户：对着住家门户。④葵花：即向日葵。倾：开放。

[赏读]

久雨后初晴，四月的天气风清日暖，对面的南山景色清晰可见，漫天飞舞的柳絮也不见了踪影，只有葵花朝着太阳张开了笑脸。

晴朗的天、湿润的空气、青翠葱茏的远山、笑脸开放的向日葵，四月天清爽宜人，飘荡的柳絮消失了，一派久雨之后的清新景象，与初夏清朗舒适的环境相吻合。这是一首轻松和谐的咏景状物之作，雨后新霁，清和宁静，诗人心情开朗舒畅。

若说这是一首政治讽喻诗，以柳絮吹散和葵花向阳分别寓意王安石变法失败和诗人代表的保守派得势当道，那也未尝不可吧。

[集评]

《东皋杂记》云：温公居洛阳作此诗，其爱君忠义之志，概见于此。（蔡正孙《诗林广记》）

"更无柳絮随（因）风舞（起），唯（惟）有葵花向日倾"，可以见司马公之心。（王应麟《困学纪闻》）

惟有葵花向日而开，以喻新主当阳，小人道消、君子道长也。（王相《千家诗》）

有 约

赵师秀①

黄梅时节家家雨②，青草池塘处处蛙。有约不来过夜半，闲敲棋子落灯花③。

[注释]

①赵师秀（1170～1219）：字紫芝，号灵秀，永嘉（今浙江温州）人。南宋江湖派诗人。绍熙年间进士，曾任高安推官。与徐照、徐玑、翁卷合称"永嘉四灵"。其诗写景自然，笔法轻巧。有《清苑斋集》。②黄梅时节：立夏后梅子成熟的季节，这段时间江南多雨天，俗称"黄梅天"。家家雨：天天下雨，到处下雨。③灯花：油灯上的灯芯燃烧时结成

花的形状。

[赏读]

春末夏初的夜半时分，天地一片静谧，只有池塘边不时传来声声蛙鸣。绵绵细雨仍未停歇，诗人在灯下默默地敲着棋子等待着客人光临。

时过半夜仍然等候着失约的客人，诗人的孤单和失望可想而知。雨声、蛙声衬托了夜晚的宁静，棋子的敲打声更突出了夜深人静的安谧。

诗人是在打发久等客人不来的无聊时光，但换一个角度看，这又何尝不是悠闲生活的典型写照？有客时，对弈畅谈；静处时，淡泊闲雅。闹静皆宜，宠辱不惊。只要保有一份安心闲适的生活情怀，那么，在寂静的夜晚闻雨声、听蛙鸣，敲着棋子悠闲度日，就是人生追求的高雅境界。

[集评]

意虽腐而语新。(《柳溪诗话》)

初夏睡起

杨万里

梅子留酸软齿牙①，芭蕉分绿上窗纱②。日长睡起无情思③，闲看儿童捉柳花④。

[注释]

①软齿牙：使牙齿发软。②分绿：指芭蕉的绿叶映绿了窗纱。③情思：思绪。④柳花：柳絮。

[赏读]

　　梅子还未熟透,一口咬下,酸汁留在牙缝里,酸味久久不退;芭蕉新绿,一片绿荫映照在窗纱上。夏天日长,午睡初起没什么精神,闲坐着懒散地看着孩子们蹦跳着捕捉柳絮。

　　这是初夏时的午后小景,梅子还未成熟,食之酸进牙缝里;芭蕉叶新嫩,已经悄悄地爬上了窗纱。梅子、芭蕉都是典型的初夏食物与景物,梅子"留酸"、芭蕉"分绿",味觉、视觉和拟人的写法,写活了此二物的特点。诗人心绪不佳、百无聊赖,呆呆地看着儿童嬉戏。儿童活泼的身影和诗人呆坐的姿态动静相对,形成了强烈的反差,更突出了诗人闲散无聊的心情。

　　这首诗敏锐地抓住夏日一个普通午后的细节,很平淡,也很生活化,富有情趣。

[集评]

　　张浚曰:廷秀胸襟透脱矣。(罗大经《鹤林玉露》)

　　极有思致,诚斋亦自语人曰:"功夫只在一'捉'字上。"(周密《浩然斋雅谈》)

　　这首诗里的"留"字、"分"字都精致而不费力。(钱锺书《宋诗选注》)

三衢道中①

曾　几②

　　梅子黄时日日晴③,小溪泛尽却山行④。绿阴不减来时路⑤,添得黄鹂四五声。

[注释]

①三衢（qú）：山名，在今浙江衢州。②曾几（1084～1166）：字吉甫，自号茶山居士。赣州（治今江西赣州）人。南宋诗人。累官至敷文阁待制。诗学黄庭坚，诗风轻快自然。有《茶山集》。③梅子黄时：梅子成熟的时候，此时正值梅雨季节。④泛尽：坐船到尽头。却：换，改。⑤不减：差不多。

[赏读]

本是梅雨季节，可是却天天大晴天，溪中乘船到尽头又改走山路而行。返回时，一路绿荫遮日，就像来的时候一样绿树葱郁，只是多了几声黄鹂的鸣唱。

梅雨时节行路很辛苦，因为阴雨绵绵、气候闷热，但诗人却很开心，因为他难得地遇到了好天气。晴空万里，行路自然心情舒畅，有涧溪时乘船顺流而下，无水时沿着山路蜿蜒步行，行路丝毫不觉得疲累，因为既可以欣赏水上风光，又能饱览山间景色。路边绿树成荫，林间黄鹂欢唱，身处深山密林中，环境更加幽雅安静。

这首诗形象地描画了夏日山中美景，在对比映衬中，江南山水之美尽收眼底，有动有静、有声有色，诗意画境浑然天成，与诗人轻快活泼的心情融合为一个整体。

[集评]

新如月出初三夜，淡比汤煎第一泉。（赵庚夫《读曾文清公集》）

此春暮出游，初夏而返之诗也。（王相《千家诗》）

他的风格比吕本中的还要轻快，尤其是一部分近体诗，活泼不费力，

已经做了杨万里的先声。(钱锺书《宋诗选注》)

即 景

朱淑贞

竹摇清影罩幽窗①,两两时禽噪夕阳②。谢却海棠飞尽絮③,困人天气日初长④。

[注释]

①罩:盖住。②时禽:候鸟。噪:聒噪。③谢却:凋谢。④困人:使人疲倦。初长:开始变长。

[赏读]

风摇竹林,竹枝晃动的影子罩住了幽暗的窗子,鸟儿叽叽喳喳的聒噪声让人心烦。海棠花谢了,柳絮消失了,春光早已离去,初夏白昼变长,让人昏昏欲睡。

生活环境的优与劣与个人心境的好坏有密切联系。心情好,阴雨绵绵也有情;反之,恶劣的心情下,再好的风景也无可看之处。诗人生活不如意,郁郁寡欢,原本应该静心宽心,寻找生活中的亮色,但苦闷之中接受的却都是负能量:窗子被竹枝遮住,室内幽寂,夕阳西下,逐渐身处黑暗之中;禽鸟的叫声令环境更纷乱;海棠花、柳絮落尽,春光一去不复返。这些不如意的景物,衬托得诗人心境越加晦暗低沉。窗外时光流逝,而拉长的白昼让窗内的人度日如年。

在这样幽暗的黄昏之中,无聊、寂寞、空虚,诗人的这些情绪有了实实实在在的依附,道出了无处言说的伤心甚至绝望。

[集评]

语有微至,随意写来自妙,所谓气通而神肖也。(钟惺《名媛诗归》)

淑贞诗词多柔媚,独《清昼》(指本诗)一绝。(田汝成《西湖游览志馀》)

后村刘克庄尝选其诗,若"竹摇清影"等句,为世脍炙。(徐伯龄《蟫精隽》)

深闺静坐,无聊之倦态也。(王相《千家诗》)

初夏游张园①

戴复古②

乳鸭池塘水浅深③,熟梅天气半晴阴④。东园载酒西园醉,摘尽枇杷一树金⑤。

[注释]

①张园:在今浙江嘉兴。②戴复古(1167~1250?):字式之,自号石屏,台州黄岩(今浙江台州黄岩区)人。南宋江湖派代表诗人。终身不仕,晚年隐居家乡石屏山下。受"永嘉四灵"诗风影响,也受江西诗派熏染,诗风自然恬淡。有《石屏诗集》。③乳鸭:刚孵出的小鸭。④半晴阴:时晴时阴。⑤枇杷:常绿植物,蔷薇科,果实橘黄色,味美。金:金黄色,指成熟的枇杷。

[赏读]

小鸭子戏水的池塘深浅不一,梅子成熟时的天气阴晴不定,携酒游园,从东园喝到西园,直到烂醉如泥,还把树上成熟的枇杷摘下来下酒。

初夏的江南雨水丰沛,水果成熟,三五好友游园玩乐。赏美景,唱和诗歌,举杯畅饮不醉不休,甚至连树上的果实都不放过,还要伸手摘下来下酒助兴。

张园的聚会显然尽兴而归,从中我们可以一探江南小镇的自然风貌,一窥文人墨客随性潇洒、怡然自在的性格面貌与生活情趣。

[集评]

石屏诗心思力量,皆非晚宋人所有。(陈衍《宋诗精华录》)

鄂州南楼书事①

黄庭坚②

四顾山光接水光③,凭栏十里芰荷香④。清风明月无人管,并作南来一味凉⑤。

[注释]

①鄂州:治今湖北武汉武昌区。南楼:为纪念东晋征西将军庾亮所建的一座古楼。书事:纪事。②黄庭坚(1045~1105):字鲁直,号山谷道人,洪州分宁(今江西修水)人。宋代诗人,江西诗派开创者。治平年间进士,曾任校书郎等职。与苏轼并称"苏黄",与张耒、晁补之、秦观并称"苏门四学士"。其诗喜用典故,讲究炼字造句。有《山谷集》。

③四顾：四下张望。④芰（jì）荷：菱角与荷花，常常间杂开在同一片水面。⑤并作：一起成为。一味：一阵。

[赏读]

　　登楼凭栏四望，山光与水光相接，菱花与荷花香飘十里，一派山水相连、清香飘溢的壮丽景色。可是清风明月无人赏识，微风伴着月色扑面而来，带来了一阵清凉。

　　大自然美景如画，登楼俯视，有山有水、有色有香，而诗人发出明月清风无人爱怜的叹息。这是诗人官场失意，人生不如意的寂寞抒发。此前，诗人经历了数次数年的谪居流放，此时也是流落鄂州，不知未来命运如何。仕途不顺利，故借赏景伤情而倾诉，只能寄情于自然美丽的山水画卷中，感受物我合一，才能忘却一切尘世纷争，领悟人生真谛。

[集评]

　　始自出己意以为诗。山谷用工尤为深刻。（严羽《沧浪诗话》）

　　纳其一味清凉，享天地自然之乐也。（王相《千家诗》）

　　山谷七言绝句皆学杜，少学龙标、供奉者，有之，《岳阳楼》《鄂州南楼》近之矣。（陈衍《宋诗精华录》）

山亭夏日

高　骈①

　　绿树阴浓夏日长②，楼台倒影入池塘。水晶帘动微风起③，满架蔷薇一院香④。

[注释]

①高骈（821~887）：字千里，幽州（治今北京城西南）人。唐代诗人。世代为禁军将领，曾任荆南节度观察使、淮南节度使等职。有武艺，好诗歌。②阴浓：绿荫浓密。③水晶帘：装饰有水晶的帘子，此处比喻晶莹的水波。④蔷薇：植物名，夏季开花，有紫色、淡红色或白色。一院：满院。

[赏读]

漫长的夏日里，茂盛的绿树投下长长的树荫，亭台楼阁的倒影映在池塘中。微风习习，水面波光荡漾，像水晶珠帘轻轻摆动；满架蔷薇盛开，满院香气袭人。

诗人出身行伍，戎马生涯多年，作起诗来却清丽明快。这首诗视野开阔，诗人从山亭俯视，将满目浓绿尽收眼底。绿树环抱，楼台倒影静静映在池塘水中，凸显夏日的幽静之态。一阵微风过后，由静到动，水波荡漾，蔷薇满院飘香。诗人成功地营造了一个幽静清香的诗境，精确传神，令人陶醉。

[集评]

此诗形容山亭夏日之光景，极其妙丽，如图画然。想山亭人物，无一点尘埃也。"水精（晶）帘"乃微风吹池水，其波纹如水精帘也。（谢枋得《注解选唐诗》）

盛唐格调。（宋宗元《网师园唐诗笺》）

田 家

范成大[①]

昼出耘田夜绩麻[②],村庄儿女各当家[③]。童孙未解供耕织[④],也傍桑阴学种瓜[⑤]。

[注释]

[①]范成大(1126~1193):字致能,号石湖居士,苏州吴县(今江苏苏州)人。南宋中兴四大诗人之一,古代田园诗集大成者。绍兴年间进士,担任过地方官和参知政事,晚年辞官隐居。其诗观察细微,通俗易懂。有《石湖集》。[②]耘田:田间除草。绩麻:把麻纤维披开接续起来搓成线。[③]各当家:各自担当分内农家事务。[④]未解:不懂。供:参加。[⑤]桑阴:桑树的树荫下。

[赏读]

村里的人们早上下地锄草,夜晚在家搓麻线,男男女女各有分工忙个不停。孩子们虽然还不会耕田织布,但也在桑树底下学着种起瓜来。

诗人晚年退居石湖时,写有《四时田园杂兴》绝句六十首,按时令分为五组,每组十二首。本诗是其中的第三十一首。

这是一幅勤恳耐劳的夏日农家耕织图画,扑面而来的是农家乐的纯朴气息和乡土野趣。从早到晚,人们不停地劳作,一片繁忙景象;儿女们也各司其职,分担农事;未成年的孩童们虽然还不懂得劳作的道理,但也会跟着长辈忙活的身影,在桑树荫下像模像样地学起了种瓜点豆。

"你耕田来我织布",诗人描绘的农家生活与牛郎织女的故事如出一辙,这就是传统的农家生活。从白天到黑夜,从大人到孩子,勤劳的品质就这么一代代熏陶养成,又一代代传承下去。

[集评]

且如农桑樵牧之诗,当以《毛诗·豳风》及石湖《田园杂兴》比熟看。(吴沆《环溪诗话》)

范石湖《四时田园杂兴》诗,于陶、柳、王、储之外,别设樊篱。王载南评曰:"纤悉毕登,鄙俚尽录,曲尽田家况味。"(宋长白《柳亭诗话》)

其实石湖虽只平浅,尚有近雅之处,不过体不高,神不远耳。(翁方纲《石洲诗话》)

田家勤朴之风,可想见也。(王相《千家诗》)

他晚年所作的《四时田园杂兴》不但是他的最传诵、最有影响的诗篇,也算得中国古代田园诗的集大成。(钱锺书《宋诗选注》)

村居即事

翁 卷①

绿遍山原白满川②,子规声里雨如烟。乡村四月闲人少,才了蚕桑又插田③。

[注释]

①翁卷(生卒年不详):字续古,一字灵舒,永嘉(今浙江温州)

人。南宋诗人。一生布衣，与徐照、徐玑、赵师秀并称"永嘉四灵"。其诗清新自然，工于刻画。有《西岩集》。②遍：遍及。山原：山陵和平原。白：指河水。③了：结束。蚕桑：采桑养蚕。插田：下田插秧。

[赏读]

  大地一片绿油油，河水波光粼粼，绵绵细雨中，天空雾气笼罩，子规啼声阵阵。四月里的乡村热闹繁忙，乡亲们刚刚结束了采桑养蚕，又忙起了插秧种田。

  这是四月乡村的农忙景象。诗人由景及人，在初夏田野生机勃发的自然背景图中描绘了农民弯腰插秧的忙碌身影。枝繁叶茂，雨水不歇，河面水涨，远望一片白茫茫，蒙蒙细雨如烟似雾。勤劳的农民应时应季而作，才忙完养蚕，又马不停蹄地开始了插秧种稻，子规的啼声为这繁忙的氛围增添了伴奏的乐声。

  年复一年，田园农忙生活紧张忙碌，热闹有序，平静和谐。

[集评]

  非止擅唐风，尤于选体工。有时千载事，只在一联中。（刘克庄《赠翁卷》）

  其时和岁稔，男女之勤，风俗之美，诚可佳也。（王相《千家诗》）

题榴花①

韩愈

  五月榴花照眼明②，枝间时见子初成③。可怜此地无车马④，颠倒苍苔落绛英⑤。

[注释]

①榴花：石榴花，五月开放。②照眼明：榴花红艳，映入眼帘格外鲜明。③子：指石榴果实，石榴果实结在花瓣下。④可怜：可惜，可叹。⑤颠倒：纷乱。苍苔：青苔。绛英：鲜红的石榴花瓣。

[赏读]

五月天，艳阳天，石榴花开红艳艳，青枝绿叶间不时窥见刚结出的石榴果实。可惜如此美景却不见赏景的车马人流，只剩石榴花瓣纷纷散落在青苔之上。

石榴花的美在于花色火红耀眼，独特之处在于边开花边结果。但是诗人感慨的是这么美丽的风景居然没人来欣赏，可惜了石榴花的美艳只能随风散落。

其实，美景之美，关键在于有人懂得欣赏，如果来的人只是附庸风雅或是扎推赶场凑热闹，那花儿还不如独自走完孤傲的一生，免得玷污了自身的品性，辱没了自身的风光。

[集评]

两诗（指《题张十一旅舍三咏》中之本诗与下首《井》）意调俱新，俱偏锋。（朱彝尊《批韩诗》）

慨其园林闲寂，车马稀疏，绛英红萼铺于满地，遮蔽苍苔，无人玩赏也。（王相《千家诗》）

村 晚

雷 震①

草满池塘水满陂②,山衔落日浸寒漪③。牧童归去横牛背④,短笛无腔信口吹⑤。

[注释]

①雷震(生卒年不详):南昌(今江西南昌)人,一说眉州(治今四川眉山)人。南宋诗人。生平事迹不详。②陂:池塘。③衔:含。浸:映入水中。漪(yī):水波细小。④横:横坐。⑤无腔:没有曲调,指随意地吹奏。信口:随口。

[赏读]

野草青青,池水满塘,晚风吹拂,夕阳照映在水面上。牧童横骑牛背,手拿短笛吹着不成曲调的旋律,慢悠悠地回家来。

这是一幅原生态牧童晚归图。水草、池塘、水牛和晚风、远山、落日,诗人选取日常生活中常见的情景组成典型的夏日安宁自在的田园风情。画面的焦点落在牧归的孩童身上,孩童的天真活泼让画面鲜活起来,而那不成曲调的笛声使画面有声有色,更加妙趣横生,充满浓厚的诗情画意。诗中有画、画中有乐,画面栩栩如生,诗意自然动人。

落日牧归,毫无修饰的乡村野趣,野在自然,美在和谐。

[集评]

牧牛童子归村,横吹短笛于牛背之上,信口无腔而悠然自得也。(王

相《千家诗》)

书湖阴先生壁①

王安石

茅檐长扫净无苔②,花木成畦手自栽③。一水护田将绿绕,两山排闼送青来④。

[注释]

①湖阴先生:即杨德逢,是诗人晚年在金陵(今江苏南京)紫金山下的邻居。②长:常常。③畦(qí):用沟垄区隔的小块平整田地。手自栽:亲自栽种。④排闼(tà):推开门。

[赏读]

茅檐下庭院内干净得没有一点青苔,花草树木整齐成垄。屋旁一条溪流环绕着绿油油的稻田,对面两座大山像推开的大门送来满目青绿。

这是诗人为邻居湖阴先生书写的题诗。全诗并未直接写人,而是以景衬人,衬托出了湖阴先生的性格和精神。庭院打扫得干干净净,花木栽种得整整齐齐,这些都是院落的主人亲力亲为,生活环境整洁清幽。而居所周边绿水护良田、青山送翠绿,居住环境清新自然。

对环境的描绘衬托了主人的勤奋自爱和清雅淡泊。看出来了吧,这是一个热爱自然、乐享田园之美的雅士。"居必择邻",与这样一位清雅之士为邻,诗人也一定神态怡然、心情舒畅。

[集评]

　　荆公诗用法甚严，尤精于对偶，尝云：用汉人语，止可以汉人语对，若参以异代语，便不相类。如"一水护田将绿去（绕），两山排闼送青来"之类，皆汉人语也。此法惟公用之，不觉拘窘卑凡。（叶梦得《石林诗话》）

　　极言眼前山水之佳也。（王相《千家诗》）

　　是王安石的修辞技巧的有名例子。"护田"和"排闼"都从《汉书》里来，所谓"史对史""汉人语对汉人语"；整个句法从五代时沈彬的诗里来，所谓"脱胎换骨"。可是不知道这些字眼和句法的来历，并不妨碍我们了解这两句的意义和欣赏描写的生动；我们只认为"护田""排闼"是两个比喻，并不觉得是古典。所以这是个比较健康的"用事"的例子，读者不必依赖笺注的外来援助，也能领会，符合中国古代修辞学对于"用事"最高的要求："用事不使人觉，若胸臆语也。"（钱锺书《宋诗选注》）

乌衣巷①

刘禹锡

　　朱雀桥边野草花②，乌衣巷口夕阳斜。旧时王谢堂前燕③，飞入寻常百姓家④。

[注释]

　　①乌衣巷：在今南京秦淮河南，是三国时吴国的军营，因士兵着乌衣

而得名,东晋时这里是名门望族的聚居地。②朱雀桥:秦淮河上桥名,是六朝时都城正南门(朱雀门)外的大桥,是通往附近乌衣巷的必经之地。③王谢:东晋时居住在乌衣巷的王导、谢安两大世族。④寻常:普通。

[赏读]

朱雀桥边野花处处,乌衣巷口夕阳斜照。旧时在王谢堂前安家的燕子,今天飞进寻常百姓家筑起了安乐窝。

这首诗是《金陵五题》第二首,借乌衣巷的今昔对比,寄托诗人的感慨。

历经风雨沧桑,朱雀桥、乌衣巷今日犹在,但人事全非,映入眼帘的是"野草花""夕阳斜",曾经显赫的王、谢世家早已衰败,当年的豪门盛景换作一片荒凉惨淡。燕子年年飞,可是今天落脚之处已是寻常人家。

诗人咏史怀古,慨叹昔日的豪门贵族早已不见踪影,昔日的繁华之地如今荒草遍地,繁盛衰落,世事沧桑令人扼腕。而神来之笔便是那飞来的燕子,它见证了历史与现实,串联了富贵繁华与颓败落寞。六朝后由盛而衰的金陵、乌衣巷以及王、谢世家,都在燕子飞翔栖息的轨迹中得到了清晰形象的印证。

[集评]

王、谢之第宅今皆变为寻常百姓之室庐矣,乃云"旧时王谢堂前燕,飞入寻常百姓家",此风人遗韵。(谢枋得《注解唐诗绝句》)

有感慨,有风刺,味之自当泪下。(桂天祥《批点唐诗正声》)

不言王、谢堂为百姓家,而借言于燕,正诗人托兴玄妙处。(唐汝询《唐诗解》)

总见世异时殊,人更物换,而造语妙。(王仲儒《历代诗发》)

本意只言王侯第宅变为百姓人家耳,如此措词遣调,方可言诗,方是

唐人之诗。（黄生《唐诗摘钞》）

言王、谢家成民居耳，用笔巧妙，此唐人三昧也。（沈德潜《唐诗别裁集》）

野草夕阳，满目皆非旧时之胜，堂前则百姓家矣，而燕飞犹是也。借燕为言，妙甚。（朱之荆《增订唐诗摘钞》）

意在言外。（宋宗元《网师园唐诗笺》）

若作燕子他去便呆，盖燕子仍入此堂，王、谢零落，已化作寻常百姓矣！如此则感慨无穷，用笔极曲。（施补华《岘佣说诗》）

朱雀桥、乌衣巷，皆当日画舸雕鞍、花月沉酣之地。桑海几经，剩有野草闲花，与夕阳相妩媚耳。茅檐白屋中，春来燕子，依旧营巢，怜此红襟俊羽，即昔时王、谢堂前杏梁栖宿者，对语呢喃，当亦有华屋山丘之感矣。此作托思苍凉，与《石头城》诗，皆脍炙词坛。（俞陛云《诗境浅说》）

送元二使安西①

王 维②

渭城朝雨浥轻尘③，客舍青青柳色新④。劝君更尽一杯酒⑤，西出阳关无故人⑥。

[注释]

①元二：诗人的朋友。使：出使，去。安西：地名，在今新疆库车附近。②王维（701～761）：字摩诘，太原祁（今山西祁县）人。盛唐田园

诗代表诗人。开元年间进士，官至尚书右丞。信佛教，后隐居蓝田，精通音律，擅书画。其诗众体皆擅，尤工五言，苏轼赞其"诗中有画，画中有诗"。有《王右丞集》。③渭城：地名，在今陕西西安附近。浥（yì）：湿润。轻尘：地上的浮尘。④柳：柳树，与"留"谐音，故古人送别常折柳枝相送。⑤更：再，又。尽：喝完。⑥阳关：地名，在今甘肃敦煌附近，因位于玉门关之南，故称阳关。故人：老朋友。

[赏读]

  清晨的细雨打湿了渭城的尘土，客舍周围绿意浓浓，柳树格外青绿。朋友你再饮了这杯酒吧，此番远去，过了阳关后就再也见不到老朋友了。

  这是一首送别诗，浓浓的离愁别绪渗透在字里行间。清晨的渭城，雨后空气清新，景色宜人，洗去了尘埃的柳树绿得清亮。美景让人留恋，不忍离别，含蓄地表达了诗人依依惜别之情。劝酒之举和对分别后朋友境况的担忧，更是直抒胸臆，抒发了朋友间的深情厚谊。

  送别令人伤感，尤其是朋友将去的是荒远的边塞，从此将山阻水隔、人事难测，再见不知何年何日。但诗人借劝酒把离愁放心里，把酒言欢中享受欢聚的乐趣，伤感中多了一丝豪爽。

  这首诗道尽了依依惜别的真心诚意，所以在唐代时就被谱成《阳关三叠》，成为送别名曲，传唱不衰。

[集评]

  更万首绝句，亦无复近，古今第一矣。（刘辰翁《王孟诗评》）

  作诗不可以意徇辞，而须以辞达意。辞能达意，可歌可咏，则可以传。王摩诘"阳关无故人"之句，盛唐以前所未道。此辞一出，一时传诵不足，至为三叠歌之。后之咏别者，千言万语，殆不能出其意之外，必如是，方可谓之达耳。（李东阳《怀麓堂诗话》）

唐人别诗,此为绝唱。(敖英《唐诗绝句类选》)

吴逸一:语由信笔,千古擅长,既谢光芒,兼空追琢,太白、少伯,何遽胜之!(高棅《唐诗正声》)

"渭城朝雨",自是口语,而千载如新。此论盛唐、晚唐三昧。(胡应麟《诗薮》)

语老情深,遂为千古绝唱。(陆时雍《唐诗镜》)

风韵超凡,声情刺骨,自尔百代如新,更无继者。(邢昉《唐风定》)

先点别景,次写别情。唐人绝句多如此。毕竟以此首为第一,惟其气度从容,风味隽永,诸作无出其右故也。(黄生《唐诗摘钞》)

首句藏行尘,次句藏折柳,两面皆画出,妙不露骨。(何焯《唐三体诗评》)

相传曲调最高,倚歌者笛为之裂。阳关在中国外,安西更在阳关外,言阳关已无故人矣,况安西乎?此意须微参。(沈德潜《唐诗别裁集》)

古今绝调。(焦袁熹《此木轩论诗汇编》)

不作深语,声情沁骨。(吴瑞荣《唐诗笺要》)

此诗之妙只是一个真,真则能动人。后维偶于路旁,闻人唱诗,为之落泪。(徐增《而庵说唐诗》)

惜别意悠长不露。(吴煊 胡昉《唐贤三昧集笺注》)

唐人七绝压卷之作。(王士禛《带经堂诗话》)

送别诗要情味俱深,意境两尽,如此篇真绝作也。(宋顾乐《唐人万首绝句选评》)

人人意中所有,却未有人道过,一经说出,使人人如其意之所欲出,而易于流播,遂足传当时而名后世。……王摩诘"劝君更尽一杯酒,西出阳关无故人",至今犹脍炙人口,皆是先得人心之所同然也。(赵翼《瓯

北诗话》)

只体贴友心,而伤别之情不言自喻。用笔曲折。(刘宏煦《唐诗真趣编》)

用一个"更"字,则此前之殷勤劝酒,此刻之留念不舍,此后之关切怀念,都体现了出来。所以,这一个字的容量是很大的。为什么如此殷勤、留念、关切呢?因为元二一出阳关,就再也没有像自己这样的知心朋友了,何况他还越走越远,要到安西呢?从此以后举目无亲,还是在故人面前多饮一杯吧。只这寥寥十四个字,就将好友之间的真挚情谊抒写无余。言简意赅,正是这首诗的成功之处。(沈祖棻《唐人七绝诗浅释》)

题北榭碑①

李 白

一为迁客去长沙②,西望长安不见家③。黄鹤楼中吹玉笛④,江城五月落梅花⑤。

[注释]

①北榭:黄鹤楼北面的台榭。②一为:一旦。迁客:被贬外放的官吏。去长沙:典出西汉贾谊被贬去长沙,此处为诗人自喻。③长安:唐代都城,在今陕西西安。④黄鹤楼:故址在今湖北武汉,位于长江南岸,传说仙人王子安在这里乘黄鹤升天,故名。⑤江城:在今湖北武汉武昌区。落梅花:指《梅花落》曲,此处有双关之意。

[赏读]

一旦被贬外放，只能像现在这样，远远地遥望长安，看不到家园。黄鹤楼上传来《梅花落》的笛声，听着凄婉的曲调仿佛看见五月的江城落满梅花。

这是诗人被贬流放途经江城时所作。回想被贬，诗人感慨万千，一旦被流放，都城便遥不可及，理想恐难实现。被流放的冤屈、抱负无法施展的愁闷、前途茫茫的无望，都郁结在心无法排解。此时耳边传来凄婉哀怨的笛声，吹得诗人低落的情绪越发沉郁。凄凉的环境气氛与诗人愁怨绝望的内心情感相互交融，伴随着凄苦的笛声一并喷涌而出。

[集评]

《复斋漫录》云："古曲有《落梅花》，非谓吹笛则梅落。诗人用事，不悟其失。"余意不然之。盖诗人因笛中有《落梅花》曲，故言吹笛则梅落，其理甚通，用事殊未为失。……古今诗词，用吹笛则梅落者甚众，若以为失，则《落梅花》之曲，何为笛中独有之？决不虚设也。（胡仔《苕溪渔隐丛话》）

无限羁情，笛里吹来，诗中写出。（钟惺 谭元春《唐诗归》）

凄切之情，见于言外，有含蓄不尽之致。至于《落梅》笛曲，点用入化。论者乃纷纷争梅之落与不落，岂非痴人前不得说梦耶？（爱新觉罗·弘历《唐宋诗醇》）

前思家，后闻笛，前后两截，不相照顾，而因闻笛益动乡思，意自联络于言外。（黄生《唐诗摘钞》）

因笛中《落梅花》曲而联想及真梅之落，本无不可。然竟谓吹笛则梅落，亦傅会也。复斋说虽稍泥，然考核物理自应有此，不当竟斥为妄。（高步瀛《唐宋诗举要》）

潘稼堂曰：登黄鹤楼，初欲望家而家不见，不期闻笛而笛忽闻；总是思归之情，以厚而掩。(《李太白诗醇》)

题淮南寺^①

程 颢

南去北来休便休^②，白蘋吹尽楚江秋^③。道人不是悲秋客^④，一任晚山相对愁^⑤。

[注释]

①淮南寺：寺名，在今江苏扬州附近。②休便休：想休息就休息。③白蘋：一种水草，夏秋之际开白花。④道人：出家修道之人，诗人自称。悲秋客：见秋生悲之人。⑤一任：听任，任凭。

[赏读]

秋风已经吹尽了江中的白蘋，南来北往之人行色匆匆。何苦奔波呢？想歇便歇吧。诗人不是一到秋天就伤感悲愁的人，就让那些青山在晚风中相对着发愁吧。

瑟瑟秋风、滔滔江水，"逢秋悲寂寥"，秋天的主题往往与悲、愁、思相伴，借秋咏愁，借题发挥，诗风常常阴郁凄凉。但这首诗有些不同，诗人告诉我们，他不是悲秋客，不是触秋景便生悲情的人。道人无忧无虑，随遇而安，他也一样，潇洒地南来北往，该歇便歇，绝不强撑。秋天来了，就尽情享受秋天的美好，至于愁啊悲的，就让那些绿色渐退的大山去发泄吧。

本诗淡泊、超俗,有点小清新哦。

[集评]

当此之时,不无悲秋之思?在我道人无思无虑,无秋可悲,一任两岸晚山相对。秋色自悲,而我自无愁也。(王相《千家诗》)

秋 月

程 颢

清溪流过碧山头①,空水澄鲜一色秋②。隔断红尘三十里③,白云红叶两悠悠④。

[注释]

①碧山头:山上树木碧绿苍翠。②空水:透明清澈的水。澄鲜:澄澈明净。③红尘:人世间,有人的地方。④悠悠:久远。

[赏读]

清澈的小溪流过碧绿的山头,天青水碧,水天一色,明净的天空与流水连成一片。这里远离尘世,人迹罕至,只有白云缓缓游动,红叶静静飘落。

秋季,天高云淡,清爽宜人。月色下,身处幽静的群山密林,远离喧闹的人群,望天上白云,看满树红叶,呼吸清新的空气,倾听天籁之音,你会逍遥得超然物外,心与天地一体,意和自然相通,私心杂念全无。

能有如此悠闲自在的时刻,让内心安宁自在,靠的是修身养性的心境历练,也是高雅情怀的完美意境展示。

[集评]

近世贵理学而贱诗,间有篇咏,率是语录讲义之押韵者耳。然康节(邵雍)、明道于风月花柳未尝不赏好,不害其为大儒。恕斋吴公深于理学者,其诗皆关系伦纪教化,而高风远韵,尤于佳风月、好山水,大放厥辞,清拔骏壮。(刘克庄《后村先生大全集》)

望之不见,惟有白云在上,红叶飘空,悠悠无际,隔断红尘,秋色之幽静可佳也。(王相《千家诗》)

七 夕①

杨 朴②

未会牵牛意若何③,须邀织女弄金梭④。年年乞与人间巧⑤,不道人间巧已多⑥。

[注释]

①七夕:节日名,在农历七月七日晚,传说牛郎织女每年只有这晚才能在天河相会。②杨朴(921~1003):字契元,号东里野民,新郑(今河南新郑)人。北宋诗人。隐居多年。其诗多写幽居和生活琐事,风格轻巧。有《东里集》。③未会:不明白。牵牛:牵牛星,指牛郎。意若何:打算怎样。④须:应该。织女:神话中天帝的孙女,巧于织作。弄金梭:穿金梭,用金梭织锦。⑤乞与:请求给予。⑥不道:没想到。

[赏读]

不知道牛郎在想什么,总是邀请织女在天上用金梭织锦。年年都让人间求得智巧,他哪知道其实人间的智巧已经太多了。

民间节日风俗很多,七夕节的特别之处是与古代神话有关。天帝的孙女织女在天上织云锦天衣,后来私自下凡嫁给了牛郎。天帝大怒,将织女召回天上,只允许织女在每年农历七月七日这晚通过喜鹊搭成的鹊桥与牛郎相见。而七夕节的重要内容是乞巧,这天夜里,妇女们要在庭院里摆上瓜果,或结彩楼,对月穿针,以期向织女星乞讨智巧。

正逢七夕节,诗人有感而发,抓住"巧"字借题发挥,双关用其意,由天入地,从乞巧风俗联想到人世间的投机取巧、尔虞我诈早已泛滥,构思巧妙。

[集评]

朴性癖,尝骑驴往来郑圃。每欲作诗,即伏草间冥搜,得句则跃而出,遇之者皆惊。(郑景望《蒙斋笔谈》)

此诗设为问答之意,谓我未识牵牛之意为何,年年相邀织女以弄金梭耶。复诘之曰:"汝年年乞与人间之巧,却不道人间之巧已多也。"(王相《千家诗》)

立 秋①

刘 翰②

乳鸦啼散玉屏空③,一枕新凉一扇风④。睡起秋声无觅处⑤,满阶梧叶月明中⑥。

[注释]

①立秋：二十四节气之一，在阳历8月8日前后，意为秋天的开始。②刘翰（生卒年不详）：字武子，长沙（今湖南长沙）人。南宋诗人。终生布衣。工诗词，诗风追随"永嘉四灵"。有《小山集》。③乳鸦：小乌鸦。玉屏：白玉屏风，此处比喻夜色空明，月光皎洁。④新凉：立秋之日的风比往日凉爽。⑤秋声：秋天的风声和落叶声。⑥梧叶：梧桐叶。

[赏读]

小乌鸦的啼叫声散了，夜色空明透彻。起风了，凉爽的风拂过枕边，好似扇子扇过。听到外面秋声阵阵，推门出去却不见风吹，只见明月照耀下，梧桐树叶铺满了台阶。

这首诗描绘的是立秋之夜的景象和诗人的感受。诗人抓住了秋风这一典型物象，细致地写出了秋风初起时大自然的微妙变化。秋风起，天气转凉，小乌鸦怕冷飞走了，夜色清明透着凉意。秋风吹拂，顿时感觉凉爽许多。风儿断断续续，风声夹着落叶声送入耳中，可好奇地外出查看时却又秋声全无，只见落叶不见风。

风吹叶落，秋天来了。经历了夏日的酷暑，凉爽的秋风带给人舒适清爽之感。诗人从触觉、听觉、视觉上写秋风，从感受和行动上寻秋意，气候的变化和情绪的变化相互照应，准确地再现了夏秋之交的自然变化。

[集评]

盖梧叶望秋而先落，其秋风入树，萧瑟而凄清也。（王相《千家诗》）

七 夕

杜 牧

银烛秋光冷画屏①,轻罗小扇扑流萤②。天阶夜色凉如水③,卧看牵牛织女星。

[注释]

①银烛:白蜡烛。秋光:秋月的光辉。画屏:雕花的屏风。②罗:质地稀松的丝织品。萤:指萤火虫,其尾部发光。③天阶:指宫殿台阶。

[赏读]

银白的烛光和着清冷的秋光映照在雕花的屏风上,清凉如水的夜色照耀在宫中的台阶上,拿起小扇追扑那飞过的秋萤,累了就躺着遥看那天上的牛郎织女星。

这首诗将传说和现实、天上和人间交融组合,描绘了一幅清冷孤寂的朦胧画:秋凉如水的银烛、秋光、夜色、画屏、流萤与凄清寂远的小扇、天阶、牛郎织女星,营造了高冷清凉的秋天氛围。

这幅画里活跃着一个愁闷幽怨的身影,她无聊得以飞扑流萤取乐,寂冷孤独地卧看星星,羡慕着牛郎织女。诗人以丰富的意象和细节为我们构建了一个清寒寂寞的世界,一个被无情抛弃、满怀愁怨、无聊度日的宫中女性形象。

[集评]

唐人工诗者多喜为宫词。"天阶夜月(色)凉于(如)水,卧看牵牛织女星","玉容不及寒鸦色，犹带昭阳日影来"，世称绝唱。以予观之，此特记恩遇疏绝之意于凝远不言之中，非能模写太平、藻饰万物。（释惠洪《石门文字禅》）

小杜"银烛秋光冷画屏"云云，含蓄有深致。星象甚多，而独言牛女，此所以见其为宫词也。（曾季貍《艇斋诗话》）

词亦浓丽，意却凄婉。（高棅《唐诗正声》）

崔颢《七夕》后四句云："长信深阴夜转幽，瑶阶金阁数萤流。班姬此夕愁无限，河汉三更看斗牛。"此篇点化其意，次句再用团扇事，亦浑成无迹。（何焯《唐三体诗评》）

细腻熨贴，善写秋夕家庭。（《精选评注五朝诗学津梁》）

诗中不着一意，言外含情无限。（宋顾乐《唐人万首绝句选评》）

层层布景，是一幅着色人物画，只"坐（卧）看"二字逗出情思，便通身灵动。（孙洙《唐诗三百首》）

此宫中秋怨诗也，自初夜写至夜深，层层绘出，宛然为宫人作一幅幽怨图。（王文濡《唐诗评注读本》）

为秋闺咏七夕情事。前三句写景极清丽，宛若静院夜凉，见伊人逸致。结句仅言坐看双星，凡离合悲欢之迹，不着毫端，而闺人心事，尽在举头坐看之中。若漠漠无知者，安用其坐看耶？（俞陛云《诗境浅说》）

中秋月①

苏　轼

暮云收尽溢清寒②，银汉无声转玉盘③。此生此夜不长好，明月明年何处看。

[注释]

①中秋：指中秋节，又称月夕、秋节、仲秋节等。在农历八月十五，是与春节齐名的传统节日。这天有赏月、祭月、吃月饼等习俗。②溢：漫出，流出。③银汉：银河，此处指天空。玉盘：比喻圆圆的月亮。

[赏读]

傍晚云彩散尽，静美的月夜里，天空清冷，银河无声高挂，又大又圆的月亮冉冉升起。可是此生此夜虽好，无奈恐难长久，不知明年的圆月在哪里才能看到。

每逢佳节倍思亲，月圆象征团圆，可是如果孤身在外无法与家人团聚，只能孤寂地仰望明月寄托思乡之情。月亮高挂天空，由月及人，诗人无限感慨，此次赏月难得与家人一起，可惜此情此景难以长久，明年的圆月在哪儿看？和谁看呢？

据诗人自述，这首诗是与弟弟子由在彭城（今江苏徐州）共赏中秋月时有感而作。不知明年何处赏圆月的叹息里透露着迷茫与无助：过去生活颠沛流离，如今难得有机会团聚，但是将来呢？

[集评]

好景难逢，良宵难值，人生良遇难期，何不及时行乐乎？（王相《千家诗》）

噫！好景不常，盛事难在。读此语则令人有岁月飘忽之感云。（蔡正孙《诗林广记》）

江楼感旧

赵嘏①

独上江楼思渺然②,月光如水水如天。同来玩月人何在③,风景依稀似去年④。

[注释]

①赵嘏(gǔ)(810~856?):字承祐,楚州山阳(今江苏淮安楚州区)人。唐代诗人。会昌年间进士,曾官渭南(今陕西渭南)尉,世称"赵渭南"。其诗清丽多彩,警句耐人寻味,后人誉为"多兴味"。有《渭南集》。②江楼:江边楼台。渺然:忧愁伤感。③玩月:赏月。④依稀:仿佛。

[赏读]

独自登上江边的楼台,想起故旧心中感伤不已。眼前月光如水,水天一色,风景仿佛依旧同去年一样,但去年一同在此赏月的人今天又在哪里呢?

去年同赏月,今年独上楼,相隔一年,景同人不在,诗人触景伤情,思念往事,怀念故人,感慨不已。月色撩人,同样的美景依然令人陶醉,但越思念越寂寞,去年赏月的快乐、叙情的深厚越发映衬出今年孑然一身的孤单、旧地重游的惆怅。

风景依旧在,只是今昔心情两重天,对比往日的欢乐,如今只有独自叹息。思念至深,感伤至极。

[集评]

胡济鼎曰:"独""同"二字小巧。(李攀龙《唐诗广选》)

月光如旧,同游者不复在矣。物是人非,所以兴感。(唐汝询《唐诗解》)

言独上之时,思同来之友,见水月连天,思去年之景,皆有针线。(钟惺 谭元春《唐诗归》)

"风景依稀"句缭绕有情,极似盛唐人语。(黄叔灿《唐诗笺注》)

情景真,不嫌其直。下二句分足上二句。(宋顾乐《唐人万首绝句选评》)

"独上""同来"四字,为此诗线索。(宋宗元《网师园唐诗笺》)

唐人绝句,有刻意经营者,有天然成章者。此诗水到渠成,二十八字一气写出。月明此夜,风景当年,后人之抚今追昔者,不能外此。在词家中,惟"月到旧时明处,与谁同倚阑干"句,与此诗意境相似。(俞陛云《诗境浅说》)

题临安邸①

林 升②

山外青山楼外楼③,西湖歌舞几时休④。暖风熏得游人醉⑤,直把杭州作汴州⑥。

[注释]

①临安:南宋都城,在今浙江杭州。邸:旅舍。②林升(生卒年不

详）：字梦屏，平阳（今浙江平阳）人。宋代诗人。大约生活在南宋高宗绍兴（1131～1162）至孝宗淳熙（1174～1189）之间，生平事迹不详。善诗文。③山外青山：青山之外还有青山。楼外楼：高楼之外还有高楼。④休：停止，罢休。⑤熏：熏染。⑥直：简直，竟然。汴州：北宋都城，在今河南开封。

[赏读]

山外有山，山峦叠嶂，楼外有楼，楼阁密布，西湖边的歌舞升平何时才会罢休啊？暖洋洋的风熏得那些达官贵人醉生梦死、麻木不仁，简直把杭州当成了汴州老家。

三国的乐不思蜀有了南宋新版本。国破山河易手，南宋被迫偏安一隅，可是这些皇亲国戚、达官贵人整日花天酒地、歌舞升平，早忘了沦陷的中原故土。大兴土木盖厅堂，夜夜笙歌舞不休，游园畅饮逍遥游，活画出南宋小朝廷寻欢作乐、荒诞腐朽的生活。

这首诗题在杭州的旅舍墙壁上，诗人的忧心、悲愤、指斥、控诉尽在其中。

[集评]

言南宋君臣，只图偷安宴乐于西湖，弃汴京故地而不问，置祖宗大仇而不报，可胜惜哉！（王相《千家诗》）

绍兴、淳熙间，颇称康裕。君相纵逸，耽乐湖山，无复新亭之泪。士人林升者，题一绝于旅邸云云。（田汝成《西湖游览志馀》）

语淡而味终不薄。（沈德潜《唐诗别裁集》）

晓出净慈寺送林子方①

杨万里

毕竟西湖六月中②,风光不与四时同③。接天莲叶无穷碧,映日荷花别样红④。

[注释]

①净慈寺:原名净慈报恩光孝禅寺,在杭州西湖边。林子方:诗人的朋友。②毕竟:终究,到底。③四时:春夏秋冬四季。④别样:格外,分外。

[赏读]

到底是六月的西湖,风光和其他时节大不相同。碧绿的莲叶铺满了西湖,与蓝天连接在一起;红色的荷花与阳光互相映照,显得格外鲜红娇艳。

西湖有自己的美,六月的西湖有不同于其他季节的美。美在哪里呢?诗人只突出湖中的荷叶、荷花,将荷叶、荷花铺满西湖的别样的美,图画般地描绘了出来。

首先是面积广大,目之所及皆是荷叶,一眼望不到边际。其次是色彩艳丽,碧绿的荷叶、艳红的荷花、湛蓝的天空,还有灿烂的金色朝阳,组成了耀眼夺目的五色画板。再次是环境怡人,诗人清晨出寺送别朋友,站在西湖边,远山、近水,天高、日晴,与满眼的荷叶、荷花组成了不同于平日的风光景致。

如此美景，当然令人心旷神怡。

[集评]

荷花如此其媚，而湖光山色之美可知矣。（王相《千家诗》）

饮湖上初晴后雨

苏 轼

水光潋滟晴方好①，山色空蒙雨亦奇②。欲把西湖比西子③，淡妆浓抹总相宜④。

[注释]

①潋滟（liàn yàn）：水波荡漾。方：刚刚。②空蒙：烟雨蒙蒙。③欲：想要。西子：指西施，春秋时越国美女。④相宜：相称。

[赏读]

天气晴朗的时候，西湖水波荡漾，阳光灿烂，美得刚刚好；阴雨天气时，山色朦胧，烟雨茫茫，风景也很奇妙。如果把西湖比作美女西施，浓妆也好，淡妆也罢，都很美丽动人。

西湖的美，奇妙多姿，由晴转雨，雨歇晴回，瞬息万变，诗人敏锐地抓住这瞬间变化，写出了晴天和雨天不同的美景，并以绝世美人与西湖美景作类比，强调两者的自然美和多样美，奇妙的构思令人叫绝。

诗人观察细致，想象丰富，感受独特奇妙，颇有理趣。美在自然，美在天然，所以，试着用一颗单纯的爱美的心，以欣赏的眼睛去发现自然之美、变化之美。

[集评]

此是名篇,可谓前无古人,后无来者。公凡西湖诗,皆加意出色。(王文浩《苏文忠公诗编注集成》)

后二句遂成为西湖定评。(陈衍《宋诗精华录》)

西子就是战国时有名的美女西施。这也是苏轼的一个传诵的比喻,后来许多诗歌都从这里生发出来。(钱锺书《宋诗选注》)

入 直①

周必大②

绿槐夹道集昏鸦③,敕使传宣坐赐茶④。归到玉堂清不寐⑤,月钩初上紫薇花⑥。

[注释]

①入直:即入值,入宫值班供职。直,同"值",值班。②周必大(1126~1204):字子充,自号省斋居士,晚号平园老叟,庐陵(今江西吉安)人。宋代诗人。绍兴年间进士,官至左丞相。其诗擅长状物,风格清新淡雅。有《益国周文忠公全集》。③昏鸦:黄昏归巢的乌鸦。④敕(chì)使:宫内传达皇帝诏令的使者。传宣:宣召。⑤玉堂:汉宫名,此处指翰林院。清不寐:感念皇恩而兴奋不能入睡。⑥月钩:月亮初上,形状如钩。紫薇:植物名,多种于中书省院中。

[赏读]

皇宫内道路两旁,绿色的槐树枝繁叶茂,归巢的乌鸦纷纷落在树梢,皇帝派使者传达诏令，命诗人到殿中共坐赐茶。回到翰林院后，诗人感念皇帝恩德激动得久久不能入眠，直到新月升起，月光照在紫薇花上。

诗人在宫中值班时有幸获得皇帝的召见与赐茶，激动得夜不能寐，眼睁睁地看着月儿升起。能得到皇帝的召见，臣子一定受宠若惊、诚惶诚恐吧，诗人似乎也不例外。

皇官内茂密的槐树、齐聚的乌鸦渲染了环境的肃穆紧张，被皇帝召见有惊喜，但更多的是惶恐，回来后不能入眠，则是激动不安以及对前途、人生的重新体悟，诗人应召前后的心理变化梳理得清晰形象。

[集评]

画中有意。(姜夔《白石诗说》)

此可与李卫公"月中清露点朝衣"一首，同推清绝。(陈衍《宋诗精华录》)

夏日登车盖亭[①]

蔡 确[②]

纸屏石枕竹方床[③]，手倦抛书午梦长。睡起莞然成独笑[④]，数声渔笛在沧浪[⑤]。

[注释]

①车盖亭：在今湖北安陆。②蔡确（1037~1093）：字持正，晋江（今福建晋江）人。宋代诗人。嘉祐年间进士，官拜尚书右仆射。曾因诗作被指讥讽朝政而被贬官。③纸屏：纸糊的屏风。石枕：石做的枕头。

④莞（wǎn）然：微笑的样子。⑤渔笛：渔人吹奏的笛声。沧浪：湖名，在今湖北。

[赏读]

纸糊的屏风立在床前，诗人坐在竹床上靠着石枕捧着书卷看书，时间久了手腕发酸，便抛开书睡了个长长的午觉。睡醒后满足地独自微笑着，听着沧浪湖传来的渔人的笛声。

这首诗抒写在水亭纳凉的感受，捧卷看书，读书倦了枕石而卧，听着水波声酣然入眠。长长的午觉醒后，回味梦境不觉莞然，耳边传来悠扬的笛声。这不就是闲适自在、与世无争的隐居生活吗？也许是午睡时的梦让他领悟，也许是早就看破官场黑暗、看破了人生。

能做到视荣华富贵如浮云，欣然接受这种独处自得的隐居生活，那就是真正的回归自然。

[集评]

"睡起莞然成独笑"，方今朝廷清明，不知确笑何事。（蒋一葵《尧山堂外纪》）

殊有闲适自在之意。（胡仔《苕溪渔隐丛话》）

其悠然自得之趣可知矣。（王相《千家诗》）

直玉堂作①

洪咨夔②

禁门深锁寂无哗③，浓墨淋漓两相麻④。唱彻五更天未晓⑤，一墀月浸紫薇花⑥。

[注释]

①直玉堂：在翰林院内值班。②洪咨夔（kuí）（1176~1236）：字舜俞，号平斋，於潜（今浙江杭州於潜镇）人。南宋诗人。嘉泰年间进士，曾任翰林学士等职。其诗风近江西诗派，笔锋犀利，诗意峻峭。有《平斋文集》。③禁门：宫禁之门，百官平时不得擅入。④淋漓：沾湿或流滴的形状，此处指墨迹未干。两相（xiàng）麻：两页黄麻纸上写着拜相的命令。南宋设左右丞相，皇帝拜相前授意翰林学士起草诏书，皇帝加印后执行。⑤唱彻：鸡人报晓。汉代宫中由红巾包头状似鸡头的卫士（俗称鸡人）报唱时辰。⑥墀：宫殿前的台阶。

[赏读]

皇宫大门紧闭，宫内寂静无声，诗人奋笔疾书，连夜起草皇帝任命左右丞相的诏书。鸡人报晓，已经五更了，但天还没亮，起草诏书完毕后信步出门，台阶上如水的月光映满了紫薇花的影子。

诗人为皇帝起草诏书，五更天写完后踌躇满志地踱出门外，宫内寂静一片，只有月光照在台阶上，还有紫薇花的影子婆娑。赏月观花，呼吸新鲜空气，诗人心中一定自在兴奋。

在皇宫值班并不只是一觉睡到天亮，有时也要加班工作，所以并不轻松。为皇帝起草诏书责任重大，隔离保密措施严格，诗人自豪亢奋，深深以此为荣耀，不禁得意炫耀一番。

[集评]

此描述得意之诗也。（王相《千家诗》）

竹 楼①

李嘉祐②

傲吏身闲笑五侯③,西江取竹起高楼④。南风不用蒲葵扇⑤,纱帽闲眠对水鸥⑥。

[注释]

①诗题一作《寄王舍人竹楼》。②李嘉祐（719?～781?）：字从一，赵州（治今河北赵县）人。唐代诗人。天宝年间进士。曾任监察御史等职。词采华美，善于写景。有《李嘉祐集》。③傲吏：傲世简居的官吏。④西江：指多竹的江西一带。⑤蒲葵扇：蒲葵叶做成的扇子。⑥纱帽：古代贵族和官员戴的帽子。

[赏读]

简居清闲的小吏嘲笑那些权贵达官说：你们哪有我自在啊！我从西江取来竹子，靠水筑屋盖起高楼。夏天南风送爽，不需蒲扇驱热；摘下纱帽对着水鸥想睡便睡，悠然入眠。

诗人赞美的是王舍人的竹楼，歌咏的是闲情逸致的生活和心境。这样的生活简朴自然，没有是非烦恼，没有人事纠葛，充满生活情趣。高洁的竹子、自由自在的水鸥，暗喻了竹楼主人的超尘脱俗和闲情逸趣。

傲世小吏，蔑视功名，不愿与权贵为伍。简单快乐地做自己，人生更潇洒。

[集评]

自宋王禹偁作《黄冈竹楼记》，曲尽其致，竹楼之名始著。而在唐代，王舍人已有西江取竹之举，钱起亦有赠诗，仅言其逸趣，而未详其制。凡山居者，多叠石为屋。泽居者，每架竹为楼。楚江畔竹制钓楼，有高数丈者，但无人采入诗文耳。诗言舍人高卧竹楼，堪称吏隐。江上凭阑，闲挥葵扇，已闲适可羡。况南风送爽，并蒲葵而不用。纱帽隐囊，对忘机鸥鸟，更无尘起污人，劳元规之障面，宜舍人笑傲五侯矣。（俞陛云《诗境浅说》）

直中书省①

白居易②

丝纶阁下文章静③，钟鼓楼中刻漏长④。独坐黄昏谁是伴，紫薇花对紫薇郎⑤。

[注释]

①中书省：官署名，唐代政务中心。②白居易（772~846）：字乐天，号香山居士，下邽（今陕西渭南）人。唐代诗人，新乐府运动的倡导者。贞元年间进士，曾任中书舍人等职。白居易与元稹齐名，世称"元白"。其诗题材广泛、通俗易懂，流传极广。有《白氏长庆集》。③丝纶阁：即中书省，皇帝颁发诏书的地方。丝纶，皇帝颁发的诏书。④钟鼓楼：宫中预报时辰的楼，一般晨敲钟暮击鼓。刻漏：古时以铜壶滴漏计时。⑤紫薇花：中书省内苑栽种的花，因此中书省又称紫薇省。紫薇郎：指中书舍

人,诗人此时担任中书舍人,故称。在唐代,中书令也称紫薇令。

[赏读]

诗人在中书省值班,无文书可写,无事可做,周围寂静无声,只有钟鼓楼上刻漏的滴漏声不绝于耳。一个人孤独地呆坐着,谁来与我作伴呢?只有院中的紫薇花和自己静静相对。

这是诗人在中书省值班的心情写照。夜深人静,无聊独坐,时间悠长而难熬。森严的官中寂静得连钟鼓楼上报时的滴漏声都能听到,无人相伴,寂寞难耐,只有紫薇花有情,相对相看,陪伴着自己度过这漫漫长夜。

在官中任职,有人为有机会侍奉皇帝而得意兴奋,有人为如何奉献才智而焦虑不已,诗人因无事可做而感到寂寞无聊,其意在何处、情系何为,不无玄妙。

[集评]

坐于中书省中丝纶阁下,黄昏静寂,惟与紫薇花相对而已。(王相《千家诗》)

观书有感

朱 熹

半亩方塘一鉴开①,天光云影共徘徊②。问渠那得清如许③,为有源头活水来④。

[注释]

①鉴：镜子。②徘徊：来回移动。③渠：它，指方塘。那得：怎么能够。如许：像这样。④为：因为。

[赏读]

半亩大小的池塘像一面明镜，蓝天白云的倒影在水中来回移动。要问这池塘里的水为什么这么清澈，这是因为有活水不断地从源头涌出来。

这首诗通俗易懂，一方池塘水清如镜，蓝天白云的倒影明亮清晰，池水如此清澈的道理很简单，因为它是流动的活水，因为有源头的清流源源不断地注入。

这是《观书有感二首》之第一首，诗人在读书中有感而发，借景喻理，用生活化的细节形象地阐述了一个道理：流水不腐，有"活水"的滋养补充，池塘方能水流常清。同理，不断地读书，从书中获得新知识、新思想，才能融会贯通，不断提升自我、活跃思维。

这是一首写景诗，也是一首哲理诗，丰富的哲理意味寓于鲜明生动的形象之中，比喻贴切，道理深刻而易懂。

[集评]

盖借物以明道也。（朱熹）

此诗文公因观书而见义理之高明，犹水之澄清而洞照万物。问渠何其澄澈光明如此？则谓有源头活水周流。（王相《千家诗》）

言日新之功。（罗大经《鹤林玉露》）

泛 舟

朱 熹

昨夜江边春水生①，艨艟巨舰一毛轻②。向来枉费推移力③，此日中流自在行④。

[注释]

①生：涨。②艨艟（méng chōng）：古代的战船，此处指大船。一毛轻：像一根羽毛一样轻。③向来：原来，指水浅时。④中流：水流中央。自在：随意，不费力。

[赏读]

昨夜江中水流上涨，大船在水中就像一根羽毛那么轻。原来水浅时要费尽力气牵拉，船才能行走，现在大船可以在水流中央轻快地前行了。

这是《观书有感二首》之第二首。诗人借诗讲道理，就不能用写文章的逻辑推理方法，而是要形象生动，用常见的生活现象通俗地阐述道理。水上行船，水浅浮力小，即便是小船也前行吃力；水涨浮力大，大船也能如羽毛一样轻松前行，可见春水的威力无限，如果有顺风助力更是如虎添翼。

修养、做事或者读书、做学问的道理也是如此，基础薄弱，成功就要打问号；基础扎实，功力深厚，厚积薄发，成功指日可待。

[集评]

以比人见道不明，千思万索，及至悟来，不思不勉，自然而然，从容

中道也。(王相《千家诗》)

言力到之效。(罗大经《鹤林玉露》)

这两首当然是说理之作,前一首以池塘要不断地有活水注入才能清澈,比喻思想要不断有所发展提高才能活跃,免得停滞和僵化。后一首写人的修养往往有一个由量变到质变的阶段。一旦水到渠成,自然表里澄澈,无拘无束,自由自在。这两首诗以鲜明的形象表达自己在学习中悟出的道理,既具有启发性,也并不缺乏诗味。(程千帆《宋诗精选》)

冷泉亭①

林稹②

一泓清可沁诗脾③,冷暖年来只自知④。流出西湖载歌舞⑤,回头不似在山时⑥。

[注释]

①冷泉亭:在杭州灵隐寺前飞来峰下。②林稹(zhěn)(生卒年不详):字丹山,长洲(今江苏苏州)人。北宋诗人。熙宁年间进士,生平事迹不详。诗作有百余首《宫词》。③泓(hóng):水清且深。沁:润,渗入。诗脾:诗思。④年来:岁月更替,年来年去。⑤载歌舞:载歌载舞的游船。⑥回头:回到原处。

[赏读]

冷泉亭下的泉水清澈透亮,喝下去沁人心脾;寒来暑往,一年中的冷暖变化只有自己知道。但当泉水流进西湖载歌载舞的游船处后,再流回山中便不可能像原先在山里的冷泉那样清澈纯净了。

泉水来自天然,在山间野外不受外界干扰侵蚀,保有自己原本的味道、风格,冷也好暖也罢,遵循的是自然本身的规律。而一旦离开了自然环境,被外力干扰,破坏了自己原本的风格、韵律,当然也就没有了原有的纯净、韵味和独立的自我。冷泉亭的泉水一旦流进西湖,被浑浊的杂质、污浊的湖水侵染,根本不可能保有原本的清纯。

诗人借清澈的泉水被污染,既针砭了社会也影射了世人,忧虑、叹惜、感慨,哲理地展示了足够诚意的人文关怀。

[集评]

言水之清可饮,以沁涤吾诗人之脾胃也。其泉在深山之处,年去年来,或冷或暖,只自知之耳。其水流出西湖而载歌舞之船,浊而不清,无复昔日在山之洁矣。(王相《千家诗》)

赠刘景文①

苏 轼

荷尽已无擎雨盖②,菊残犹有傲霜枝③。一年好景君须记,最是橙黄橘绿时④。

[注释]

①刘景文:刘季孙,字景文,诗人的朋友。②擎(qíng):托起,撑着。雨盖:指荷叶形如伞状。③傲:经得住。④最是:正是。橙黄橘绿:橙橘成熟的时候,指秋季。

[赏读]

秋天快过去了,荷花开尽,已经没有了像伞一样可以遮雨的荷叶;菊花凋落,花枝却在风霜中傲立。你要记住,一年中最好的景色就在那橙橘成熟的金秋。

四季景致各有特征,找准了特色也就抓住了季节的神韵。正是秋末冬初,诗人突出了"荷尽""菊残""橙黄""橘绿"几个意象,以残败的荷菊与成熟的橙橘进行鲜明的对比,降低了荷菊败尽带来的感伤意味,提升了橙橘丰收的喜悦之感。

在诗人眼里,荷花、菊花虽然凋零,但枝干依然挺拔地傲对严霜,而那硕果累累的橙橘更是生命力的象征。所以,萧瑟的晚秋并未给人哀愁之感,而是充满生机,散发着生命勃发的昂扬之气。

[集评]

"天街小雨润如酥"云云,此退之早春诗也。"荷尽已无擎雨盖"云云,此子瞻初冬诗也。二诗意思颇同而词殊,皆曲尽其妙。(胡仔《苕溪渔隐丛话》)

或以此诗与韩退之《早春呈水部张员外诗》(《初春小雨》)相似,徒以"最是一年春好处"句偶近耳。其意境各有胜处,殊不相同也。(高步瀛《唐宋诗举要》)

枫桥夜泊①

张 继②

月落乌啼霜满天,江枫渔火对愁眠③。姑苏城外寒山寺④,夜半钟声到客船⑤。

[注释]

①枫桥：原名封桥，在今江苏苏州城西。②张继（生卒年不详）：字懿孙，襄州（治今湖北襄阳）人。唐代诗人。天宝年间进士，官至检校祠部员外郎，世称"张祠部"。其诗工近体，擅七绝，诗风清丽。有《张祠部集》。③江：泛指河流。渔火：渔家灯火。对愁眠：满怀愁思对着枫树渔火而眠。④姑苏：即苏州，因城外有姑苏山而得名。寒山寺：寺名，在枫桥附近，始建于梁代，因初唐时疯僧寒山居此而得名。⑤夜半钟声：古代寺院有夜半撞钟的习俗。

[赏读]

这是一幅夜泊小憩的图景，也传递出一缕游子浪迹漂泊的愁绪。

深秋夜半，月落星稀，霜露满天，凉意袭人，寒鸦的啼声更显得暗夜凄清。泊舟异乡的江上，愁苦难眠，旅途的劳顿、凄冷的秋风、江中的渔火，映衬着游子孤独无助的寂寞之情。躺在船上辗转反侧，远远飘来苏州城外寒山寺的钟声，这钟声敲破秋夜的寂静，撞击游子孤寂的心头，更增添了游子的万千愁思。

孤独地身处异乡，江中的寒秋夜景触动了游子心头的愁绪，而那隐隐传来的寺中的钟声更让愁思连绵飘荡。见江上之景，闻江上之声，无论是月落、满天霜、渔火，还是乌啼、钟声，都交织成无边无际的忧愁，营造出凄凉愁苦的环境氛围。

[集评]

张继"夜半钟声到客船"，谈者纷纷，皆为昔人愚弄。诗流借景立言，惟在声律之调、兴象之合，区区事实，彼岂暇计？无论夜半是非，即

钟声闻否，未可知也。（胡应麟《诗薮》）

全篇诗意自"愁眠"上起，妙在不说出。（陈继儒《唐诗三集合编》）

愁人自不成寐，却咎晓钟，诗人语妙，往往乃尔。（何焯《唐三体诗评》）

尘市喧阗之处，只闻钟声，荒凉寥寂可知。（沈德潜《唐诗别裁集》）

西崖先生云："诗话作而诗亡。"余尝不解其说，后读《渔隐丛话》而叹宋人之诗可存，宋人之话可废也。唐人："姑苏城外寒山寺，夜半钟声到客船。"诗佳矣。欧公讥其夜半无钟声。作诗话者，又历举其夜半之钟，以证实之。如此论诗，使人夭阏性灵，塞断机括；岂非"诗话作而诗亡"哉？（袁枚《随园诗话》）

"客船"即张继自谓。本云夜半钟声，客船初到，而江枫渔火，相对愁眠，则已月落乌啼。客情水宿，含悲俱在言外。文法是倒拈，并非另有客船到也。不然，"夜半"与上"月落乌啼"，岂不刺谬乎？（黄叔灿《唐诗笺注》）

首句言泊舟之时。次句言旅客之怀。后二句言夜半而始泊舟，见客子宵行之久；寺中尚有钟声，见山僧夜课之勤。作者不过夜行纪事之诗，随手写来，得自然趣味。诗非不佳，然唐人七绝佳作林立，独此诗流传日本，几妇稚皆习诵之。诗之传与不传，亦有幸有不幸耶？（俞陛云《诗境浅说》）

欧阳永叔《诗话》曰：诗人贪求好句而理有不通，亦语病也。唐人有云：姑苏台下（城外）寒山寺，夜半钟声到客船。说者亦云：句则佳矣，其如三更不是打钟时？《石林诗话》曰：盖公未尝至吴中，今吴中山寺实以夜半打钟。《唐诗纪事》曰：此地有夜半钟，谓之无常钟。继志其异耳，欧阳以为语病，非也。（高步瀛《唐宋诗举要》）

"江枫渔火"是终夜所对,"钟声"是半夜所闻,"月落乌啼霜满天"则是天色将晓时所见所闻所感,总之,是一夜愁眠所遇到的。全篇写客船夜泊之景,而以"愁眠"两字贯串之,则一切景物,都染上了诗人感情的色彩,写景亦即写情了。(沈祖棻《唐人七绝诗浅释》)

寒 夜

杜耒①

寒夜客来茶当酒,竹炉汤沸火初红②。寻常一样窗前月③,才有梅花便不同。

[注释]

①杜耒(lěi)(？~1225):字子野,号小山,旴江(今江西抚州)人。南宋诗人。曾任太府卿许国的幕宾。诗风近似江湖派。②竹炉:炉外层用竹篾套住的火炉。汤:此处指茶水。③寻常:平常。

[赏读]

寒夜朋友来做客,以茶当酒叙友情,竹炉上茶水沸腾炉火旺。窗前的月亮与往日一样明亮,只是今晚因为有了梅花的映照才与以往不一样。

朋友寒夜来访,主人热情相待,不必美酒佳肴,以茶当酒围炉言欢。茶水沸腾,竹炉火旺,温暖、随和的氛围,亲密、喜悦的情谊,只有朋友之间才会这样无拘无束,才会如此开心畅谈。连寒冷的窗外也因朋友的来访变得不同。几株梅花绽放,在皎洁的月色衬托下飘来淡淡的香气,让今夜更加不同寻常。

烤炉火，饮浓茶，悠闲畅谈；观冷月，赏梅花，温暖自在。文人雅士欢聚，喜悦之情驱散了孤冷的寒气。高雅似梅的品格、真诚的友情、随和亲密的氛围，令人羡慕神往。

[集评]

寒夜客来，以茶可以当酒。呼童煮茗，炉火初红，与客共话于寒窗月下。寻常亦是此月，但觉今夜梅花芳香袭人，其景倍佳于他日也。（王相《千家诗》）

"寻常一样窗前月，才有梅花便不同。"苏召叟（苏泂）诗（《金陵》）"人家一样垂杨柳，种在宫墙自不同"，二联一义。（黄升《玉林诗话》）

霜 月

李商隐[①]

初闻征雁已无蝉[②]，百尺楼台水接天。青女素娥俱耐冷[③]，月中霜里斗婵娟[④]。

[注释]

①李商隐（813~858）：字义山，号玉谿生，又号樊南生，河内（今河南沁阳）人。晚唐诗人。开成年间进士，曾任校书郎。其诗构思新颖，意境深远，声色词律俱佳，对后世影响很大。李商隐与杜牧合称"小李杜"，与温庭筠合称"温李"。有《李义山诗集》。②征雁：南飞的大雁。蝉：俗名知了，生活在夏秋之际。③青女：神话传说中司管霜雪的天神。

素娥：嫦娥。④婵娟：美好的容貌。

[赏读]

晚秋时节，登楼望远，只见水天一色，听不到树上的蝉鸣，听见的只有南飞大雁的声声鸣叫。想象那天上的霜神和嫦娥，她们不惧寒冷，在月下寒霜中争相比美斗艳。

诗人深秋在高楼远望天地，看大雁列队南飞，明月高悬，霜如白雪，清冷的夜晚寒意袭来，诗人展开想象的翅膀飞向仙宫，仿佛看见冰肌玉骨的霜神、嫦娥在清霜冷月中神采飘逸、争奇斗艳。

诗人将清冷的晚秋现实和浪漫的霜月幻境交相呼应，意境新奇，显示了丰沛神奇的艺术创造力。而如此自如地虚实跳转，也许还是以景寓情，"无蝉""耐冷"都让人引申联想。

我们不妨也展开想象的翅膀，跨越时空，细心体会诗人的高情远意。

[集评]

唐李义山《霜月》绝句："青女素娥俱耐冷，月中霜里斗婵娟。"本朝石曼卿云："素娥青女原无匹，霜月亭亭各自愁。"意相反而句皆工。（周必大《二老堂诗话》）

何焯云：第二句先虚写霜月之光，最接得妙。（沈厚塽《李义山诗集辑评》）

首二句极写摇落高寒之意，则人不耐冷可知。却不说破，只以青女、素娥对之，笔意深曲。（纪昀《玉谿生诗说》）

艳情也。（冯浩《玉谿生诗集笺注》）

托兴幽渺，自见风骨。（张文荪《唐贤清雅集》）

梅

王淇

不受尘埃半点侵①,竹篱茅舍自甘心②。只因误识林和靖③,惹得诗人说到今。

[注释]

①侵:侵染。②甘心:安于现状。③林和靖:即林逋,北宋名士,隐居杭州孤山梅岭,以养鹤种梅为乐。因他终生未娶,故有"梅妻鹤子"的佳话流传。

[赏读]

梅花冰清玉洁,不沾丝毫尘埃,默默无言地长在竹篱茅舍边,只是因为误识了以种梅为乐的隐士林和靖,才被诗人赞美至今。

自然界百花争艳,应季应时绽放,各有独特风采。至于说哪种花代表了哪种品格精神,那只是俗世间人们的某种精神寄托和移情作用,与花无关。梅花不染尘埃、默默生长只是花性所致,遵循的是自然界万物的神奇法则。但是,自从被林和靖尊崇后,名声大噪,被冠之以高洁无瑕、清雅脱俗的符号象征,成为历代文人墨客歌咏赞美的对象,这实在是有违梅花低调的自然本性。

诗人略带幽默调侃,用一种另类的方法赞美了梅花。

[集评]

意谓君子不重繁华富贵之乡,而乐清幽隐逸之趣也。(王相《千家诗》)

早 春

白玉蟾①

南枝才放两三花②,雪里吟香弄粉些③。淡淡著烟浓著月④,深深笼水浅笼沙⑤。

[注释]

①白玉蟾(chán)(1194~1229):即葛长庚,字白叟,号海琼子,闽清(今福建闽清)人。南宋道士。曾隐居武夷山,被尊为全真教南五祖之一。学识渊博,能诗善赋。有《海琼玉蟾先生文集》。②南枝:朝南向阳生长的花枝,开花较早。③吟香:吟咏梅花的清香。弄粉:赏玩粉白的花蕊。些(suò):语气助词。④著:抹上,沾惹。⑤笼:笼罩。

[赏读]

向阳的梅花刚开放了两三朵,诗人在雪中赏玩花蕊,吟咏花香。看花色在烟雾中很淡,在月色中却很浓,花影照在水里很深,映在沙上又很浅。

诗人借梅花写早春,因为梅花报春,最早的"两三花"便透露了春天来临的气息。踏雪寻梅,白色的雪地、清冷的月光、两三朵粉色的梅花,在朦胧的夜色中,这些都笼罩在一片白茫茫的烟雾中。

诗中对春未着一字,却写尽了早春来临的清新淡雅。雪中月夜把玩梅花、观赏梅影,雾霭中、月光下、水中、沙上,梅花浓淡相宜、深浅交织,散发出清雅疏淡的独特风韵,别有情趣。

[集评]

其清香瘦影之佳妙如此,可谓极于描写者矣。(王相《千家诗》)

雪梅(其一)

卢梅坡①

梅雪争春未肯降②,骚人阁笔费评章③。梅须逊雪三分白④,雪却输梅一段香⑤。

[注释]

①卢梅坡(生卒年不详):南宋诗人。生平事迹不详。诗风平易。②降:认输,投降。③骚人:诗人。阁:同"搁",放置。费:费心。评章:评断。④须:虽。逊:比不上,差。⑤输:不及,不如。

[赏读]

梅花和雪花互相争春,谁也不肯认输,诗人放下笔苦思冥想。梅花不如雪花洁白,雪花不如梅花清香,其实它们是各有千秋吧。

这首诗采用拟人的方法描述了冬末春初的景象。一场大雪过后,梅花怒放,阳光普照,春天露出了笑容。飞雪迎春,梅花报春,梅雪争着表白是自己带来了春天。诗人踏雪赏梅,也颇难定夺、评判这场送春之争。

其实梅花和雪花都是春天的使者,至于雪比梅白、梅比雪香跟报春似乎没什么关系,但却透露了一个富于哲理的道理:万事万物都有各自的优势,也有自己的不足,最大限度地展示自我,发挥自己的优势就好了。

[集评]

上二句作梅雪相争，下二句作诗人判断之意。（王相《千家诗》）

雪梅（其二）

卢梅坡

有梅无雪不精神①，有雪无诗俗了人②。日暮诗成天又雪，与梅并作十分春③。

[注释]

①精神：活力，神采。②俗了人：给人庸俗的感觉。③并作：合作，齐作。十分春：最美的春色。

[赏读]

只有梅花没有白雪体现不出春天的活力，赏雪而不吟诗就变得俗气。傍晚天空飘起了雪，正是赏雪作诗的好时机。于是，有梅花有白雪还有美妙的诗篇，便成就了最美的春色。

这首诗给出了前诗梅雪争春的正确答案，梅花和白雪两者缺一不可，谁也离不开谁，少了其中任何一方都是遗憾。缺了白雪显不出春天的活力，少了梅花哪里才能嗅得到春天的芳香？梅雪相映才会风景如画，春天的种子才能发芽。

但是，梅雪共春的美景在诗人看来还缺少了一样东西，美景需要有人欣赏，有人歌咏，这样才是最完美的。所以，梅花、雪花的美景要与诗情合一，情景交融才是最美的春色。

万事万物相依相存，世界就是如此神奇。

[集评]

此诗人既评梅雪之后，又作此以解之。（王相《千家诗》）

答钟弱翁①
牧 童②

草铺横野六七里③，笛弄晚风三四声④。归来饱饭黄昏后，不脱蓑衣卧月明⑤。

[注释]

①钟弱翁：名傅，宋代人，曾任龙图阁大学士等职，后被贬官。②牧童：放牛的孩童，北宋人，姓名及生平事迹不详。③横野：遍野。④笛弄：吹笛。⑤蓑衣：草编的雨衣。卧月明：睡在月光下。

[赏读]

广阔的田野上野草遍地，悠扬的笛声随着晚风飘扬。黄昏放牧归来，吃饱了饭，蓑衣没脱就躺在院子里看着明月冉冉升起。

牧童无忧无虑，白天去青青的郊野放牛吃草，吹着短笛乐声悠扬；晚上归家，仰头望明月，伴着虫鸣酣然入睡。这样的生活简单而快乐，清贫但自在。远离是非之地，体验一下如此平淡宁静的生活，是不是心情会开朗愉悦许多呢？

这也许是朋友借随意自然的牧童生活安慰官场失意的钟弱翁吧。

[集评]

出有可乐,入有可足,以淡人名利之心也。(王相《千家诗》)

秦淮夜泊①

杜 牧

烟笼寒水月笼沙②,夜泊秦淮近酒家。商女不知亡国恨③,隔江犹唱后庭花④。

[注释]

①秦淮:指秦淮河,发源于今江苏溧阳,流经南京注入长江。相传秦时开凿钟山以疏通淮水,故得名。②烟:夜晚河面上似烟的水气。③商女:以歌乐为生的乐伎。④江:指秦淮河。后庭花:指陈后主所作歌曲《玉树后庭花》,被后人称为亡国之音。

[赏读]

水烟袅袅,笼罩着寒凉的河水;月色冷冷,照映着朦胧的沙岸。夜晚泊船秦淮河,一种迷蒙、凄清的氛围包围了诗人。不远处的酒家飘来歌女哀怨动人的歌声,那唱的是亡国之音《玉树后庭花》啊。

商女未必无知,听乐而心生悲喜,视听者心境而异。也许诗人此时心绪深沉,面对寒水流淌、冷月清照,触景生情,伤感的气氛令诗人心中的情绪陷于迷茫,自然感慨万千。

至于是痛心前代的亡国之训,还是忧心本朝江山的岌岌可危,抑或是担心世人沉迷于安乐而无忧患意识,读者当然可以合理而艺术地想象与解读。

[集评]

《后庭花》,陈后主之所作也。主与幸臣各制歌词,极于轻荡,男女倡和,其音甚哀,故杜牧之诗云云。(葛立方《韵语阳秋》)

吴逸一曰:国已亡矣,而靡靡之音深入人心,孤泊骤闻,自然兴慨。(高棅《唐诗正声》)

写景命意俱妙,绝处怨体反言,与诸作异。(桂天祥《批点唐诗正声》)

即景寂寞,足兴黍离之慨,况闻亡国之声哉!(唐汝询《唐诗解》)

周云:亡国之音,自不堪听,又当此景。(郭濬《增定评注唐诗正声》)

后之咏秦淮者,更从何处措词?(宋宗元《网师园唐诗笺》)

绝唱。(沈德潜《唐诗别裁集》)

首句写秦淮夜景,次句点明夜泊,而以"近酒家"三字引起后二句。"不知"二字,感慨最深,寄托甚微。通首音节神韵,无不入妙,宜沈归愚叹为绝唱。(李锳《诗法易简录》)

后庭一曲,在当日琼枝璧月之场,狎客传笺,纤儿按拍,无愁之天子,何等繁荣!乃同此珠喉清唱,付与秦淮寒夜。商女重歌,可胜沧桑之感。刘梦得诗:"淮水东边旧时月,夜深还过女墙来。"无情之明月,宜其不解悲欢。以商女之明慧善歌,而亦如无知之木石。独有孤舟行客,俯仰兴亡,不堪重听耳。(俞陛云《诗境浅说》)

归 雁①

钱 起②

潇湘何事等闲回③,水碧沙明两岸苔④。二十五弦弹夜月⑤,不胜清怨却飞来⑥。

[注释]

①归雁:从南方飞回北方的大雁。②钱起(722~780):字仲文,吴兴(今浙江湖州)人。唐代诗人,"大历十才子"之一。天宝年间进士,历任考功郎中、翰林学士等。其诗善写景,文辞优美,诗风继承了王维、孟浩然的传统。有《钱考功集》。③潇湘:潇水和湘水,此处代指南方。等闲:轻易,无故。④沙明:沙石明净。苔:莓苔。⑤二十五弦:指瑟,一种有二十五根弦的乐器。⑥不胜:受不住,不堪。却飞来:折回。

[赏读]

大雁,你为什么从南方飞回来了?那里可是水清沙明,莓苔苍苍。啊,那是因为月夜里听到了二十五弦声,实在受不了那么清幽哀怨的声音,只好折回来了!

这首诗以一问一答的方法抒写从南方回归的大雁,并借助神话故事与丰富的想象,塑造了多情伤感的大雁形象,寄托了诗人远游他乡期望回归的思乡之情。

以神话故事制造哀怨的氛围给这首诗增添了空灵清寂的意境。月圆之夜,美丽的湘水女神在月光下弹奏二十五弦瑟,倾诉对亡夫的深情思念。

那如泣如诉的凄婉乐曲，让多情的大雁都无法忍受，于是顶着料峭的早春寒风，千里迢迢飞回了北方。

雁且如此，何况游子？

[集评]

悠缓意似瑟中弹出。（钟惺 谭元春《唐诗归》）

极佳，后人更无此作者，用意精深，乃知良工心独苦。（桂天祥《批点唐诗正声》）

瑟中有《归雁操》，仲文所赋《湘灵鼓瑟》为当时所称，盖托意归雁而自矜其作，谓可泣鬼神、感飞鸟也。（唐汝询《唐诗解》）

三句接法浑而健。（黄生《唐诗摘钞》）

古人诗语之妙，有不可与册子参者，惟当境方知之。长沙两岸皆山，余以牙樯游行其中，望之，地皆作金色，因忆"水碧沙明"之语。（董其昌《画禅室随笔》）

托意于迁客也。禽鸟犹畏卑湿而却归，况于人乎？（何焯《唐三体诗评》）

首句，作呼起语，三、四相应。琴中有《归雁操》，故从操中落想。（沈德潜《唐诗别裁集》）

意似有寄托，作问答法妙。（黄叔灿《唐诗笺注》）

情与境会，触绪牵怀，为比为兴，无不妙合。（吴烶《唐诗选胜直解》）

为雁想出归思，奇绝妙绝。此作清新俊逸，珠圆玉润。（宋顾乐《唐人万首绝句选评》）

此上呼下应体，用"何事"二字呼起，而以三、四申明之。琴瑟中有《归雁操》，第三句即从此落想，生出"不胜清怨"四字，与"何事"

紧相呼应，寄慨自在言外。(李锳《诗法易简录》)

作闻雁诗者，每言旅思乡愁。此诗独擅空灵之笔，殊耐循讽。首句故作问雁之词，起笔已不着滞相。次句言水碧沙明，设想雁之来处。后二句言值秋宵凉月、冰弦弹彻之时，正清怨盈怀，适有一行归雁，流响云天。雁声与弦声，并作清愁一片。着眼处，在第四句之"却"字，人与雁合写，无意而若有意，可谓妙语矣。(俞陛云《诗境浅说》)

题　壁

无名氏[①]

一团茅草乱蓬蓬，蓦地烧天蓦地空[②]。争似满炉煨榾柮[③]，漫腾腾地暖烘烘。

[注释]

①无名氏：作者无可考。一说北宋人。②蓦：突然。③争似：怎比得上。煨：慢炖。榾柮（gǔ duò）：树桩，树根。

[赏读]

用一团乱蓬蓬的茅草取火，突然间火焰冲天，转眼间火焰又熄灭。真不如用树根塞满火炉慢慢煨烤，可以烧得长久而又温暖。

这首无名氏的诗像顺口溜，叙述了一个生活常识：用茅草烧火取暖，火势无法长久，而如果用树根慢慢燃烧，火势便可以维持长久，带来长时间的温暖。

当然，选茅草还是树根，答案很明确。而烧火取暖可以是比喻，可以是曲笔，至于隐喻什么、暗示什么，见仁见智吧。

[集评]

嵩山极骏法堂壁上有一诗曰："一团茅草乱蓬蓬……"字画老草。旁有四字："勿毁此诗。"此司马公书。（张端义《贵耳集》）

此言安分之乐也。强求富贵，争如安隐之为快乎？（王相《千家诗》）

七言律诗

早朝大明宫①

贾至②

银烛朝天紫陌长③,禁城春色晓苍苍④。千条弱柳垂青琐⑤,百啭流莺绕建章⑥。剑佩声随玉墀步⑦,衣冠身惹御炉香⑧。共沐恩波凤池上⑨,朝朝染翰侍君王⑩。

[注释]

①早朝:百官早晨朝见皇帝。大明宫:唐代宫殿,又名蓬莱宫,初名永安宫,位于京城长安城东,为朝会行仪处。②贾至(718~772):字幼邻,一作幼麟,洛阳(今河南洛阳)人。唐代诗人。曾任中书舍人等职。以散文见长,其诗清丽流畅,多唱和应酬之作。有《贾至集》。③银烛:银饰的烛台。④禁城:皇宫的城墙。晓苍苍:拂晓时青色的天空。⑤弱柳:嫩柳。青琐:宫门上的装饰,门上刻有青色的连环纹,此处代指宫门。⑥啭:鸟婉转地鸣叫。建章:汉代宫殿,此处代指大明宫。⑦剑佩:有装饰的宝剑。玉墀:宫中的白色台阶。⑧惹:沾惹。⑨沐:蒙受。恩波:皇上的恩泽。凤池:又称凤凰池,指中书省。⑩朝朝:天天。染翰:以墨染笔,指起草诏令。翰,长而硬的羽毛,用来写字。

[赏读]

天还未亮,早朝的银烛照耀着京城条条大路。皇宫春色盎然,千条嫩柳垂挂宫门前,百只黄莺绕着大明宫婉转歌唱。早朝的官员们踏上宫殿的台阶,身上的佩剑和玉佩清脆撞击,衣冠上沾染了御炉的熏香。朝臣共同享受皇上的恩泽，天天侍奉君王、起草诏令。

这是一首台阁应制诗，描绘的是早朝情景。从时间、地点到环境、气氛依次描写，先写官员们宫外赶路，后写宫内集合，从客观景物到主观感受，全面描画了庄严隆重的早朝场面和过程。天色还暗青时，通往宫城的道路便车马繁忙，百官们匆匆向宫内急奔，突出"早"的氛围。新绿的柳树、啼鸣的黄莺给肃穆的宫中气氛添加了些许轻松的亮色。早朝期间，百官们鱼贯而入，噤声肃立，只听剑佩的清脆撞击声，只闻缭绕的御炉熏香。

诗人此时任中书舍人，近身侍奉皇上，为皇上起草诏令，显然倍感荣耀。这首诗是宫中著名的应制诗，此诗一出便迎来唱和一片。

[集评]

禁体气象轩冕，无一字不佳。（桂天祥《批点唐诗正声》）

盛唐王、李、杜外，崔颢《华阴》、李白《送贺监》、贾至《早朝》、岑参《和大明宫》《西掖》、高适《送李少府》、祖咏《望蓟门》，皆可竞爽。（胡应麟《诗薮》）

意极深致而微婉不露，唐诗于此为盛。（《唐律偶评》）

由其诗律至细，故官样字面都安顿妥适，风格自卓然诸家之上。（吴瑞荣《唐诗笺要》）

劲调中不乏生色。（王夫之《唐诗评选》）

和贾舍人早朝①

杜 甫

五夜漏声催晓箭②,九重春色醉仙桃③。旌旗日暖龙蛇动④,宫殿风微燕雀高⑤。朝罢香烟携满袖⑥,诗成珠玉在挥毫⑦。欲知世掌丝纶美⑧,池上于今有凤毛⑨。

[注释]

①和(hè):以诗互相酬答。贾舍人:指贾至。②五夜:五更夜,天将晓。催晓箭:漏壶滴水,催促天亮。箭,古代计时的漏壶上刻录的标识,因形状似箭,故称。③九重:天上,此处指帝王居住的宫殿。仙桃:唐代宫中多植桃柳。④龙蛇动:绣有龙蛇图案的旌旗飘动。⑤高:高踞。⑥携满袖:满袖沾染了御炉烟熏的香味。⑦珠玉:形容诗篇美妙。毫:毛笔。⑧世掌:世代执掌,贾至之父贾曾也做过中书舍人。⑨池:即凤凰池,指中书省。凤毛:比喻文辞优美。

[赏读]

贾至作《早朝大明宫》后,杜甫、王维、岑参等人均有和作,成诗坛一大盛事。

五更天漏壶计时声催促着天色破晓,宫中春色盎然,桃花红得像醉酒的美人笑颜。旭日东升,旌旗招展如龙蛇舞动;微风吹拂,宫殿高耸供燕雀飞旋。早朝归来携带满袖熏香,文思泉涌挥毫赋诗。贾舍人世代书丝纶,在当朝实属凤毛麟角。

诗人的这首和诗重点放在宫内，描写宫中的景色，渲染早朝气氛。天未破晓，点明早朝之"早"，以宫中旌旗招展和殿堂高耸突出宫殿的庄重和早朝的宏大。最后应和贾诗，称赞贾至的才气和世代侍君的荣耀。和诗得体，格法严谨，"日暖""龙蛇"等意象营造出愉悦祥和的气氛，诗调开朗和乐。

[集评]

七言褒颂功德，如少陵、贾至诸人倡和《早朝大明宫》，乃为典雅重大。（杨万里《诚斋诗话》）

平起顺转。"香烟携满袖"非浪语，实有景在。"珠玉在挥毫"形容才子语，快甚！（王夫之《唐诗评选》）

情中景尤难曲写，如"诗成珠玉在挥毫"，写出才人翰墨淋漓、自心欣赏之景。凡此类，知者遇之；非然，亦鹘突看过，作等闲语耳。（王夫之《姜斋诗话》）

一，言早。二，言入朝处。三、四，宫前景。而"朝"字正面，已藏在两句下三字内，故第五径接"朝罢"此下俱贴和贾说。黄生曰：唐贤和诗，必见出和意，王岑二结，并归美于贾。少陵后半特全注之，此格律深老处。且王结美掌纶，岑结美倡咏，惟杜兼及之。又显其世职，写意周到。（浦起龙《读杜心解》）

和贾舍人早朝

王 维

绛帻鸡人报晓筹①，尚衣方进翠云裘②。九天阊阖开宫殿③，万国衣冠拜冕旒④。日色才临仙掌动⑤,香烟欲傍衮龙浮⑥。朝罢须裁五色诏⑦,佩声归到凤池头⑧。

[注释]

①绛帻(zé):绛红色头巾,是古代宫廷宿卫的头饰。鸡人:负责报晓的人。筹:计时用的竹签。②尚衣:古代宫廷掌管皇帝衣冠服饰的官吏。③九天:借指禁中。④冕旒(liú):帝王、诸侯等人的礼冠,此处代指帝王。⑤仙掌:宫殿中立有祭祀神明的铜柱,上有铜铸仙人手托玉盘承接天上雨露。⑥欲:恰好。衮龙:皇帝龙袍上的龙形图案。⑦裁:起草。五色诏:皇帝诏书。⑧佩:戴在身上的玉器装饰物。

[赏读]

这首和诗围绕早朝,全面地展现了皇帝临朝的威严气势。

宁静的宫廷中传来了卫士的报晓声,新的一天开始了,尚衣官吏们奉上翠绿的云裘,为皇帝精心准备临朝的服饰。威严的宫殿大门缓缓开启,万国使节与文武百官依次鱼贯而入,叩见圣明。日光照耀在承接雨露的仙人座上,殿中御香阵阵,缕缕熏烟随着皇帝的龙袍起舞,君临天下,威严至尊。早朝刚罢,贾至匆匆赶回中书省,依命起草诏文,玉佩的叮当声一路相伴相随。

全诗描述了早朝的全过程,主角便是威仪天下的皇帝。早朝前,宫内气氛紧张肃穆,官员们恭敬地为皇帝准备上朝的衣冠。早朝时,威严高贵的皇帝临朝,万国膜拜,天下归依,场面宏大。早朝后,官员们奉皇上圣旨忙碌地起草诏书,官袍上清脆的玉佩声一路响不停。全诗时序清晰、细节精当,活灵活现地描画了大唐威震天下的盛世气概。

[集评]

荣遇之诗，要富贵尊严，典雅温厚。写意要闲雅，美丽清细，如王维、贾至诸公《早朝》之作，气格雄深，句意严整，如宫商迭奏，音韵铿锵，真麟游灵沼，凤鸣朝阳也。学者熟之，可以一洗寒陋。（杨载《诗法家数》）

气象阔大，音律雄浑，句法典重，用事清新，无所不备。（顾璘《批点唐诗正音》）

首言君将视朝，降帻鸡人已传呼而天将曙，故尚衣之官亦进翠云之裘也。乃若天子居九天之上，开阊阖以视朝，衣冠尽万国之中，望冕旒而趋拜。是时也，日色才出，遥临仙掌，香烟浮动，欲傍衮龙。王家重熙累洽，万方清晏，有此冠裳玉帛之会，何其盛欤！末联归美舍人，言朝罢而裁五色之诏，佩声亦归于凤凰池矣。此正结出和诗意。（钱牧斋　何义门《唐诗鼓吹评注》）

雄浑天然，非初唐富丽可比。（邢昉《唐风定》）

陆时雍曰：神色冥会，意妙言前。（仇兆鳌《杜诗详注》）

早期倡和诗，右丞正大，嘉州明秀，有鲁、卫之目。（沈德潜《唐诗别裁集》）

并未别出手眼，而高华典赡，无美不备。（赵臣瑷《山满楼笺注唐诗七言律》）

和贾舍人早朝

岑 参①

鸡鸣紫陌曙光寒,莺啭皇州春色阑②。金阙晓钟开万户③,玉阶仙仗拥千官④。花迎剑佩星初落⑤,柳拂旌旗露未干⑥。独有凤凰池上客⑦,阳春一曲和皆难⑧。

[注释]

①岑参(715?~770):南阳(今河南南阳)人。盛唐边塞诗派代表人物。官至嘉州刺史。岑参与高适合称"高岑"。其诗风气势豪迈。有《岑嘉州诗集》。②皇州:京城。阑:将尽,指晚春。③金阙(què):皇宫。万户:指宫门。④仗:仪仗。⑤剑佩:指早朝时官员的服饰。⑥旌旗:指早朝时的仪仗。⑦凤凰池:代指中书省。⑧阳春:即乐曲《阳春》,战国时楚国的高雅歌曲名,此处指贾至原作。

[赏读]

金鸡报晓,曙光冲破了京城的寒气;鸟儿啼鸣,催促着春色渐深渐浓。钟声报晓,宫门大开,文武百官齐聚殿前。百花笑迎天明即到的官员,垂柳拂动露水未干的旌旗。盛装的官员、隆重的仪式,早朝盛况一览无余。官员们"星初落"即进宫,随"露未干"的仪仗而恭立,朝政的勤勉可想而知,而无论是"花迎"还是"柳拂",都是一派升平景象。

这首和诗,重在写景,重在写"早",以春天的自然景色衬托早朝前的情景。视角则由外而内,从宫城外到宫门内再到宫殿前,借自然景物拟人化，形象生动地描绘了官员们朝会的盛况，隐含着乱世后重整天下的豪气。声、色、光、影齐聚，写景与早朝自然相连，也与诗人的愉悦之情相互呼应。结尾则点题，赞美了如阳春白雪般高妙的贾至原诗。

[集评]

四人早朝之作俱伟丽可喜，不但东坡所赏子美"龙蛇""燕雀"一联也。然京师喋血之后，疮痍未复，四人虽夸美朝仪，不已泰乎？（方回《瀛奎律髓》）

老杜和《早朝大明宫》诗，贾至为唱首，王维、岑参皆有之。四诗皆佳绝。（胡仔《苕溪渔隐丛话》）

岑通章八句，皆精工整密，字字天成，颈联绚烂鲜明，早朝意宛然在目。（胡应麟《诗薮》）

如仙乐之竞作，似丹凤之长鸣。（梅成栋《精选五七言律耐吟集》）

首言鸡鸣紫陌，曙色犹寒，时方暮春，故莺啭皇都而春色已阑矣。方君未出之时，金阙钟鸣，初开万户。及君视朝之际，玉阶仗列，共拥千官。是时也，花迎剑佩，星初落而未沉；柳拂旌旗，露尚凝而欲滴。此皆言时之早也。末谓舍人之诗若《白雪》《阳春》，难于属和，其才思之高妙当可想见矣。（钱牧斋　何义门《唐诗鼓吹评注》）

刻写入冥，如两镜取影。（王夫之《唐诗评选》）

看他"紫陌""春色""莺""柳""剑佩""凤池"等公然取之贾诗，则运用不同，气象迥别，与此作并观，低昂不待辨矣。结美其首倡，唐人和诗必如此。（黄生《唐诗摘钞》）

吴昌祺曰：此诗用意周密，格律精严，当为第一。（吴昌祺《删订唐诗解》）

明丽。（宋宗元《网师园唐诗笺》）

吴（北江）曰：庄雅秾丽，唐人律诗此为正格。（高步瀛《唐宋诗举要》）

上元应制①

蔡 襄②

高列千峰宝炬森③，端门方伫翠华临④。宸游不为三元夜⑤，乐事还同万众心。天上清光留此夕⑥，人间和气阁春阴⑦。要知尽庆华封祝⑧，四十余年惠爱深⑨。

[注释]

①应制：奉皇帝之命作文。②蔡襄（1012～1067）：字君谟，仙游（今福建仙游）人。宋代诗人。天圣年间进士，曾任礼部尚书等职。其诗意蕴深厚。有《蔡忠惠集》。③千峰：灯火重叠如山。宝炬：灯烛。森：排列如森林。④端门：宫殿正门。伫：久立等待。翠华：皇帝的仪仗，因为其中有用翠鸟羽毛装饰起来的旗帜，故名。⑤宸：北辰所居，后称帝王宫殿，代称皇帝。三元夜：此处指上元节。古人称农历正月十五为上元节，七月十五为中元节，十月十五为下元节，合称三元。⑥清光：明亮的月光。此夕：今夜。⑦和气：春天暖和的气息。阁：通"搁"，停止，聚集。春阴：春天的大好时光。⑧华（huà）封祝：祝贺帝王的颂词。传说上古帝尧巡游到华州，华州封人祝他多福多寿多男子。华，华州（治今陕西华县）。封，封人，典守华州封疆的人。⑨四十余年：指宋仁宗在位四十多年。惠：恩惠，德泽。

[赏读]

　　元宵佳节，彩灯像山峰一样层层叠叠。皇宫门外，万众伫立等候皇上御驾观灯。御驾游园并非单看美景，而是要与民同乐。天上月光明亮，人间和乐融融，都凝聚在这元宵之夜。今夜的欢庆是民众对皇上的颂德，因为皇恩浩荡四十余年。

　　这首诗是诗人随驾观灯，奉皇帝之命所作的命题诗，毫无疑问，歌功颂德是唯一的主题内容。不过诗人选择了一个具体的视角，围绕元宵节晚上的观灯作诗，把重点放在普天同庆上。

　　元宵节是阖家欢乐的节日，元宵节观灯是传统习俗，节日规模宏大，气氛原本就热闹欢快，这时候皇帝出宫深入民间，在这个热闹的盛会中与民同乐。不必刻意假造一个皇帝亲民的场面，在节庆热烈祥和的氛围下，民众喜庆的结果自然便归因于皇帝爱子民、皇恩浩荡，民众的感恩戴德也就显得发自内心的自然真诚。

[集评]

　　从来应制诗，未有不过于颂扬者，独此首殆有似郭有道碑，当之无愧色者矣。盖宋仁宗固古今罕有之贤主也。（陈衍《宋诗精华录》）

上元应制

王珪①

　　雪消华月满仙台②，万烛当楼宝扇开③。双凤云中扶辇下④，六鳌海上驾山来⑤。镐京春酒沾周宴⑥，汾水秋风陋汉才⑦。一曲升平人尽乐，君王又进紫霞杯⑧。

[注释]

①王珪（guī）（1019~1085）：字禹玉，成都华阳（今四川成都双流区）人。宋代诗人。庆历年间进士，官至尚书左仆射兼门下侍郎，负责朝廷文诰典册。其诗多描写宫廷生活。有《华阳集》。②仙台：宫殿楼台。③当楼：楼台中间。宝扇：皇帝身后的掌扇。④辇（niǎn）：帝王所乘的车子。⑤鳌：传说中东海的大龟或大鳖。⑥镐京：西周国都，在今陕西西安附近。周：西周，此处比喻宋朝。⑦汾水：汾河，在今山西省。秋风：指汉武帝的《秋风辞》，当年武帝巡游山西时，在汾水畔大宴群臣并即席赋诗。陋：浅陋，此处意为轻视。⑧紫霞杯：绘着紫色云霞的酒杯。

[赏读]

残雪消融，清冷的月光洒满楼台；万烛灯火，宝扇分开。仪仗威严，皇帝玉辇好似从云端驾临；节日花灯壮观，层层叠叠形如鳌山。君臣像周朝镐京宴一样赶赴御宴饮酒赋诗，皇上的诗才远胜古代帝王。歌舞升平人人欢乐开怀，看啊，皇上又举起了酒杯，满座君臣喜气洋洋。

与前诗同为奉皇帝之命所作的命题诗，同是描述元宵灯节，但这首诗极力铺陈皇帝的天子威严排场，通过描写饮酒赋诗的宴饮场面突出"共乐"的歌颂主题。

明月当空，灯火通明，灯节气氛热烈。皇帝出宫，气派豪华，君臣宴饮赋诗。诗人借用周汉君臣同乐的典故，故意贬低汉帝诗才，巧妙地吹捧了当朝皇帝。节日欢庆热闹，盛况空前，皇帝龙颜大悦，美酒一杯接一杯，臣民自然更加欢乐，称颂皇恩。

[集评]

此但为善用事,亦诗法当尔。(方回《瀛奎律髓》)

虽不纯唐调,而冠裳伟丽,宋诗最合作者。(胡应麟《诗薮》)

"六鳌""双凤",词诚巨丽,然尚不及唐人早朝应制。(贺裳《载酒园诗话》)

侍 宴

沈佺期①

皇家贵主好神仙②,别业初开云汉边③。山出尽如鸣凤岭④,池成不让饮龙川⑤。妆楼翠幌教春住⑥,舞阁金铺借日悬⑦。敬从乘舆来此地⑧,称觞献寿乐钧天⑨。

[注释]

①沈佺期(656?~713):字云卿,相州内黄(今河南内黄)人。唐代诗人。上元年间进士,曾任中书舍人、太子少詹事等职。沈佺期与宋之问齐名,时称"沈宋"。其诗严谨精密,多为宫廷应制之作。有《沈佺期集》。②贵主:公主,指安乐公主。③别业:别墅。云汉边:高大壮观,上接云天。④鸣凤岭:凤凰山,在今陕西境内。⑤不让:不亚于。饮龙川:指渭水。⑥翠幌:翠绿色的布幔。教:使,留。⑦舞阁:表演歌舞的楼阁。金铺:门上的装饰,门扇雕金花,花中有环可串锁。借日悬:门上金花钮的光辉像太阳悬挂其上。⑧乘舆:皇帝的车驾。⑨称:举,奉。觞(shāng):盛酒器。钧天:乐曲名,泛指宫廷演奏的乐曲。

[赏读]

　　皇家公主的新宅美得像人间仙境，刚建好的别墅高大巍峨、上接云天。装饰的假山俊秀得像凤凰山，池水漂亮得不输渭水。绣楼上的帘幔翠绿得似乎春天永驻，舞阁在阳光照耀下金碧辉煌。我恭敬地跟随君王的车驾光临贵府，酒宴上敬酒祝寿，乐声震天响。

　　这是诗人的应制之作，为庆贺唐中宗的女儿安乐公主新府落成而作。这首诗应该是诗人逢场作戏吧，他赞颂了安乐公主豪宅的富丽堂皇和高大巍峨，浓墨重彩地称颂新居的奢华，从新居建筑到垒山造池，再到雕梁画栋。别墅工程浩大，极尽奢侈华美。据称，安乐公主暴戾跋扈，生活穷奢极欲，府第华美胜皇宫，这首诗从一个侧面印证了公主大兴土木、挥霍无度的奢侈生活。

[集评]

　　此言公主好仙，故开此别业以为游观之所。而山池楼阁，种种不群。今吾得从游于此而闻钧天之乐，恍然如入于仙都矣。（唐汝询《唐诗解》）

　　沈佺期吞吐含芳，安详合度，亭亭整整，喁喁叮叮，觉其句自能言，字自能语，品之所以为美。（陆时雍《诗镜总论》）

　　沈、宋诸公七律之高华典重，以应制故，然非诸诗皆然，而可立为初唐之体也？（吴乔《围炉诗话》）

　　沈、宋应制诸作，精丽不待言，而尤在运以流宕之气。此元自六朝风度变来，所以非后来试帖所能几及也。（翁方纲《石洲诗话》）

戏答元珍①

欧阳修②

春风疑不到天涯③,二月山城未见花④。残雪压枝犹有橘,冻雷惊笋欲抽芽⑤。夜闻啼雁生乡思,病入新年感物华⑥。曾是洛阳花下客,野芳虽晚不须嗟⑦。

[注释]

①元珍:即丁宝臣,字元珍,当时为峡州判官。②欧阳修(1007~1072):字永叔,自号醉翁,又号六一居士,庐陵(今江西吉安)人。北宋诗人、散文家,北宋诗文革新运动领袖,唐宋八大家之一。天圣年间进士,曾任枢密副使、参知政事等职。其诗自然畅达,清新流利,对王安石、苏轼等人有较大影响。有《欧阳文忠公集》。③天涯:天边,此处指峡州夷陵(今湖北宜昌)。④山城:指夷陵,其境内多山。⑤冻雷:初春的雷。⑥病入新年:疾病伴着自己进入新年。物华:春华,美好的景色。⑦晚:花开得迟。嗟:叹息。

[赏读]

春风好像吹不到夷陵山城,都二月天了,这里还不见花儿开放。不过仔细寻找就会发现,残雪积压的枝头上,有橘子历经霜雪,被春雷惊醒的春笋正要抽出嫩芽。夜晚闻听雁鸣心生乡思,春天景物令人感慨,只是新的一年依然疾病缠身。不过,回想当年曾经是洛阳的赏花客,现在这里虽花开得晚却也不必叹息。

诗人此时被贬夷陵山城,这里群山环绕远离都城,春天来得晚,皇恩自然也难眷顾。春意到,但诗人被贬异乡、疾病缠身,心情郁闷,北归雁啼更添思乡之情,心中只能自我安慰道:当年也曾在洛阳赏花观景,如今这里只是百花晚开一些时日而已。春天终归会来到,嫩笋发新芽便预报了春天的信息。

诗人被贬峡州夷陵后,元珍赠诗人一首《花时久雨》诗,诗人随即写此诗作答,两人都是被贬官外放,自然同病相怜。这首诗自问自答,写景、议论、抒情相糅合,情绪起伏跌宕,内心的寂寞凄凉和对未来的希望相交织,但结尾"不须嗟"的议论流露的情绪是对人生的珍惜、对前程的乐观,安慰了朋友也激励了自己:不要轻言放弃。

[集评]

"春风疑不到天涯,二月山城未见花。"若无下句,则上句何堪?既见下句,则上句颇工,文意难评,盖如此也。(欧阳修《笔说》)

结韵用高一层意自慰。(陈衍《宋诗精华录》)

纪(昀)曰:起得超妙。方虚谷曰:此夷陵作。欧公自谓得意,盖"春风疑不到天涯"一句未见其妙,若可惊异,第二句云"二月山城未见花",即先问后答,明言其所谓也,以后句句有味。(高步瀛《唐宋诗举要》)

插花吟①

邵雍②

头上花枝照酒卮③,酒卮中有好花枝。身经两世太平日④,眼见四朝全盛时⑤。况复筋骸粗康健⑥,那堪时节正芳菲⑦。酒涵花影红光溜⑧,争忍花前不醉归⑨。

[注释]

①插花:头上戴花。宋人好花,春天时男女老少都有插花的习惯。②邵雍(1011~1077):字尧夫,自号安乐先生、伊川翁,祖籍范阳(今河北北部)。北宋诗人、理学家。无意仕途,隐居苏门山百泉之上,后隐居洛阳。有《伊川击壤集》。③卮(zhī):盛酒的器具。④世:古称三十年为一世。⑤四朝:指诗人经历的北宋真宗、仁宗、英宗和神宗四个朝代。⑥况复:况且又。筋骸:筋骨,指身体。粗:大致。⑦那堪:兼之,更兼。⑧涵:包含,此处意为映照着。溜:闪动。⑨争忍:怎么忍得住。

[赏读]

头插鲜花的身影映入了酒宴中的酒杯,酒杯中又照见美如花的容貌。经历了六十年太平时光,眼见过四朝国富民安。何况身体还算壮健,正是春光明媚、百花争艳的时候。酒中有花影闪动,这情景真让人沉醉。

春回大地,万物复苏,头戴鲜花,手捧美酒,诗人陶醉在这美酒飘香的幸福生活里。幸福还不止这些,六十年,一个人将近一生的岁月生活在太平盛世,国富民安,安乐感、满足感爆棚;人到晚年,身体康健,更觉欣慰。国家富足安定,个人健康快乐,还有什么不满足的呢?美酒当前自然不醉不归。

诗人无意仕途,隐居但不避世。坐享太平,陶醉美景,乐享时代的美好,头插鲜花饮美酒,自得其乐醉方休。超然物外但热爱生活,生命不服老,与芳菲的春意相得益彰。诗中自始至终洋溢着知足常乐、悠然陶醉的气息。

[集评]

安闲弘阔。(安磐《颐山诗话》)

欢娱能好,四美不足道矣。(陈衍《宋诗精华录》)

此言盛世芳春之乐也。(王相《千家诗》)

寓 意①

晏 殊②

油壁香车不再逢③,峡云无迹任西东④。梨花院落溶溶月⑤,柳絮池塘淡淡风⑥。几日寂寥伤酒后⑦,一番萧瑟禁烟中⑧。鱼书欲寄何由达⑨,水远山长处处同。

[注释]

①寓意:寄托着不愿明说的意思。②晏殊(991~1055):字同叔,临川(今江西抚州)人。宋代诗人。景德年间进士,曾官拜枢密副使。其诗自然流畅,新巧活泼。有《晏同叔先生集》。③油壁香车:女子所乘的美观的轻便车。④峡云:巫山上的云彩。⑤溶溶:形容月光如水。⑥淡淡:形容春风轻柔。⑦伤酒:饮酒过量而醉。⑧禁烟:禁火寒食,指清明前的寒食节。⑨鱼书:指书信。何由达:如何才能寄到。

[赏读]

你乘着馨香的油壁车一去不返,像巫山的云一样东西飞散无踪影。站在曾经相会的地方思念着你,春风轻柔,月光如水,院落开满了梨花,池塘漂浮着柳絮。几天来寂寞无聊借酒浇愁,寒食时节内心空虚。写好了相思满篇的书信想寄给你,可是往哪里鱼雁传书呢?哪里都是山高高、水长长。

这是倾诉情人分离和思念之苦。女子突然不见了,音讯全无,男子终日寂寞无聊,流连在两人曾经相会的地方,想念着佳人。想念无法排解,只能以酒浇愁。想书写思念之苦,可鱼雁也不知往哪儿飞呀。山高水长,哪儿才是佳人的去处?

女子的失踪是无情还是无奈,不得而知,男子的痴情却是实实在在。旧地重游,景还在人无踪,男子从失落、寂寞、百无聊赖到借酒浇愁、痴心思念,再到最后的绝望,情绪的铺陈层层相叠,浓郁的春色与内心的感伤、失落相对。

至于男女相思的寓意,无法明言的意蕴,这原本就是诗的魅力所在。

[集评]

此自然有富贵气。(葛立方《韵语阳秋》)

于风月上写出柳絮梨花,尤有精神。(魏庆之《诗人玉屑》)

同叔工词,故能作"溶溶""淡淡"二语,而却是诗而非词。自《三百篇》"莫莫""喈喈""依依""霏霏"而后,诗人工用叠字,盖悉数不能终其物矣。(陈衍《宋诗精华录》)

次联自然富贵,妙在无金玉气。腹联清怨,妙在无脂粉气。此艳体中之甲科也。"昆体"多用富贵语,此却自然不寒俭。(李庆甲辑《瀛奎律髓汇评》)

寒食书事①

赵 鼎②

寂寂柴门村落里③,也教插柳纪年华④。禁烟不到粤人国⑤,上冢亦携庞老家⑥。汉寝唐陵无麦饭⑦,山溪野径有梨花。一樽竟藉青苔卧⑧,莫管城头奏暮笳⑨。

[注释]

①书事:记事。②赵鼎(1085~1147):字元镇,号得全居士,解州闻喜(今山西闻喜)人。宋代诗人。崇宁年间进士,曾两任宰相。其诗多述时势和感时伤怀。有《忠正德文集》。③柴门:用树枝或木板做成的简陋的门。④教:让。插柳:寒食节风俗,在门上插柳,寓意春季开始。⑤粤人国:今广东、广西一带。⑥庞老:即庞德公,东汉隐士。⑦汉寝唐陵:泛指汉唐帝王的坟墓。麦饭:以麦为饭,即粗食。⑧樽:盛酒的器具。竟:尽,喝完。藉:靠着。⑨暮笳:傍晚即将关城门时吹响的笳声。笳,画角,古代管乐器。

[赏读]

寒食节到了,冷冷清清的村里只有几家开着门,但家家户户的门上都插着柳枝迎接春天的到来。南方的粤人国没有禁火的习俗,但也在清明这天全家上坟祭祖。可是,汉唐皇帝陵寝前没有人祭祀上供,只有山溪边小路上开满了梨花。还是杯酒在手、踏青郊游去吧,靠卧在青苔上,不必管城头吹响了闭城的笳声。

北宋灭亡,南宋苟安,许多爱国之士满怀激愤,却遭到打击陷害,诗人也因此被贬粤地。远离家乡,又逢寒食清明,诗人借机抒发了寂寞冷落又愤世不平的心情。

按民间风俗,寒食禁烟,家家在门上插柳迎接春天。粤地没有这种风俗,却也全家上坟祭祖。诗人远离故土,无法祭祖,也不能与家人团聚,心中愁苦不言而喻。遥想汉唐帝王陵寝如今也冷清得无人祭祀供奉,只有溪边路旁的梨花相伴。人世确实无常,报国之志无从实现,只有借酒浇愁,把愁苦埋在心底,一醉方休。

诗人以寒食记事,借事说情,情藏事中,感怀身世,抒发悲愤,代表了南宋士大夫的典型心态。

[集评]

此边方寒食之诗也。古帝王尚如此,而小民复何问乎?(王相《千家诗》)

清 明

黄庭坚

佳节清明桃李笑①,野田荒冢只生愁②。雷惊天地龙蛇蛰③,雨足郊原草木柔④。人乞祭余骄妾妇⑤,士甘焚死不公侯⑥。贤愚千载知谁是⑦,满眼蓬蒿共一丘⑧。

[注释]

①桃李笑:桃李花开如笑脸。②荒冢:长满荒草的坟冢。③蛰:动物

冬眠，不吃不动。④柔：草木发芽嫩绿。⑤人乞祭余：讨吃坟头的祭食，典出《孟子》，后形容为牟利或生活困窘而不择手段。⑥士甘焚死：介子推跟随晋文公流亡多年，回国后不愿受封，与母亲隐居山中，晋文公放火烧山欲逼他出山，但介子推宁愿被烧死也不出山。⑦是：对，正确。⑧蓬蒿：杂草。共：同，都是。丘：坟墓。

[赏读]

清明时节，桃花开，李花笑，但野田里长满荒草的坟冢却让人伤心。春雷惊天动地，惊醒了冬眠的龙蛇百虫；雨水充沛滋润，郊外原野上草木嫩绿发芽。曾经有人在坟前乞求祭食充饥，回家却向妻妾炫耀；介子推宁愿被烧死，也不出山做官。千百年来谁是贤良谁是愚公说不明白，但最后都不过只是杂草满眼的荒坟一座。

这首诗运用了对比的手法，展现了人世间迥异的人生追求和生死观。清明时节的百花笑与野田荒冢的凄愁，自然界的生机与人世间的死寂为全诗奠定了对比的基调。

人乞祭余与士甘焚死两个典故的对比是诗人的着力焦点，一个愚贱一个贤德，两相对比高下立见，唾弃谁赞颂谁一目了然。可不论贤愚最终也不过一抔黄土，诗人对生死的感叹令人深思。联想到诗人忠心耿耿却被贬边地，可见其心境灰暗低沉，对未来命运茫然无措。

[集评]

山谷之妙，在乎迥不与人，时时出奇。（方东树《昭昧詹言》）

后半苍凉沉郁，感喟无穷。（高步瀛《唐宋诗举要》）

清 明

高翥①

南北山头多墓田,清明祭扫各纷然②。纸灰飞作白蝴蝶③,泪血染成红杜鹃。日落狐狸眠冢上,夜归儿女笑灯前。人生有酒须当醉,一滴何曾到九泉④。

[注释]

①高翥(zhù)(1170~1241):字九万,号菊磵,余姚(今浙江余姚)人。南宋江湖派诗人。一生隐居不仕,自称所居为"信天巢"。诗作推崇"永嘉四灵",其诗平易淡雅,诗意峻远。有《菊磵小集》。②纷然:众多,一群群。③纸灰:冥钱烧成的灰烬。④九泉:地下,黄泉。

[赏读]

南山北山都有很多墓地,清明这天前来祭扫的人络绎不绝。焚烧的冥钱灰烬像白蝴蝶一样胡乱飘飞,祭扫的人哭得像杜鹃啼血那样悲伤。日落后,墓地恢复了往日的安静荒凉,只有狐狸伏卧在坟上;归家的人们聚在灯下欢笑。人生在世有酒就喝、及时行乐,死后再多的祭酒也不会掉一滴到黄泉。

这是墓地清明这天的情景。往日无人的墓地人来人往,他们焚烧纸钱,痛哭流涕地祭奠死去的亲人。在庄严虔诚的祭扫场面中,诗人详尽地描画了扫墓的气氛、祭祀的仪式以及祭扫人悲哀痛哭的行为举止。

傍晚后,人群散了,墓地又像往日一样荒凉,祭扫回家的人在干什么呢？他们在灯下谈笑风生。人还是那些人，但同一天里，在墓地与在家中判若两人，他们早已忘记了白天的悲伤，是人情冷暖的虚伪还是看破生死的现实？

诗人告诉我们，人生在世应该及时行乐，死后一切都是浮云。这看似消极，其实也是独到的人生体悟——活在当下。

[集评]

用古人成语作几诗，前辈恒有之，若用谚语得天然之趣者，则未多见，南宋高菊磵《清明对酒》（即本诗）……收处用来妙绝。（田雯《古欢堂集》）

郊行即事①

程 颢

芳原绿野恣行时②，春入遥山碧四围③。兴逐乱红穿柳巷④，困临流水坐苔矶⑤。莫辞盏酒十分劝，只恐风花一片飞⑥。况是清明好天气，不妨游衍莫忘归⑦。

[注释]

①郊行：郊游。即事：有感于所见所闻即兴赋诗。②恣（zì）行：尽情游玩。③遥山：远山。碧：变绿。④兴：乘兴。乱红：纷乱的落花。⑤矶（jī）：水边高耸突出的岩石。⑥只恐：只怕。风花：随风飘落的花。⑦游衍：尽情游玩。

[赏读]

在长满花草的原野尽情游玩,春色笼罩着远山,四周一片碧绿。乘兴穿过柳丝飘飘的街巷追逐着纷乱的落花,累了就坐在水边长满青苔的石矶上休息。不要拒绝这杯酒以免辜负了劝酒人的好意,只怕春光会像风吹花瓣一样消失。何况是清明好天气,就尽情游玩吧,玩多久都行,去多远都好,只是不要乐而忘返啊。

望着碧绿的山河,一个人追逐着落花,在长满花草的原野恣意行走,走累了就在水边歇歇脚,再接着乘兴游走。远山近水,红花绿野,如画的风景让人心醉。欣赏美景,珍惜当下,这样的生活自由随意,无忧无虑。

你是不是也想像这样来一场说走就走的郊游?不必走远,郊外原野、临水近山即可。离开书斋、写字楼,扑进自然的怀抱,来一次洗肺换气的自在行程。不必饮酒助兴,不需音乐伴奏,只与自然零距离,那一定是一次神清气爽、舒畅快乐的身心体验。

[集评]

伯淳诗,则闻之者自然感动矣。云"只恐风花一片飞",何其温厚也。(杨时《龟山先生语录》)

此诗无一毫道学气。(五、六句)情韵俱佳,宜为文公(朱熹)所取。(许印芳《诗法萃编》)

秋 千

释惠洪[①]

画架双裁翠络偏[②],佳人春戏小楼前[③]。飘扬血色裙拖地[④],断送玉容人上天⑤。花板润沾红杏雨⑥,彩绳斜挂绿杨烟⑦。下来闲处从容立,疑是蟾宫谪降仙⑧。

[注释]

①释惠洪(1071~1128):字觉范,俗姓彭(一说喻),号洪觉范,筠州新昌(今江西宜丰)人。北宋诗僧。其诗自然流畅,比喻巧妙。有《石门文字禅》。②画架:装饰优美彩图的秋千架。裁:剪裁。翠络:秋千上翠绿色的丝绳。偏:偏斜。③戏:玩耍,指荡秋千。④血色:红色。⑤断送:向高处推送。玉容:玉貌花容,代指美女。⑥花板:秋千上雕花的踏板。⑦绿杨烟:碧绿如烟的杨柳。⑧蟾(chán)宫:月宫,传说月亮上有蟾蜍,故名。谪降仙:被贬谪下凡的仙女。

[赏读]

美丽的秋千架两边悬挂着翠绿色的丝绳,浓浓春意中,美女佳人在小楼前快乐地荡着秋千。红色拖地长裙飘拂,像是带着佳人飞向天空。踏板飞起落满红杏花瓣,彩绳摇动斜挂绿柳枝条。佳人从秋千上下来悠闲从容,亭亭玉立,像是从月宫下凡的仙女。

春风送爽百花艳,春天似乎很适合荡秋千。你看,装饰精美的秋千,美丽如画的佳人,秋千上下翻飞,曳地的长裙随着秋千的起落翩翩飞舞。再加上美景相伴,杏花飘洒,柳烟笼罩,衬托得佳人更加风采动人。从秋千上下来,佳人气定神闲,好似仙女下凡。动则活泼欢快,静便娴雅端庄,佳人的形象精彩传神。

春戏秋千,美女如仙,美景如画。诗人借助神话传说,给俗世人间的佳人添加了几分"仙气",丰沛艳丽的色彩洋溢着浓厚的春天气息。人与景相融,情与趣交织,比喻夸张贴切,细节描画丰富,诗情画意,如梦似幻。

[集评]

此诗虽俗,而俗人尤喜道之,又出于僧徒之口,宜可弃者,而着题诗中所不可少也,故录之。(方回《瀛奎律髓》)

宋僧之冠。(吴之振《宋诗钞》)

僧诗之妙,无如洪觉范者,此故一名家,不当以僧论也。(贺裳《载酒园诗话》)

曲江(其一)①

杜 甫

一片花飞减却春②,风飘万点正愁人③。且看欲尽花经眼④,莫厌伤多酒入唇⑤。江上小堂巢翡翠⑥,花边高冢卧麒麟⑦。细推物理须行乐⑧,何用浮名绊此身⑨。

[注释]

①曲江:即曲江池,在今陕西西安东南,汉武帝时修建,唐时扩建成著名的游览胜地。②减却春:减掉了春色。③万点:万片花瓣。④欲尽:快完了。经眼:从眼前经过。⑤伤多:饮酒过量。⑥巢:筑巢。翡翠:水鸟名,又称翠雀。⑦花:一作"苑",指曲江附近的芙蓉苑。高冢:高大的坟墓。麒麟:传说中的动物,似鹿,独角,身有鳞甲,象征祥瑞,此处指石刻的麒麟。⑧推:探究。物理:事物变化发展的内在原因。⑨浮名:空名。绊:羁绊,束缚。

[赏读]

　　一片花瓣飞落便减少了春色，万点花瓣被风吹落更让人忧愁。眼看落花片片飞过，春花就要谢尽，不怕喝酒伤人只想借酒浇愁。翡翠鸟在曲江楼堂上筑巢，石麒麟倒卧在墓穴旁。细细探究事物变化之理，就该及时行乐，何必让虚浮的名声束缚自己呢。

　　花开喜春，花谢伤春，借景抒情，原本抒的就是自己的内心情绪。安史之乱后，诗人重回长安，政治理想落空，诗人情绪低沉痛苦，眼见飞花落地，触景生情，不免感叹古今兴亡。

　　从落花一片到落花无数再到花尽，春意不断衰减，伤春之情不断加深。春花败落，愁绪浓厚，解愁须饮酒，但饮酒过量愁更愁。这愁并非只是愁春的远去，更是愁人、事、物，花落愁世风日下，高冢麒麟卧愁朝代衰败。感时伤怀，浮名太虚无，唯有及时行乐，这正是诗人不得志、失望甚至绝望之余的现实情绪反应。

[集评]

　　第一句第二句绝妙："一片花飞"且不可，况于"万点"乎？"小堂巢翡翠"，足见已更离乱；"高冢卧麒麟"，悲死者也。但诗三用"花"字，在老杜则可，在他人则不可。（方回《瀛奎律髓》）

　　飞一片而春色减，语奇而意深。（王嗣奭《杜臆》）

　　"一片飞花减却春"，古今同此一句，言诗者何忍摧残。（王夫之《唐诗评选》）

　　张𫄨：二诗以仕不得志，有感于暮春而作。（仇兆鳌《杜诗详注》）

　　二诗之旨，亦与《陪郑八》略同。此章言物理推迁，且须遣之于酒。五、六整炼，极振得起，要即是"经眼""愁人"之意。"推物理""花飞""巢""卧"俱该。"须行乐"，把酒入唇莫缓也。（浦起龙《读杜心解》）

惟七言律,则失官流徙之后,日益精工,反不似拾遗时《曲江》诸作有老人衰飒之气。(贺裳《载酒园诗话》)

(前四句)蒋弱六曰:只一落花连写三句,极反复层折之妙,接入第四句,魂消欲绝。吴曰:起用跌笔出奇,"且看"句再兜转一句。(高步瀛《唐宋诗举要》)

(五、六句)吴曰:衬笔更发奇想惊人,盛衰兴亡之感故应尔尔。(同上)

仇曰:伤多,伤于酒也。杨曰:言莫以伤多而不饮也。张伯成曰:曲江旧时风景佳丽,禄山乱后无复向时之盛,是以堂巢翡翠、冢卧麒麟,盛衰不常如此,推详此理,则人生不可不行乐耳。仇曰:公殆将解职而有慨欤!(同上)

冯舒:落句开宋。(李庆甲辑《瀛奎律髓汇评》)

纪昀曰:一结竟是后来邵尧夫体。(同上)

曲江(其二)
杜 甫

朝回日日典春衣①,每日江头尽醉归。酒债寻常行处有②,人生七十古来稀。穿花蛱蝶深深见③,点水蜻蜓款款飞④。传语风光共流转⑤,暂时相赏莫相违⑥。

[注释]

①朝(cháo)回:上朝后回来。典:典当,抵押。②行处:所到之

处。③蛱（jiá）蝶：蝴蝶的一种。见（xiàn）：通"现"，时隐时现。④款款：缓慢。⑤传语：寄语，传话。流转：逗留。⑥相赏：互相赏玩。

[赏读]

每天上朝回来后都去典当春天穿的衣服，每天都在江头买酒，喝醉方归。到处欠酒债是寻常小事，人生苦短，能活到七十岁自古就很稀少。人生像蝴蝶一样在花丛深处穿梭，像蜻蜓一样在水面点水慢飞。托人传话告诉春光，我的人生和春光一起流转，暂且互相赏玩不分离，我不会违背四季节序的。

前首诗借花写愁，这首诗借酒咏愁。不久前诗人在官中值夜时还彻夜难眠，急等上朝议政，而今仕途不得意，生活也很清苦窘迫，每天典当衣物度日，但更清苦的是内心的愁闷和对现实的无能为力。既然清醒让人痛苦，那就麻醉自己吧，所以，诗人典当完衣服后便去喝酒买醉，天天醉酒而归，还欠了一屁股酒债。即使赏曲江美景，看蝴蝶翩飞、蜻蜓点水，也无法排遣心中的愁怀，这苦闷何处消解呢？寄语风光共赏美景，不要着急消逝，可是对典衣欠债的人而言，这美景又能持续多久呢？只能"暂时"赏玩了。

清贫的生活令人同情，不得志的人生让人惋惜，短暂的激情掩不住伤春、惜春的情绪，满怀愁绪、一腔苦闷尽在其中。

[集评]

"深深"字若无"穿"字，"款款"字若无"点"字，皆无以见其精微如此。然读之浑然，全似未尝用力，此所以不碍其气格超胜，使晚唐诸子为之，便当如"鱼跃练波抛玉尺，莺穿丝柳织金梭"体矣。（叶梦得《石林诗话》）

杜审言，子美祖也。以诗擅名，其诗有"寄语洛阳风与月，明年春色

倍还人"。子美"传语风光共流转"云云,虽不袭取其意,而语脉盖有家风矣。(王得臣《麈史》)

言春容闲适。(胡仔《苕溪渔隐丛话》)

次章,言典衣尽醉,正因光景易流耳,与前章作往复罗文势。结依《演义》作寄语风光解,言尔只管"共"物情"流转",岂知人生"相赏",乃"暂时"事,尔"莫"便"相违"也。(浦起龙《读杜心解》)

蛱蝶恋花,蜻蜓贴水。我于风光亦复然也;却反"传语风光",劝其共我"流转":杜诗妙多如此。(何焯《义门读书记》)

(前四句)吴曰:对法变化,全以感慨出之,故佳。(后四句)吴曰:末二句用意,仍从第四句脱卸而下,神理自然凑拍。(高步瀛《唐宋诗举要》)

张世文曰:二诗以仕不得志,有感于暮春而作。(同上)

黄鹤楼

崔 颢[1]

昔人已乘黄鹤去[2],此地空余黄鹤楼。黄鹤一去不复返,白云千载空悠悠。晴川历历汉阳树[3],芳草萋萋鹦鹉洲[4]。日暮乡关何处是[5],烟波江上使人愁[6]。

[注释]

①崔颢(704?~754):汴州(治今河南开封)人。唐代诗人。开元年间进士,曾任太仆寺丞等职。诗风雄浑豪迈,刚健激越。有《崔颢

集》。②昔人：传说中驾鹤飞经黄鹤楼的仙人。③晴川：阳光照耀下的长江。历历：清晰可见。汉阳：地名，与黄鹤楼隔江相望。④萋萋：草木茂密的样子。鹦鹉洲：长江中的小洲，后被江水淹没，故址在今湖北武汉汉阳区。⑤乡关：故乡。⑥烟波：雾气茫茫的水面。

[赏读]

当初仙人乘黄鹤一去不复返，只留下空空的黄鹤楼独立江边。一晃百年过去了，黄鹤楼始终孤独地空守着飘浮的白云。登楼远望，晴日映照着江水，汉阳的树木清晰可见，芳草青青遮盖了江中的鹦鹉洲。暮色中极目远眺，故乡在哪里呢？只有烟波浩渺、奔流不息的江水懂得我孤寂无尽的心。

诗中两个"空"字道尽了人世的空幻虚茫，三个"黄鹤"反复咏叹了鹤去楼空、千年寂寥的感慨，而登楼所见的江景更衬托了今日黄鹤楼的空寂。触景生情，诗人孤独寂寞的乡愁顺理成章地与黄鹤楼的沧桑冷寂内外呼应，融为一体。

这首诗是诗人的代表作，以神话传说起笔，借描绘登临黄鹤楼所见景色抒发思乡之情，将远古与现实、旅途与故乡、景物与真情完美地结合起来，是唐代七律的代表作，也被历代文人墨客赞誉为咏黄鹤楼的绝唱。传说李白曾登黄鹤楼，阅读《黄鹤楼》后感慨道："眼前有景道不得，崔颢题诗在上头。"遂无作而去。

[集评]

唐人七言律诗，当以崔颢《黄鹤楼》为第一。（严羽《沧浪诗话》）

刘须溪（辰翁）云：但以滔滔莽莽，有疏宕之气，故胜巧思。（高棅《唐诗品汇》）

颈联或写意，或写景，或书事，用事引证，与前联之意相应相避。要

变化,如疾雷破山,观者惊愕。(杨载《诗法家数》)

《黄鹤楼》、郁金堂(沈佺期《独不见》),皆顺流而下,故世共推之。然二作兴会适超,而体裁未密;丰神故美,而结撰非艰。(胡应麟《诗薮》)

气格音调,千载独步。(桂天祥《批点唐诗正声》)

此诗气格高迥,浑若天成。(陆时雍《唐诗镜》)

徐献忠云:颢风格奇俊,大有嘉篇。太白虽极推《黄鹤楼》,未足列于上驷。(胡震亨《唐音癸签》)

字字针锋相凑,如此作转,方是名手。(徐增《而庵说唐诗》)

鹏飞象行,惊人以远大。(王夫之《唐诗评选》)

沈云卿《龙池》乐章、崔司勋《黄鹤楼》诗,意得象先,纵笔所到,遂擅古今之奇。所谓章法之妙,不见句法,句法之妙,不见字法者也。(沈德潜《说诗晬语》)

首言昔人已乘黄鹤而去,江夏之地空遗其楼以传后世焉。自昔及今,黄鹤不返,白云空在。登此楼者,所见晴川远树,芳草长洲,历历凄凄,使人情不能已。故自日暮登临,乡关迷望,惟见江上烟波微茫浩渺,令我愈生愁思耳。(钱牧斋 何义门《唐诗鼓吹评注》)

妙在一曰黄鹤,再曰黄鹤,三曰黄鹤,令读者不嫌其复,不觉其烦,不讶其何谓。尤妙在一曰黄鹤,再曰黄鹤,三曰黄鹤,而忽然接以白云,令读者不嫌其突,不觉其生,不讶其无端。此何故耶?由其气足以充之,神足以运之而已矣。(赵臣瑷《山满楼笺注唐诗七言律》)

不古不律,亦古亦律,千秋绝唱,何独李唐?(吴昌祺《删订唐诗解》)

此千古擅名之作,只是以文笔行之,一气转折。五、六虽断写景,而气亦直下喷溢,收亦然,所以可贵。太白《鹦鹉洲》格律工力悉敌,风格逼肖,未尝有意学之而自似。此体不可再学,学则无味,亦不奇矣。(方东树《昭昧詹言》)

此诗为后来七律之祖,取其气局开展。(查慎行《初白庵诗评》)

吴曰:渺茫无际,高唱入云,太白尚心折,何况余子?(高步瀛《唐宋诗举要》)

春夕旅怀

崔涂①

水流花谢两无情,送尽东风过楚城②。蝴蝶梦中家万里③,杜鹃枝上月三更④。故园书动经年绝⑤,华发春催两鬓生⑥。自是不归归便得,五湖烟景有谁争⑦。

[注释]

①崔涂(850~?):字礼山,江南人。晚唐诗人。光启年间进士,常漂泊巴蜀、秦陇、湘鄂等地,自称"孤独异乡人"。其诗凄清苍凉,多写异乡羁绊之叹。有《崔涂诗集》。②楚城:指今湖南、湖北等地的城市,战国时这里是楚国的疆域。③蝴蝶梦:在梦中变成蝴蝶,典出《庄子·齐物论》,此处指美好的梦境。④三更:午夜前后。⑤故园:故乡。书:信。动:动辄,每每。经年:常年。⑥华发:头发花白。春催:时光催促。鬓:脸旁靠近耳朵的头发。⑦五湖:指太湖及其附近的湖泊,在今江苏苏州、无锡一带,是春秋时越国大夫范蠡归隐之地。烟景:湖上风景。

[赏读]

　　流水和落花无情地送走了春天，诗人漂游到楚地山城。思家心切，梦中飞回万里之外的家乡，午夜醒来，听闻杜鹃在枝头啼血鸣叫。已经许久没有收到家乡的书信了，白发已染鬓角，入春以来又多了许多白发。至今还没有回家乡，但是家乡想回便可回，那里的五湖风光迷人，谁人能与我争？

　　怀乡诗，抒怀的是思乡情。暮春时节到楚城，水流花谢，本就令人伤感。在陌生的异地，举目无亲，更让人倍感无助。家乡的书信已经断绝很久，亲人的冷暖安危无法知晓，想家归不得，只能梦中变成蝴蝶飞回家乡。半夜醒来才知是梦，长夜漫漫苦难熬，凄清孤独之情更加浓厚，两鬓增添的几多白发便是证明。诗人的心境抑郁低沉、愁肠寸断。

　　离家在外各有苦衷，想家的苦自己最懂。欢乐的春天在诗人笔下却是撩动了心中的愁怀，足见思乡的愁深苦极。诗人说家乡想回便回，看似坚决，实则无可奈何。家乡一定不是想回便能回去的，现实中有太多羁绊或阻碍，以致诗人有家难回，只能做个"孤独异乡人"。思乡的深情只有在梦中释放，而这才是诗人愁闷的原因。

[集评]

　　此因客中春夕感怀思乡而作也。首言水流而东，花开而落，二者皆无情已。夫以水逐年光，花催春色，若送东风过楚城而去，不肯为人少留，所以谓之无情也。我于春夕思家，梦随蝴蝶而至，醒觉子规之啼，月明家远，所思既切，且故园之书久别，华发之鬓易生，思望之情益自不能已已。末则反词以自解，谓我自未能即归耳，若果能归，便可以遂吾之志，五湖风景当无与我相争者。此二句兼说尽千古耽名逐利辈，作者其有悔艾之思欤？（钱牧斋　何义门《唐诗鼓吹评注》）

　　"水流"是水无情，"花谢"是花无情。何谓无情？明见客不得归，

而尽送春不少住，是以曰无情也。（金圣叹《贯华堂选批唐才子诗》）

"自是不归归便得，五湖烟景有谁争"与"相逢尽道休官去，林下何曾见一人"，同一妙理。（薛雪《一瓢诗话》）

本不能归，而为此语者，反言自怪之词。（黄生《唐诗摘钞》）

情生景，景生情，情中有景，景中有情，萦纡飘渺，使读者神为之移。（毛张健《唐体肤诠》）

寄李儋元锡①

韦应物

去年花里逢君别，今日花开又一年。世事茫茫难自料，春愁黯黯独成眠②。身多疾病思田里③，邑有流亡愧俸钱④。闻道欲来相问讯⑤，西楼望月几回圆。

[注释]

①李儋（dān）：字元锡，诗人的朋友，曾官殿中侍御史。②黯（àn）黯：心绪沉闷黯淡。③田里：指归隐。④邑：民居点，此处指诗人管辖的区域。流亡：外出逃荒者。俸钱：官俸。⑤问讯：探望。

[赏读]

仕途难寻，寻得仕途欲大展宏图更难。理想看起来很美，通往理想的路上定要越过诸多现实难关，最终结局往往身心俱疲、心灰意冷。这首诗便抒发了诗人壮志难酬的失望与郁闷之情。

去年与朋友分别，离开京城来地方赴任，虽然已预料前途会艰难，但仍心怀有所作为的信念。可是转眼一年花又开，战乱、赋税逼得百姓流离失所，自己无力改变，更无法施展抱负，身心疲累，加之疾病缠身，所以深感有愧于官俸，内疚得心生退意。听说朋友要来访探望，可是月儿圆了又缺，缺了又圆，还是不见朋友的身影。

当官要为民作主，诗人一定心怀百姓疾苦。无奈世事动荡不安，民众生活困顿不堪，体弱多病的诗人有心解甲归田，又心系百姓疾苦，深感未尽职守，心怀愧疚。这种有心无力的失望感和无所建树的孤独感与对朋友的思念融为一体，情绪的表达更加沉重复杂。

[集评]

朱文公（朱熹）盛称此诗五、六（句）好。以唐人仕宦多夸美州宅风土，此独谓"身多疾病""邑有流亡"，贤矣！（方回《瀛奎律髓》）

余谓有官君子当切切作此语，彼有一意供祖、专事土木，而视民如仇者，得无愧此诗乎？（黄彻《䂬溪诗话》）

简淡之怀，百世犹为兴慨。（刘辰翁《韦孟全集》）

仁者之言也。（胡震亨《唐音癸签》）

纯。（王夫之《唐诗评选》）

五、六不负心语。（沈德潜《唐诗别裁集》）

凡居官者，廉洁已称难能，韦则因邑有流亡，并应得之俸钱，亦觉受之有愧。非特廉吏，且蔼然仁者之言矣。（俞陛云《诗境浅说》）

（前四句）吴曰：情景交融。（五、六）蔼然仁者之言。（末二句）方曰：本言今日思寄，却追述前此，益见情真，亦是补法。三句承"一年"，放空一句，四句兜回自己，五、六接写自己怀抱，末始入今日寄意。（高步瀛《唐宋诗举要》）

江 村①

杜 甫

清江一曲抱村流②,长夏江村事事幽③。自去自来梁上燕④,相亲相近水中鸥⑤。老妻画纸为棋局⑥,稚子敲针作钓钩⑦。多病所须惟药物,微躯此外更何求⑧。

[注释]

①江村:江边村庄。②清江:清澈的江水。曲:曲折,弯曲。抱:环绕。③长夏:长长的夏日。幽:安静,安闲。④自去自来:来去自由。⑤鸥:一种水鸟。⑥棋局:棋盘。⑦稚子:年幼的儿子。⑧微躯:微贱的身体,诗人自谦。

[赏读]

清澈的江水曲折地绕村流过,长长的夏日里,村中安闲宁静。梁上的燕子自在地飞来飞去,水中的鸥鸟聚在一起相亲相近。老妻在纸上画一张棋盘,小儿子敲打着针准备做鱼钩。只有我体弱多病,唯一需要的是药物,除此之外,我这微贱的身体还能奢求什么呢?

这是江边小村的普通生活场景。燕子自由地翩飞,水鸟依偎在一起,妻子在纸上画棋盘准备下棋,孩子做鱼钩打算去钓鱼。看上去,夏日里的小村安静清幽,生活虽清贫,但苦中作乐,颇有情趣。

这首诗作于唐肃宗上元元年(760)夏天。此前,诗人颠沛流离数年后,在成都浣花溪畔建起了一座草堂,暂时有了栖身度日之所。清江环绕，江村环境幽静，燕子、鸥鸟自由自在，置身于大自然的美景中。老妻、孩子团聚一堂，各得其乐，诗人自在悠闲，安定的家居生活，清苦但已深感满足。

只是这种清静自在、恬淡自然的村居生活不知能延续多久。诗人年老体弱，依靠药物生存，而且刚经历了辗转多地居无定所的流亡生活，在悠闲的生活外表下，诗人内心想必依然焦虑忧愁。

[集评]

妻比臣，夫比君。棋局，直道也。针合直而敲曲之，言老臣以直道成帝业，而幼君坏其法。稚子，比幼君也。（释惠洪《天厨禁脔》）

"老妻画纸为棋局，稚子敲针作钓钩"，以"老"对"稚"，以其妻对其子，如此之亲切，又是闺门之事，宜与智者道。（俞成《萤雪丛说》）

（杜甫）七言律，如"清江一曲""一片花飞""朝回日日"等篇，亦宛似宋人口语。……（方）翁恬曰："杜子美已开宋人之门户矣。"此语实不为谬。（许学夷《诗源辩体》）

刘辰翁曰：全首高旷，真野人之能言者，三联语意近放。（周敬　周珽《唐诗选脉会通评林》）

萧闲即事之笔。（浦起龙《读杜心解》）

诗亦潇洒清真，遂开宋派。（杨伦《杜诗镜铨》）

昔人谓狮子搏象用全力，搏兔亦用全力，余以为杜诗亦然。故有时似浅而实不浅，似淡而实不淡，似粗而实不粗，似易而实不易。此境最难，然其秘只在"深入浅出"四字耳。如"舍南舍北皆春水……"，浅矣而不可谓之浅。"清江一曲抱村流……"，淡矣而不可谓之淡。（王寿昌《小清华园诗谈》）

夏 日

张耒①

长夏江村风日清,檐牙燕雀已生成②。蝶衣晒粉花枝舞③,蛛网添丝屋角晴。落落疏帘邀月影④,嘈嘈虚枕纳溪声⑤。久斑两鬓如霜雪,直欲樵渔过此生⑥。

[注释]

①张耒(1054~1114):字文潜,号柯山,淮阴(今江苏淮安淮阴区)人。北宋诗人,"苏门四学士"之一。熙宁年间进士,曾任史馆检讨、太常少卿等职,居官清廉。其诗语言平易,自然潇洒,风格受白居易、张籍影响较大。有《柯山集》。②檐牙:屋檐间伸出的互相勾连的部分,形似牙齿。③蝶衣:蝴蝶的翅膀。粉:蝴蝶翅膀上多粉。④落落:稀疏。邀:邀请,此处指透过。⑤嘈嘈:嘈杂声,此处指流水声。虚枕:空心枕头,在夏天使用。纳:传来,收到。⑥直欲:但愿。樵渔:砍柴打鱼,比喻归隐。

[赏读]

悠长的夏日里,江村风和日丽,安适清静,屋檐下多了许多小燕子、小麻雀。蝴蝶展开翅膀在花枝间飞舞,蜘蛛在屋角自在地添丝织网。夜晚,稀疏的竹帘透进了月光,倚枕静听潺潺溪水声。年岁已高,两鬓早就花白如雪了,真想像樵夫渔夫一样,隐居清闲地度过一生。

这首诗表达了江村夏日昼与夜的感受。白天,天气晴好,燕雀筑巢、蝴蝶飞舞、蜘蛛织网，大自然的生物动静皆宜，充满活力，按部就班地专注着自己的事情。夜晚，月影朦胧、溪水潺潺，看天上光影，听地下流水，江村景致温馨和谐、氛围清静闲适。诗人感慨于自然风光的勃勃生气和田园生活的乐趣，不由得心生愿景：砍柴打鱼去，在自然的环境里悠闲快乐地生活一辈子。

江村夏日的生活清幽、安闲，远离官场倾轧，诗人的心态平静、平和，就能安心地欣赏自然界的千姿百态，自然与人的世界也变得和谐，更重要的是内心愉悦，便能不断发现、欣赏世界的美好。

[集评]

张文潜诗只一笔写去，重意重字皆不问，然好处亦是绝好。（朱熹《朱子语类》）

自然奇逸。（吕本中《蒙童诗训》）

近体工警不及白，而蕴藉闲远，别有神韵。（吴之振《宋诗钞》）

辋川积雨①

王维

积雨空林烟火迟②，蒸藜炊黍饷东菑③。漠漠水田飞白鹭④，阴阴夏木啭黄鹂⑤。山中习静观朝槿⑥，松下清斋折露葵⑦。野老与人争席罢⑧，海鸥何事更相疑⑨。

[注释]

①辋（wǎng）川：水名，在今陕西蓝田西南。积雨：久雨。②空林：

稀疏的树林。烟火：炊烟。迟：缓慢。③藜（lí）：一年生草本植物，嫩叶与苗可食。黍（shǔ）：一种谷物。饷：送饭。菑（zī）：耕种一年的田地，泛指土地。④漠漠：指水田广阔。⑤阴阴：茂密幽暗。夏木：高大的树木，如乔木。⑥习静：习惯安静。槿（jǐn）：木槿，落叶灌木，其花朝开晚谢，古人用来象征人生短暂。⑦清斋：素食。葵：一种蔬菜。⑧野老：诗人自称。争席罢：不再争坐席位，指与人无争，典出《庄子·杂篇·寓言》。罢，休。⑨海鸥：鸥鸟，比喻没有心计的人，典出《列子·黄帝》。

[赏读]

这首诗描绘的是一幅富有浓郁生活气息的山水田园画。这幅画里，扑面而来的是活力无限的淳朴民风，流露出闲适恬静的生活态度。

夏日久雨后，空旷的村落里炊烟缓缓升起，农妇们做好饭菜送给村东田地里劳作的农夫。辽阔的水田上飞过一群白鹭，茂密的树林里黄鹂在婉转歌唱。久居山中，早已习惯于静观木槿花朝开夕落，采摘松树下还沾着露水的绿葵为食。争名夺利的生活早已离我而去，当然也不会引起别人的猜忌了。

辋川是诗人的隐居地，诗人与世无争的生活在这幅恬淡平凡的画卷里得到了充分的描述。炊烟、粗食构成简单温馨的田家生活，白鹭的身影和黄鹂的鸣叫与田野树木一起组成色彩绚丽、和睦悠然的自然景观。诗人吃斋信佛，清静自得的隐居生活也与自然紧密相依，静观花木冥思，动采野菜素食。景美心静，由景入理，人生短暂，名利如粪土，亲近自然，与天地浑然一体，心底哪里还容得下一丝丝俗世间的杂质呢？

[集评]

诗下双字极难，须使七言、五言之间除去五字、三字外，精神兴致全见于两言，方为工妙。唐人记"水田飞白鹭，夏木啭黄鹂"为李嘉祐诗，王摩诘窃取之，非也。此两句好处，正好添"漠漠""阴阴"四字，此乃摩诘为嘉祐点化，以自见其妙，如李光弼将郭子仪军，一号令之，精彩数倍。（叶梦得《石林诗话》）

（范季随曰）杜少陵诗云："两个黄鹂鸣翠柳，一行白鹭上青天。"王维诗云："漠漠水田飞白鹭，阴阴夏木啭黄鹂。"极尽写物之工。（魏庆之《诗人玉屑》）

刘须溪（辰翁）云：写景自然，造意又极辛苦。（高棅《唐诗品汇》）

首言庄上空林积雨，烟火迟迟，是时炊黍蒸藜，而馈饷于东菑之人矣。夫积雨乍晴，则水田漠漠而飞白鹭，夏木阴阴而啭黄鹂。此时山中习静，但观槿花以自娱；松下清斋，聊折葵菜以自食耳。其在是庄也，与客同乐，机心尽意，自野老争席之外，无是非权力之争，海鸥随波上下，更何自而相疑哉？（钱牧斋　何义门《唐诗鼓吹评注》）

三句，状水田之广。四句，状夏木之深。

俗说谓"水田飞白鹭，夏木啭黄鹂"乃李嘉祐句，右丞袭用之。不知本句之妙，全在"漠漠""阴阴"，去上二字，乃死句也。况王在李前，安得云王袭李耶？（沈德潜《唐诗别裁集》）

三、四句写景极活现，万古不磨之句。（方东树《昭昧詹言》）

昔人谓本是旧诗，摩诘只加"漠漠""阴阴"四字。不知无此四字，便成死语，有此四字，乃现活相。（施补华《岘佣说诗》）

（首句）方曰：此题命脉在积雨二字。（后四句）吴先生曰：此时当有嫉之者，故收句及之。（高步瀛《唐宋诗举要》）

赵松谷曰：澹雅幽寂。（同上）

新 竹

陆 游①

插棘编篱谨护持②,养成寒碧映涟漪③。清风掠地秋先到④,赤日行天午不知⑤。解箨时闻声簌簌⑥,放梢初见影离离⑦。归闲我欲频来此,枕簟仍教到处随⑧。

[注释]

①陆游(1125~1210):字务观,号放翁,山阴(今浙江绍兴)人。南宋诗人。曾任镇江等地通判之职。其诗作近万首,内容丰富,诗风雄浑奔放,明朗流畅。有《剑南诗稿》。②插棘(jí)编篱:用荆棘编成篱笆墙。谨:谨慎,小心。护持:护卫。③寒碧:新竹清冷苍翠。④掠地:卷地,从地上刮来。⑤赤日:夏天的太阳。⑥解箨(tuò):竹子生长中笋壳脱落。箨,笋壳。簌簌:笋壳剥落的声音。⑦放梢:竹梢发枝长杈。离离:茂盛的样子。⑧簟(diàn):轻巧的竹席。

[赏读]

用荆条编成篱笆,小心地保护新竹;新竹长成后,碧绿的竹子倒映在水面的涟漪中。清风吹拂地面,秋凉提前来临;赤日炎炎,但在竹荫下并不感觉暑热。笋壳脱落发出簌簌声,新竹放梢初见茂盛的竹影。归隐以后要常常来这里,带着枕头竹席随时就能入梦。

这首咏物诗从多个侧面详尽形象地描绘了细心种竹与竹子生长茂盛的过程。从围篱笆呵护新竹开始,竹子一天天长大,碧绿的竹叶倒映在水中,这是以水写竹,水的涟漪与竹的寒碧呼应,体现了凉意与"冷"意。秋风袭来,竹林摇曳,茂密的竹林遮蔽烈日,送来了清凉,新竹的敏感与迎风摇曳、遮日消暑的特点显示了竹林特色。竹子生长迅速,笋壳剥落,声音籁籁,竹梢拔节,竹影迷离,诗人动静结合地描绘出新竹生长中的特征。

茂盛的竹林是诗人细心"护持"的结果,详尽描绘竹子的生长过程,表达的是对竹林的喜爱和依恋之情。因为这不仅是诗人辛勤劳作的结果,也寄托了诗人美好的愿望,希望"归闲"时常常带上枕席躺卧竹林边,纳凉消暑,自得其乐。

[集评]

凡一草一木,一鱼一鸟,无不剪裁入诗。(赵翼《瓯北诗话》)

夏夜宿表兄话旧[①]

窦叔向[②]

夜合花开香满庭[③],夜深微雨醉初醒。远书珍重何曾达[④],旧事凄凉不可听[⑤]。去日儿童皆长大[⑥],昔年亲友半凋零[⑦]。明朝又是孤舟别,愁见河桥酒幔青[⑧]。

[注释]

①话旧:叙谈往事。②窦叔向(?~779?):字遗直,扶风(今陕西扶风)人。唐代诗人。大历年间进士,曾任左拾遗、工部尚书等职。向有诗名,工五言诗,原有诗集数卷,已散失。有《窦氏联珠集》。③夜合:即合欢,白天开花,晚上凋谢。④远书:寄往远方家乡的书信。何曾达:

哪里能到达。⑤旧事：往事。⑥去日：昔日。⑦凋零：指人去世。⑧酒幔：酒旗。青：青色，酒幔多用青布或白布制成。

[赏读]

合欢花开，香气缭绕，满庭清香。夜晚，从醉酒中醒来，听着小雨淅淅沥沥，再与表兄继续叙旧长谈。寄出叮咛亲友保重的书信何曾到达过，当年的儿童都已长大，昔日的亲友一半已过世，提起往事凄凉得不忍再听。明天又要与你分别，孤独地乘船远行，想起桥头的青色酒旗，便有无限忧愁在心头。

与亲友别离，远离家乡居官在外，回乡聚会的机会并不多，所以，如果能在外面遇到家乡亲友，实在是一件意料之外的惊喜。但惊喜之余，除了追忆快乐的往事，不可避免地会触及伤心过往，人生忧乐、亲人离合都在世事沧桑的感叹中如走马灯般重新过滤一遍。

诗人与表兄重逢叙旧，高兴得一醉方休，夜深人静时被雨声惊醒。往事历历，酒后吐真言，叙的都是伤心的旧事，如叮咛珍重的书信没收到，一半的亲友已经过世，件件凄凉的旧事伤心事实在不忍再提起。当年的孩童早已长大，时光飞逝，光阴短暂，相聚时短，别离就在明朝，重逢的喜悦被再次离别的忧愁所取代。

悲欢离合是人生必修课，无论是相聚的欢笑还是离别的悲伤，这些真实自然的人生体验都会激起人们的共鸣，令人感同身受。

[集评]

周敬曰：好起结，中本真情，不费斧凿。不知者以为太直致。（周敬周珽《唐诗选脉会通评林》）

"珍重"下接"何曾"妙，"何曾"上加"珍重"妙。此亦人人常有之事，偏能写得出来也。五、六是人人同有之事，是人人欲说之话，不叹他写得出来,叹他写来挑动"明朝又别"四字,隐然言他日再归,便是儿童亦已凋零,亲友并无半在也。可不谓之大哀也哉!(金圣叹《贯华堂选批唐太子诗》)

收结惓切动情,迥异寻常晤对,妙。(谭宗《近体秋阳》)

此诗平易近人,初学皆能领会。录此诗者,以其一片天真,最易感动,中年以上者,人人意中所有也。……唐人于此类诗最为擅长,不失风人敦厚之旨也。(俞陛云《诗境浅说》)

偶 成①

程 颢

闲来无事不从容,睡觉东窗日已红②。万物静观皆自得③,四时佳兴与人同④。道通天地有形外⑤,思入风云变态中。富贵不淫贫贱乐⑥,男儿到此是豪雄⑦。

[注释]

①偶成:偶然写成。②睡觉(jué):睡醒了。③静观:仔细观察。自得:有所体悟。④佳兴:美好的兴致。⑤道:道理。通:贯通。有形外:道在事物形体外。⑥淫:放纵。⑦到此:到达这个境界。豪雄:英雄。

[赏读]

悠闲自在时做什么事都很从容,一觉醒来太阳正从东窗升起。仔细观察万物,发现凡事都有法则,人对四季风光变化的感兴大致相同。心中深藏天地万物的事理,思索自然风云的变化。做到富贵而不骄纵、贫贱而保持快乐，这样的男人就是真正的英雄豪杰。

这首诗用文学形式总结、议论治学道理，宣扬理学思想。诗人是理学家，他的理学宗旨就是宇宙万物都在"道"（即理）中，也就是内心中，自然界的变化、万事万物的盛衰都是由这种"道"来决定。

"闲"是收心忍性的结果，清静无为便无事不从容。世间万物千奇百态，但皆有其内在规律，因此四季佳景才能与人同享，静观万物变化才能思考人生风云。从这个道理看，天地万物自有其"理"，人生有贵贱也是"天理"，所以，贵在修身养性，处富贵应不淫迷，居贫贱也应安乐，这样才是真英雄。

"富贵不淫贫贱乐"，诗人的意图与我们今天理解的内涵似乎不太一样喔。

[集评]

明道书窗前有茂草覆砌，或劝之芟，曰："不可，欲常见造物生意。"又置盆池，畜小鱼数尾，时时观之。或问其故，曰："欲观万物自得意。"（张九成《横浦心传录》）

处富贵而不淫，安贫贱而自乐，男儿于此处立得定，岂不豪雄之丈夫乎？（王相《千家诗》）

游月陂①

程 颢

月陂堤上四徘徊②，北有中天百尺台③。万物已随秋气改④，一樽聊为晚凉开⑤。水心云影闲相照⑥，林下泉声静自来⑦。世事无端何足计⑧，但逢佳节约重陪⑨。

[注释]

①月陂：古水泊名，在今洛阳。②四：四处，来回。③北：北面。中天：半空中。④秋气：秋天的气候。⑤樽：酒杯，此处指酒。聊：姑且。⑥水心：水中央。⑦静自来：静寂中自然地传来。⑧无端：无常，无定数。何足：哪里值得。计：计较。⑨重陪：再来玩饮。

[赏读]

深夜在月陂堤上来回踱步，看北方百尺楼台高耸。已是秋天了，万物变得萧条，姑且乘着晚凉喝上一杯。天上的云朵与水中的倒影相互映照，树林中泉水静静地流淌。世事变化无常何必计较，只等佳节来临再相约游玩。

这首诗描写的是夜赏秋景，夜晚在月陂边悠闲漫步，观察秋景的变化。秋天来了，茂盛的万物变得萧条荒凉，但秋天也自有观赏之处，比如可以欣赏云朵在水中的倒影，可以听闻林中流淌的泉水叮咚。诗人借秋景的变化，形象地描绘秋水、秋声、秋气，理性地借秋色抒发人生哲理：自然界自有其变化法则，没必要计较叶落风寒而心中伤感悲凉。

追求清静无为，坦然面对四季变化，欣赏自然的美好，这是诗人一再强调的天理。

[集评]

末言世事多端，何足计较，但逢佳节，不厌登临重陪玩饮可也。（王相《千家诗》）

秋兴（其一）

杜 甫

玉露凋伤枫树林①，巫山巫峡气萧森②。江间波浪兼天涌③，塞上风云接地阴④。丛菊两开他日泪⑤，孤舟一系故园心⑥。寒衣处处催刀尺⑦，白帝城高急暮砧⑧。

[注释]

①玉露：白露。凋伤：凋谢败落。②萧森：萧瑟阴森，形容景色凄凉。③江间：指巫峡。兼天：波浪滔天。④塞上：北方。⑤两开：两次开放，意指两年。他日：昔日。⑥一系（jì）：常系，永系。故园：指京都长安。⑦催刀尺：催人赶制冬衣。刀尺，制衣工具。⑧白帝：即白帝城，在今四川白帝山上，为三国时刘备托孤之处。砧（zhēn）：捣衣所用的石砧，此处指捣衣的声音。

[赏读]

在露水和寒霜的侵蚀下，枫叶不断凋零，巫山和巫峡一片萧瑟。巫峡江水波涛汹涌，北方乌云低沉，天地阴暗，景色格外凄凉。丛菊已经两度花开，心念家乡潸然泪下，漂泊在外，思乡之情系于一叶孤舟。家家都在拿起刀尺赶做寒衣，傍晚的白帝城中传来一阵阵急促的捣衣声。

《秋兴》八首组诗因秋景而起兴，是诗人在代宗大历元年（766）五十五岁时流寓夔州（治今重庆奉节）时所作。

流落西南，诗人心系长安。作为组诗的第一首，这首诗点明了节令和地点，定下了整组诗"身居西南心系长安"的基调。秋天的夔州，枫叶凋落，景象凄凉，眼前的江水波浪滔天，远处的北方乌云阴沉接地，幽暗的景象衬托了诗人低沉忧愁的心情，似乎也象征了社会的动荡不安。菊花已两度开放了，诗人仍然滞留此地，由景入情，心念长安，"故园心"难忘，但京都却有家难回。做寒衣的忙碌身影和傍晚捣衣的急促声更加烘托出诗人急于回家的焦躁心情。

天地之高、远近之宽，声色俱全、情景相融，这首诗全景化地描绘秋景，表达了诗人对长安的思念，并结合萧瑟凋敝的自然景色和制衣迎冬的市井生活，形象地抒发了诗人急迫的思乡归乡之情。

[集评]

周甸曰：江涛在地而曰"兼天"，风云在天而曰"接地"，见汹涌阴晦，触目天地间，无不可感兴也。（周敬　周珽《唐诗选脉会通评林》）

流滞巫山巫峡，而举目江间，但涌兼天之波浪；凝眸塞上，惟阴接地之风云。真为可痛可悲，使人心尽气绝。（金圣叹《杜诗解》）

以节则杪秋，以地则高城，以时则薄暮，刀尺苦寒，急砧促别，末句标举兴会略有五重，所谓嵯峨萧瑟，真不可言。（钱谦益《钱注杜诗》）

花如他日，泪亦如他日，非开花也，开泪而已。（黄生《杜工部诗说》）

末句，客子无衣之感。（沈德潜《唐诗别裁集》）

"秋"为寓"夔"所值，"兴"自"望京"发慨。八诗总以"望京华"作主，在次章点眼。

首章，八诗之纲领也，明写"秋"景，虚含"兴"意，实拈"夔府"，暗提"京华"。

首句拈"秋"，次句拍"夔"。"江间""塞上"，紧顶"夔"。"浪

"涌""云""阴",紧顶"秋"。尚是纵笔写。五、六则贴身起"兴","他日""故园"四字,包举无遗。言"他日",则后七首所云"香炉""抗疏""弈棋""世事""青琐""珠帘""旌旗""彩笔",无不举矣;言"故园",则后七首所云"北斗""五陵""长安""第宅""蓬莱""曲江""昆明""渼陂",无不举矣。舍蜀而往,仍然逗留。历历前尘,屡洒花间之"泪";悠悠去国,暗伤客子之"心"。发兴之端,情见乎此。第七仍收"秋",第八仍收"夔",而曰"处处催",则旅泊经寒之况,亦吞吐句中,真乃无一剩字。(浦起龙《读杜心解》)

"江间""塞上",状其悲壮;"丛菊""孤舟",写其凄紧。(杨伦《杜诗镜铨》)

钱曰:首章秋兴之发端也,"江间""塞上"状其悲壮,"丛菊""孤舟"写其凄凉。末二句结上生下,故即以夔府孤城次之。(高步瀛《唐宋诗举要》)

方曰:起句下字密重可法,三、四沉雄壮阔,五、六哀痛,收别出一层,凄紧萧瑟。(同上)

顾曰:波浪在地而曰"兼天",风云在天而曰"接地",极言阴晦萧森之状。(同上)

范曰:公在夔两见丛菊之开而堕泪,只因心在故园,时思出峡,乃两见花开,一身久滞,如孤舟系于江上,一系而不可解。他日犹言向日。(同上)

秋兴（其三）

杜 甫

千家山郭静朝晖①，日日江楼坐翠微②。信宿渔人还泛泛③，清秋燕子故飞飞④。匡衡抗疏功名薄⑤，刘向传经心事违⑥。同学少年多不贱，五陵裘马自轻肥⑦。

[注释]

①山郭：山城；山村。②坐：坐看。翠微：青翠的山气。③信宿：连住两夜。泛泛：漂浮。④故：照旧，不断。飞飞：飞来飞去。⑤匡衡：西汉经学家，曾任丞相。抗疏：上书直言。⑥刘向：西汉经学家，曾任谏议大夫。⑦五陵：即五陵原，长安附近五个汉代皇帝的陵墓，即高祖长陵、惠帝安陵、景帝阳陵、武帝茂陵、昭帝平陵。西汉时在此处设立了五个陵邑，并迁徙一些富豪权贵到五陵，所以后世以五陵泛指长安豪门贵族聚居地。轻肥：轻裘肥马，指服饰奢华、车马讲究。

[赏读]

早晨的阳光照耀着寂静的千家万户，每天在江楼坐看青翠的山水。连日来渔夫在水上往来捕鱼，秋燕还在不断地飞来飞去。匡衡上疏直言抗争获提升，而我却被贬谪；刘向不被重用照样在京都传经，可我的理想却无法实现。当年的同学辈不像我这般贫贱，如今都高官厚爵，在京都耀武扬威。

这首诗是《秋兴》组诗的第三首，诗人借夔州秋天清晨的景象感时伤怀，抒发了内心的郁闷与不平。有家难回，诗人心系京都却滞留夔州，他心烦意乱，整天无聊地在江边坐看山水，却无心欣赏美景。渔夫在江上往来捕鱼，燕子该南飞却盘旋不去，也许诗人觉得渔夫和燕子是在自己面前故意炫耀？

漂泊是苦，更苦的是政治生涯的不如意。诗人心中烦闷的是，不能像汉代的匡衡、刘向那样施展个人才能抱负，即使是当年的那些同辈，无志向、少才华却都加官晋爵，成了京都的达官贵人。两相比较之下，诗人含蓄地表露了怀才不遇、寂寞难平的悲苦情绪。

[集评]

诗家虽讥刺中，要带一分含蓄，庶不失忠厚之旨。杜甫《秋兴》"同学少年多不贱，五陵裘马自轻肥"，着一"自"字，以为怨之，可也；以为羡之，亦可也。何等不露。（胡震亨《唐音癸签》）

此与下作，皆以脱露显本色，风神自非世间物。（王夫之《唐诗评选》）

"千家山郭"下加一"静"字，又加一"朝晖"字，写得何等有趣，何等可爱。"江楼坐翠微"，亦是绝妙好辞。但轻轻只用得"日日"二字，便不但使"江楼""翠微"生憎可厌，而"山郭""朝晖"俱触目恼人。（金圣叹《杜诗解》）

（李梦沙语）言同学少年，既非抗疏之匡衡，又非传经之刘向，志趣寄托，与公绝不相同，彼所谓富贵赫奕，自鸣其不贱者，不过五陵衣马自轻肥而已。极意数落语，却只好叹羡；乃见少陵立言蕴藉之妙。（顾宸《杜诗详解》）

"渔人"延缘荻苇，携家啸歌，羁栖之客殆有弗如。"还泛泛"者，亦羡之之词也。（钱谦益《钱注杜诗》）

"渔人""燕子"，即所见以况己之淹留。（仇兆鳌《杜诗详注》）

三、四二句喻己之漂泊。五、六二句慨己之不遇。

以上就夔府言，以下就长安言，此八诗分界处也。或谓末句"五陵"逗起"长安"，此又失之于纤矣。（沈德潜《唐诗别裁集》）

三章，申明"望京华"之故，主意在五、六逗出。文章家原题法也。"山郭""江楼"，仍从"夔"起。"静朝晖"，即含"秋"意。"日日"，含留滞无聊意。"渔人""燕子"，日日所见，由漂泊者见之，故着"泛泛""飞飞"字。其所以触绪依违者何哉？"功名"其遂已矣，"心事"其难副矣，"五陵"同学，长此谢绝矣乎！前二首"故园""京华"，虽已提出，尚未明言其所以。至是说出事与愿违衷曲来，是吾所谓"望"之故，钱氏所谓文之心也。他说概谓夔州朝景，岂不辜负作者？（浦起龙《读杜心解》）

其旨微，其文隐而不露，深得立言蕴藉之妙。（赵臣瑗《山满楼笺注唐诗七言律》）

方曰：反结不测入妙。以坐江楼为主，以下只是江楼所见所思，结句出场，兴会陡入，如有神助。（高步瀛《唐宋诗举要》）

王嗣奭曰：舟泛燕飞，此人情物性之常，旅人视之，偏觉增愁。曰还曰故，厌之也。（同上）

秋兴（其五）

杜 甫

蓬莱宫阙对南山①，承露金茎霄汉间②。西望瑶池降王母③，东来紫气满函关④。云移雉尾开宫扇⑤,日绕龙鳞识圣颜⑥。一卧沧江惊岁晚⑦,几回青琐点朝班⑧。

[注释]

①蓬莱宫:原名大明宫。阙:宫门两边的望楼。②承露金茎:承露即承露盘,放于宫内铜柱上,故称金茎。唐代无承露盘,此处是以汉喻唐。霄汉:天河。③瑶池:神话传说中位于昆仑山上的池名,为西王母所居。④东来紫气:比喻祥瑞之兆。函关:即函谷关,在今河南灵宝附近。⑤雉尾:雉鸡尾羽,此处指用雉尾羽毛做成的宫扇。⑥龙鳞:皇帝龙袍上的金龙鳞片。圣颜:皇帝的容颜。⑦一:自从。卧:卧病。沧江:水色苍绿的江,此处指巫峡。⑧几回:多次回忆。点朝班:五更时列班上朝。

[赏读]

蓬莱宫与终南山遥遥相对,承接雨露的铜柱高耸入云端。朝西望仿佛看到王母降临瑶池,向东看好像见到祥瑞之气萦绕函谷关。当年上朝,宫扇开合如祥云飘移,阳光照耀圣殿,叩拜皇帝容颜。如今病卧江边,惊觉年华老去,在疾病中消磨时光,只有在梦中才能再次感受到上朝时的意气风发。

这是《秋兴》第五首,追溯了安史之乱前长安城宫殿的华丽显赫与诗人参与朝仪时的盛况。

唐朝盛世,长安地处祥瑞福地,傲视天下,宫殿高大巍峨,宫廷朝仪排场盛大,皇帝威仪君临天下。诗人曾在长安生活十年,往日的景象一定历历在目,可追昔抚今,人事纷扰,朝政衰败,当年的太平盛世已如烟花飘散,诗人自己也疾病缠身,只靠着回忆当年上朝时的点点滴滴而度日如年。在回忆美好的往昔、悲叹今日的落寞中,诗人内心的凄清愁苦之情日渐浓烈。

[集评]

此诗追思长安全盛，叙述其宫阙崇丽、朝省尊严，而伤感则见于末句。（钱谦益《钱注杜诗》）

此思长安宫阙之盛，而叹朝宁久违也。（杨伦《杜诗镜铨》）

（前四句）前对南山，西眺瑶池，东接函关，极言宫阙气象之盛，无讥刺意。（五、六句）指献《三大礼赋》时事。（七句）指夔府言。（八句）言立朝无几日。

追思长安全盛时宫阙壮丽、朝省尊严，而末叹己之久违朝宁也。（沈德潜《唐诗别裁集》）

五章以后，分写"望京华"。此溯宫阙朝仪之盛，首帝居也，而意却重在曾列朝班，是为所思之一。

一、二，点宫阙，三、四，表形胜。其"金茎""瑶池""紫气"等，总为帝京设色。盖以上帝高居，群仙拱向为比。旧云讥册贵妃、祀玄元，泽州既非之矣。而说者以此四句，专指天宝之盛，亦非通论也。看五、六，即入身预朝班，系肃宗朝事，则上四便不得坐煞天宝，打成两橛。大段言帝居壮丽，显显然在心目间，而扇影威颜，朝班曾点，不可复得于"沧江""一卧"时矣。如此乃一片。"沧江"带"夔"。"岁晚"，本言身老，亦带映"秋"。

圣子神孙，钟虡无恙，于宫阙自不得参入今昔盛衰等语。识得文章体制，才可与言诗。（浦起龙《读杜心解》）

方曰：结句收五、六句，忽跳开出场，归宿自己，收拾全篇，苍凉凄断。此乱后追思，故极言富盛，一片承平瑞气，而言外有余悲，所以为佳。（高步瀛《唐宋诗举要》）

秋兴（其七）

杜 甫

昆明池水汉时功①，武帝旌旗在眼中。织女机丝虚夜月②，石鲸鳞甲动秋风③。波漂菰米沉云黑④，露冷莲房坠粉红⑤。关塞极天惟鸟道⑥，江湖满地一渔翁⑦。

[注释]

①昆明池：在长安西南，是汉武帝为训练水军而建。②织女：天上的神女，此处指建在昆明池旁的织女石像，池边还有一个牛郎石像，与织女像东西相望。虚：虚度。③石鲸：昆明池中玉石雕刻的鲸鱼。④菰（gū）米：即茭白。⑤莲房：莲蓬，昆明池种有荷花。⑥关塞：边塞，此处指夔州。鸟道：只有鸟才能飞过的道路，形容道路险峻。⑦渔翁：诗人自称。

[赏读]

建造昆明池是汉武帝的功绩，看到昆明池水就仿佛看到了当年汉武帝训练水军的情景，战旗飘飘如在眼前。池边的织女像荒废织布时光，辜负了夜色，鲸鱼石像在雷雨天与秋风共舞。成熟的菰米撒落在水面上像聚拢的黑云，秋晚露冷，荷花花瓣落在水面上像铺上了一层红粉。夔州这里的道路险峻只有鸟儿才能飞过，我像渔翁一样四处漂泊不知哪儿才是归宿。

这首诗是《秋兴》第七首，借描写长安的昆明池景色表达对长安的思念之情。昆明池是汉武帝为征服西南边陲而修建的，盛极一时。如今却衰败冷落，织女像、石鲸像孤零零地对风长叹，菰米、莲子早已成熟但无人采摘，四处散落漂浮。昆明池的萧条暗示的是时事的混乱、社会的破败，失去了活力和创造力的时代会有未来吗？

诗人远在夔州，重返长安而不能，思古念今，只能借昆明池残破的秋景感叹世事苍凉。昆明池只能想象，眼前关山阻隔，道路险峻，归期在何时？归路通何方？

[集评]

秾丽况切，惜多平调，金石之声微乖耳。（王世贞《艺苑卮言》）

（《秋兴》八首）道他是连，却每首断；道他是断，却每首连。倒置一首不得，增减一首不得。（金圣叹《杜诗解》）

借汉喻唐，极写苍凉景象。结意身阻鸟道，迹比渔翁，见还京无期也。（沈德潜《唐诗别裁集》）

七章就"昆明池"写"望京华"。次武事也，为所思之三。

前诗尾云"回首"，此诗起云"在眼"，可知皆就身亲见之设想。三、四，切"昆明"传彩。五、六，从"池水"抽思，一景分作两层写。其曰"夜月""秋风""波漂""露冷"，就所值之时，染所思之色，盖此章秋意，即借彼处映出，故结到"夔府"，不复带"秋"也。"极天""鸟道"，夔多高山也。"江湖满地"，犹云漂流处处也。钱云，"自伤僻远，而不得见"，此得情之论也。必欲定盛象衰象之是非，则诗如孔翠夺目，色色变现，不可得而捉摸矣。（浦起龙《读杜心解》）

杨曰：此思长安之昆明池，而借汉以言唐也。（高步瀛《唐宋诗举要》）

方曰：中四句分写两大景两细景，收句结穴归宿言己落江湖，远望弗及，气激于中，横放于外，喷薄而出，却用倒煞，文法高妙。此渔翁，公自谓，乃本篇结穴，笺乃指为信宿之渔人，成何文理？（同上）

杨曰:"极天""满地"乃俯仰兴怀之意,言江湖虽广无地可归,徒若渔翁之漂泊。昆明盛事何日而能再睹哉?(同上)

月夜舟中

戴复古

满船明月浸虚空①,绿水无痕夜气冲②。诗思浮沉樯影里③,梦魂摇拽橹声中④。星辰冷落碧潭水⑤,鸿雁悲鸣红蓼风⑥。数点渔灯依古岸⑦,断桥垂露滴梧桐⑧。

[注释]

①浸:沉浸。虚空:天空。②无痕:江水平静无波涛。③诗思:诗兴。樯(qiáng):桅杆,此处指帆。④橹:船桨。⑤冷落:静静地映在。⑥蓼(liǎo):水生草本植物,秋季开红、白色花。⑦依:靠着。古岸:古时停船靠岸的地方。⑧断桥:残桥,此处泛指小桥。

[赏读]

月夜里,小船好像承载着满船的月光在水面上漂浮,平静的江水散发着秋夜逼人的寒气。诗人的诗兴随着迷离的帆影浮动,梦魂在船桨声中飘忽。碧潭水中静静地映出天空中的星辰,红蓼风起,伴随着北方飞来的鸿雁悲鸣。载着摇曳灯火的小船靠近古岸,梧桐叶上滑下的露珠滴落在断桥上。

秋天的夜晚,月光清冷,水面反射着惨白冷寂的光亮。坐在狭窄的小船上,远离人群,空荡冷飒的氛围包裹着孤独的诗人。小船在虚空之境漂浮,绿水平静无痕,帆影随诗兴浮动,橹声伴梦魂摇荡,这幅图景朦胧迷离、似真似幻,婉转而形象地道出了诗人冷寂凄清的内心世界以及动荡不定的人生未来。而稀落的星辰、冷清的潭水、风中飘摇的红蓼,再加上悲鸣的鸿雁,天上地下、水中陆地,动静相衬,寒寂的氛围越发浓厚,更有断肠桥头上滴落的露珠,如此悲凉、悲愁的感觉,让人失魂落魄。

"一生漂泊老江湖",诗人长期漫游流浪,羁旅之苦、旅途之寂、思乡之愁在他的诗中并不少见。

[集评]

极言秋夜之景也。(王相《千家诗》)

长安秋望

赵嘏

云物凄凉拂曙流①,汉家宫阙动高秋②。残星几点雁横塞③,长笛一声人倚楼。紫艳半开篱菊静④,红衣落尽渚莲愁⑤。鲈鱼正美不归去⑥,空戴南冠学楚囚⑦。

[注释]

①云物:云彩,云气。拂曙:拂晓。②宫阙:宫殿。动:变动。③残星:稀疏的星星。横:飞越。④紫艳:指菊花紫色而艳丽。半开:一半开放一半还是花蕊。⑤红衣:荷花花瓣。渚(zhǔ):水中的小块陆地。⑥鲈鱼正美:典出《世说新语·识鉴》中西晋吴人张翰的故事。他留恋家乡,有一年秋风起时,因思念家乡鲈鱼的美味便弃官回家。这个典故后表示思乡归隐之意。⑦南冠:楚冠,指拘囚之人,典出《左传》。

[赏读]

灰蒙蒙的秋云在拂晓时飘散，巍峨的宫殿四周呈现深秋的景象。稀疏的星空下鸿雁横空掠过，独自倚楼，静听长笛声声，撩起思乡归情。篱笆旁的菊花半开，艳丽夺目，水边的莲花落了花瓣，现出愁容。思乡心切，何不归去？戴着南冠羁留在此，实在是心有不甘。

这是一首伤秋思归的悲愁之诗。天刚拂晓，诗人登高远眺，天空凄冷，宫殿秋叶落，凄凉的环境衬托出凄冷的心境。残星、雁飞、长笛声，空中的景象和耳边的笛声益发加深了悲凉的氛围。倚楼聆听凄婉的笛声，魂牵乡愁。菊半开、荷花落，深秋寒风吹，家乡何时归？家乡鲈鱼正美，家乡亲人盼归，可是如同羁押北方的南国囚犯一样，心系南方，只是有家难回啊。

诗人当时正在长安附近的渭南任职，官职在身，回不去南方的家乡。望鸿雁南飞、闻笛声幽怨、看荷花叶落、忆鲈鱼正美，思归却归不得，乡愁激荡。家乡，只有在梦中才能见到吧？

[集评]

（杜牧特别喜欢"长笛"句）吟味不已，因目赵为"赵倚楼"。（王定保《唐摭言》）

《长安秋望》诗云："残星几点雁横塞，长笛一声人倚楼。"当时人诵咏之，以为佳作，遂有"倚楼"之目。（葛立方《韵语阳秋》）

三、四景色历寂，意象自成。（陆时雍《唐诗镜》）

通篇苦在一"空"字，可知？（金圣叹《贯华堂选批唐才子诗》）

此在长安因感晚秋之景而怀故园也。首言凄凉云物拂曙而流，"汉家宫阙"则已值高秋之时已。方其曙光初上，数点"残星"，雁已横于塞上；一声"长笛"，人正倚于楼头。而且"紫艳"开而篱菊静，"红衣落"而"渚莲愁",其为凄凉何若也!想此时江南晚秋之候,鲈鱼肥美,正宜归以适意,犹戴南冠而留滞于此,其与楚囚之系迹,相去能几何哉?(钱牧斋　何义门《唐诗鼓吹评注》)

"动"字暗藏秋风起在内,直是社稷倾摇景象,不可显指,半明半暗,深于诗教。(何焯《唐律偶评》)

调高气畅,其灵活处,炼字得力。"流"字落想佳。(胡以梅《唐诗贯珠》)

此诗感秋思归,为达曙晓望,故有"汉家宫阙"之句。结言思归不得,借"楚囚"以托之。(黄叔灿《唐诗笺注》)

首以凄凉作骨,末结所以凄凉之意。(曹锡彤《唐诗析类集训》)

上句言晓星明灭之时,见雁行自塞北而来,写秋空之清旷也。下句赋闻笛。设言吹笛者,为风发雾鬐之人,或言闻笛者,为愁病怀乡之客,皆著迹象。赵以七字浑然写之,而含思无限。(俞陛云《诗境浅说》)

新　秋

张　耒

火云犹未敛奇峰①,欹枕初惊一叶风②。几处园林萧瑟里③,谁家砧杵寂寥中④。蝉声断续悲残月,萤焰高低照暮空⑤。赋就金门期再献⑥,夜深搔首叹飞蓬⑦。

[注释]

①火云:俗称火烧云,出现在夏秋季节日落处。敛:收。奇峰:指火

云形似奇异山峰。②欹（qī）：倾斜。一叶风：指秋季来临。③萧瑟：风吹树叶发出的声音，指花木凋零。④砧杵（chǔ）：洗衣服的用具。砧，垫石。杵，槌衣棒。⑤萤焰：萤火。⑥金门：又称金马门，汉代宫门名，此处指宫殿门。再献：再献诗赋以期选用。⑦搔首：心烦意乱或有所思时抓头的动作。蓬：蓬草。

[赏读]

  傍晚的时候，西边的火烧云状似奇峰，靠枕惊看落叶飘飘。已经入秋了，园林中几处花木已凋零衰败，冷落寂静中传来谁家的捣衣声声。残月下蝉鸣悲苦，叫声断断续续；萤火忽高忽低，映照在黄昏的空中。数次献赋于皇上以期被召，可每次都期望落空。深夜里搔头烦闷，悲叹人生如飞蓬般飘转不定。

  功名不就，光阴飞逝，人到晚年回想一生，怀才不遇、才华无处施展的伤感时时涌现，一片落叶、一瞬火云都能让人触景生情，悲从中来。无力的秋蝉嘶哑鸣叫、飞动的萤火无法持久，飘零的落叶声还有单调的捣衣声，景与物、声与色交织在一起，组成一幅凄清冷寂的画面，人在这幅画面里被这种悲情感染，情绪只有低落而低沉，景不忍再看，声不忍再听。这还只是"一叶"落的"新秋"，如果是"无边落木萧萧下"呢？

  季节更替，气象转深转暗，诗人的迟暮之感越加强烈。老想有所作为，但回想当年屡次献赋的挫折，只能搔搔满头稀疏的白发，面对残月秋风哀叹飘摇不定的人生。

[集评]

  流光易衰老，时搔首而自叹也。（王相《千家诗》）

中 秋

李 朴①

皓魄当空宝镜升②,云间仙籁寂无声③。平分秋色一轮满④,长伴云衢千里明⑤。狡兔空从弦外落⑥,妖蟆休向眼前生⑦。灵槎拟约同携手⑧,更待银河彻底清⑨。

[注释]

①李朴(1063~1128):字先之,时人称章贡先生,兴国(今江西兴国)人。宋代诗人。绍圣年间进士,曾任著作郎等职。其诗以描写景物为主。有《章贡集》。②魄:月光初生或将灭时的微光。宝镜:指月亮。③仙籁(lài):仙界的声音,此处指自然界的声响。籁,原指孔窍中发出的声音。④平分秋色:双方各得一半,中秋节这天正好秋季刚过一半。⑤衢(qú):四通八达的道路。⑥狡兔:传说中月宫中的玉兔。弦:月的边沿。⑦妖蟆(má):传说中月宫里的蟾蜍,能食月,使月亮产生圆缺变化。⑧灵槎(chá):传说中天上银河里往来的木筏。槎,木筏。拟约:打算邀请。⑨更待:还要等待。

[赏读]

天边升起一轮明月,月明风清,云间寂静无声。满月平分秋色,与流动的云彩一起照亮了千家万户。月明如水,月宫中的玉兔似乎要从月弦上跳下,食月的蟾蜍休要在此时出现。很想等到银河彻底清澈时,邀约同伴携手乘槎畅游天河。

这首咏物诗重点描绘了清朗皎美的中秋夜月。起笔写月亮的颜色形状，皓月当空，月光银白、明月似镜，直白而形象。接着写声音、光亮，月夜寂静无声，明月光亮照千里，在云彩的衬托下似乎云月相伴游走，月声、月形结合亮度，充满了动态感。接着引用玉兔、蟾蜍的神话故事，用丰富的联想加强了诗的形象性，进一步烘托明月美景。最后由神话故事激发想象，表达了登天游天河的浪漫理想。

形象的写景、自然的联想、丰富的想象，诗人把现实与虚幻结合，以自然天成的灵感绘出清光明丽的满月图画，营造了恬静空明的意境。月光皎洁，月亮清明，但等除尽"狡兔""妖蟆"，还我明净的月宫后，我才要遨游天河。言外有意，含蓄地表达了诗人高洁美好的心灵寄托。

[集评]

皓魄以影言，宝镜以形言。……有清心克欲、不移外诱之意。（王相《千家诗》）

九日蓝田崔氏庄①

杜 甫

老去悲秋强自宽②，兴来今日尽君欢。羞将短发还吹帽③，笑倩旁人为正冠④。蓝水远从千涧落⑤，玉山高并两峰寒⑥。明年此会知谁健，醉把茱萸仔细看⑦。

[注释]

①九日：指重阳节，在农历九月初九。②强（qiǎng）：勉强。自宽：

自我宽慰。③吹帽：风吹帽落，典出《晋书·孟嘉传》，孟嘉重阳日在龙山游玩，玩得高兴以至被风吹落了帽子而不自知。④倩（qing）：请求。正冠：端正帽子。⑤蓝水：河流名，在蓝田东。千涧：无数条小溪流。⑥玉山：山名，又称蓝田山，在蓝田西。寒：山色苍翠带有寒意。⑦茱萸（zhū yú）：草本植物，香气浓郁，重阳节有佩茱萸、饮酒驱邪的习俗。

[赏读]

年老了便望秋而伤悲，只能勉强自我宽慰，今天兴致来了与大家尽情欢乐。可是羞于头发稀少，怕帽子被风吹落，所以笑请大家把帽子正一正。蓝田水由无数条涧溪汇合落下，高耸的玉山双峰并峙。置身山水风景中，还是一醉方休尽情欣赏茱萸吧，谁知明年的重阳聚会还有几位依然康健呢？

这首诗描述了乾元元年（758）重阳节在崔氏庄朋友聚会的场景。诗人将复杂的情绪倾注在聚会的场景描述中，起伏跌宕的心情贯穿全诗。

从"悲"到"宽"再到"欢"，诗人心里堪称五味杂陈。此时，诗人刚从左拾遗被贬为华州（治今陕西华县）司功参军，心情抑郁消沉，自然见秋色心起悲愁，勉强自我安慰说朋友聚会须尽欢，短短的时间里情绪几番变化，心里实在苦不堪言，脸上却要强颜欢笑。"羞"怕风吹帽落露出稀疏短发，还要"笑"着提醒别人戴正帽子，强作笑颜却掩饰不住内心对逐渐老去的隐忧，更反映了仕途失意的挫折感。

聚会热闹、朋友尽欢，可蓝水"落"、玉山"寒"，诗境豁然开朗，诗人的心境也顿然大开大合，远处的山水秋色仿佛也感染了诗人的愁绪，欢快尽兴的表面情绪下突然寒意袭人，心中悲愁。最后，聚会结束，离愁涌上，明年会再聚吗？谁能参加呢？

既然世事难料，那就珍惜今天，一"醉"方休吧。

全诗的情绪复杂多变，悲喜交集、强颜欢笑、借酒浇愁，心情的突兀变化在聚会的叙事中充分地渗透、完美地呈现。

[集评]

唐律七言八句，一篇之中，句句皆奇，一句之中，字字皆奇，古今作者皆难之。如老杜《九日》诗，"老去"二句不徒入句便字字对属，又第一句顷刻变化，才说"悲秋"忽又"自宽"，以"自"对"君"甚切。"羞将"二句将一事翻腾作一联，又孟嘉以落帽为风流，少陵以不落为风流，翻尽古人公案，最为妙法。"蓝水"二句，诗人至此，笔力多衰，今方且雄杰挺拔，唤起一篇精神，自非笔力拔山不至于此。"明年"二句，则意味深长，悠然无穷矣。（杨万里《诚斋诗话》）

子美《九日蓝田崔氏庄》云："明年此会知谁健，醉把茱萸仔细看。"王摩诘《九日忆山东兄弟》云："遥知兄弟登高处，遍插茱萸少一人。"朱放《九日与杨凝、崔淑期登江上山，有故不往》云："那得更将头上发，学他年少插茱萸。"此三人各有所感而作，用事则一，命意不同。后人用此为九日诗，自当随事分别用之，方得为善用故实也。（胡仔《苕溪渔隐丛话》）

以予观之，诗必有顿挫起伏。又谓起句以"自"对"君"，亦是对句。殊不知"强自"二字与"尽君"二字，正是着力下此，以为诗句之骨、之眼也，但低声抑之读，五字却高声扬之读，二字则见意矣。（李庆甲辑《瀛奎律髓汇评》）

宽于用意，则尺幅万里矣。谁能吟此而不悲，故曰可以怨。（王夫之《唐诗评选》）

朱瀚曰：通篇伤离、悲愁、叹老，尽欢至醉，特寄托耳。（仇兆鳌《杜诗详注》）

意颇颓唐，笔则老健。颈联撑柱，自是截断众流之句。（爱新觉罗·弘历《唐宋诗醇》）

三句，活用旧事。

言把酒而看蓝水、玉山，不忍遽去也。若云看茱萸，有何意味！（沈德潜《唐诗别裁集》）

"老去""兴来"，一篇纲领。三、四，以翻为切，仍紧抱"老去""兴来"。五、六，蓝田庄之壮观也。七、八，透后写，仍应首联。

字字亮，笔笔高。三、四，宋人极口，然犹是随波逐浪句，五、六，乃所谓截断众流句。（浦起龙《读杜心解》）

"仔细看"三字，读之黯然。（黄叔灿《唐诗笺注》）

杜陵以伤乱余生，逢场排闷。崔庄小集，所谓客中得酒，半衔悲喜也。通首如神龙拿空，首尾呼应。开篇即言悲秋之士，强为君欢，已将本意说明。中联之"短发"自羞，承上"悲秋"之句，"笑倩""正冠"，承上尽欢之句，而以落帽事点缀登高佳节。"蓝水""玉山"二句，乃崔庄本地风光，随笔写来，句法自臻高浑。篇终慨浮生之难料，把茱萸而细看。盛会不常，良朋可恋，老去强欢之意，溢于言外，不觉叹息弥襟矣。（俞陛云《诗境浅说》）

吴曰：五、六大句撑天而起。（高步瀛《唐宋诗举要》）

（末二句）杨西河曰："看"字即指茱萸，意更微妙。（同上）

此等诗皆生气淋漓，不当专以字句求之。（同上）

秋 思

陆 游

利欲驱人万火牛①，江湖浪迹一沙鸥②。日长似岁闲方觉③，事大如天醉亦休④。砧杵敲残深巷月，井梧摇落故园秋⑤。欲舒老眼无高处⑥，安得元龙百尺楼⑦。

[注释]

①火牛：火牛阵，指战国时齐将田单击败燕军的战术，田单在牛角绑上刺刀，在牛尾系上浸过油的干草，点上火后驱赶千余头牛冲击燕军，致使燕军大败。②沙鸥：一种水鸟。③觉：感觉到。④休：忘掉，作罢。⑤井梧：井边的梧桐。故园：家乡。⑥舒：舒展。⑦安得：哪里能够。元龙：陈元龙，又名陈登，三国人。此句典出《三国志·陈登传》。相传名人许汜借宿元龙家，元龙自己睡上床，让许汜睡下床，许汜不满地向刘备抱怨，刘备反驳他说："今天下大乱，百姓流离失所，大家都盼望着你能够有所作为，但你却只知道求田问舍，汲汲于一己之私，而这正是元龙所忌讳的。如果是我，就睡在百尺楼上，让你睡地上。"

[赏读]

有些人追名逐利的劲头比当年田单的火牛阵还厉害，我却愿意浪迹江湖，像沙鸥一样自由自在。闲暇的日子总觉得太漫长，真是度日如年；可天大的事情一醉方休过后也就忘掉了。月光下深巷里传来捣衣棒槌的敲击声，秋风中井边的梧桐落叶纷纷，故乡已经秋色满园了。想登高远眺却无高台，哪里能得到陈元龙那样的百尺高楼呢？

秋天落叶萧瑟，让人顿生悲秋之叹，但悲何情叹何事，则依事依情境而异。陆游身处南宋乱世，他主张抗金却遭排挤，满怀收复失地的理想却一再落空，内心万分苦闷。心情的郁闷彷徨与国仇家恨连在一起，这悲愁就显得立意高远。

诗人对追逐名利的那些官吏嗤之以鼻，想像沙鸥一样自在流浪，忘却人间烦恼。其实，诗人无时无刻不惦记着国家兴亡，又哪能那么潇洒地笑忘江湖呢？烦恼的恰恰是欲闲却不能闲，闲得发慌只好买醉。与那些醉生梦死的达官贵人相比，诗人是醉在心头苦在心里，担忧国家安危，苦于报国无门。清冷的残月、落叶的井梧、捣衣的棒槌声，这些秋天的景致凄凉冷寂，搅扰得诗人心境越加黯淡低沉。想登高望远苦于没有高台可攀，想立志报国苦于没有陈元龙家的百尺高楼可以一展抱负。英雄无用武之地的愁闷，思念故园的愁思，悲愤无处言说的愁苦，种种愁淤积在心，是不是连绵不绝、愁上加愁？

[集评]

安得陈元龙百尺之楼，以眺此秋光乎。（王相《千家诗》）

与朱山人①

杜 甫

锦里先生乌角巾②，园收芋栗未全贫③。惯看宾客儿童喜，得食阶除鸟雀驯④。秋水才深四五尺，野航恰受两三人⑤。白沙翠竹江村暮，相送柴门月色新。

[注释]

①朱山人：即朱希真，隐士，是诗人在成都居住时的邻居。②锦里：指锦江流经的锦官城一带，位于成都南部，后也作成都的别称。角巾：隐士戴的有棱角的头巾。③芋栗：芋头和栗子。④阶除：堂屋前的台阶。⑤野航：乡村的渡船。恰受：刚好容纳。

[赏读]

锦官城里住着一位隐士，他戴着黑色头巾，园子里种着芋头和栗子，衣食无忧。他家宾客常来常往，小孩子也喜欢他，他常在台阶上撒谷喂食驯养鸟雀。秋日的溪水深不过四五尺，摆渡的小船刚好坐下两三人。天晚了，白沙翠竹环绕着江村，月色下，他送我到柴门外。

隐士是怎么过日子的？以上就是诗人为我们描绘的一位隐士的生活：

衣着：戴黑色的有棱角的头巾。

食：芋头栗子，粗食淡饭，自给自足。

住：幽静的江村，白沙岸边、翠竹环绕，柴门掩映月色明。

行：撑船，一叶扁舟代步。

爱好：好客，喜欢孩子，驯养鸟雀。

这样的隐士其实并不难寻，他们善良好客、自食其力、安贫乐道、与世无争、人鸟和谐，在朴素的乡村田园生活中知足常乐。

[集评]

乌巾乃隐士之服，三字便见其高尚，赞人不用多语。（黄生《杜工部诗说》）

前段叙事，语简而意深；后段写景，语妙而意浅。盖前面将先生作人行径，逸韵高情，一一写出，却只有四句；后面不过只写一"别"字，却亦是四句。浅深繁简之间，便是一篇极有章法古文也。（黄生《唐诗摘钞》）

诗善炼格。前段叙事，数层括以四语；后段写景，一意拓为半篇。"儿童""鸟雀"，用倒装法；"秋水""野航"，用流对法。（仇兆鳌《杜诗详注》）

申涵光曰："秋水才深四五尺，野航恰受两三人。"语疏落而不酸。今人作七律，堆砌排耦，全无生气，而矫之者又单弱无体裁。读杜诸律，可悟不整为整之妙。（爱新觉罗·弘历《唐宋诗醇》）

前半言造南邻之居，后半言同舟送别也。（沈德潜《唐诗别裁集》）

公造山人，而山人相送也。前半山庄访隐图，后半江村送客图。（浦起龙《读杜心解》）

写描邻比风景，活似摩诘山水，使人依依欲相与身迎然。（谭宗《近体秋阳》）

先生不知何许人，与少陵为友，其人正复不俗。首句言角巾飘然，见其服之雅也。次言芋栗亦资生计，见其能耐清贫也。三句写其家庭之雍霭。四句写其心术之仁慈。五、六言秋水到门，才高几尺，小舟系岸，恰受数人，预为拿舟送客之用。末谓邻友深谈，不觉流连至晚，满江月色，始泛艇而归。高情雅致，具见于诗矣。杜诗三用"受"字："轻燕受风斜"，"修竹不受暑"，与"野航恰受"句，皆善用"受"字。（俞陛云《诗境浅说》）

闻 笛

赵 嘏

谁家吹笛画楼中①,断续声随断续风②。响遏行云横碧落③,清和冷月到帘栊④。兴来三弄有桓子⑤,赋就一篇怀马融⑥。曲罢不知人在否⑦,余音嘹亮尚飘空。

[注释]

①画楼:雕饰华丽考究的楼阁。②断续:断断续续,时高时低。③遏(è):阻止。碧落:碧空。④清:形容笛声清朗。和:带着,混和着。帘栊(lóng):窗帘和窗棂。⑤桓子:指东晋人桓伊,他擅长音乐,传说曾依王徽之之邀吹了三首曲子,《梅花三弄》便是根据这三首曲子改编而成。⑥马融:东汉文学家,喜吹笛,写有《长笛赋》。⑦罢:终了。

[赏读]

谁在画楼中吹奏笛子呢?笛声时高时低,随断断续续的风儿飘来。笛声响亮激扬时能飞越晴空阻遏云朵飘动,笛声清脆时伴着冷清的月光透进窗户。笛声与桓伊吹奏得一样动听,像马融诗赋里的曲子一样美妙。曲终不知吹笛的人是否仍在楼中,只有嘹亮的余音还在空中飘荡。

音乐可听不可视,表达欣赏音乐的感受很难言说、无法言明。如何传达笛声之美妙?在这首诗中,诗人借助丰富的联想和想象,化无形的笛声为有形的形象,借助于具体的意象,浓墨重彩渲染,为我们描画了一幅形象清晰、意境优美的乐曲图。

这悦耳动听的笛声忽高忽低。高亢时飞越碧空,连天上的云朵也被吸引住,停止了飘移;低沉时像清风明月柔和舒缓,静静地渗进窗棂。寂静的秋夜里月色清冷,云朵飘浮,悦耳的笛声传来,高低相间、快慢相宜,仿佛可见可闻,令人陶醉。诗人连用两个典故渲染笛声的美妙神奇,赞美吹笛人的技艺高超,令人印象更加深刻。而曲终余音绕梁不绝,留有绵长的回味余地,也给笛声的魅力添上了一抹神秘色彩。

[集评]

赵嘏七言律……声皆浏亮,语皆俊逸,亦晚唐一家。(许学夷《诗源辩体》)

晋桓伊善吹笛,过清溪,王徽之泊舟,谓之曰:"闻卿善吹笛,请为我一奏。"伊下马,据胡床三弄而去。一曲已终,其人不见,惟闻飘空嘹亮之音而已。(王相《千家诗》)

承祐七律,清丽挺拔,较胜飞卿。(周咏棠《唐贤小三昧集续集》)

冬 景

刘克庄

晴窗早觉爱朝曦①,竹外秋声渐作威②。命仆安排新暖阁③,呼童熨贴旧寒衣④。叶浮嫩绿酒初熟⑤,橙切香黄蟹正肥⑥。蓉菊满园皆可羡⑦,赏心从此莫相违⑧。

[注释]

①早觉(jué):早晨醒来。朝曦:早晨的阳光。②秋声:秋天的声

音,如风声、树叶声等。威:猛烈。③仆:仆人。暖阁:有火炉可以取暖的阁楼。④童:童仆。寒衣:冬天御寒的衣服。⑤熟:此处指酒新酿好。⑥橙切香黄:蟹黄像切开的橙子又香又黄。⑦蓉:木芙蓉,八九月间开花,耐寒。⑧赏心:快乐欢畅,称心如意。相违:相别离,此处指错过机会。

[赏读]

　　早晨醒来看窗外阳光灿烂,不觉心中欢喜,但听闻竹林阵阵秋风呼啸。冬天快来了,赶快命仆人及早给阁楼安好火炉,叫童仆去熨贴御寒的冬衣。刚酿好的新酒表面上泛起竹叶一样嫩绿的泡沫,肥美的螃蟹像切开的橙子又香又黄。满园盛开的木芙蓉、菊花艳丽喜人,心情欢畅地游园赏玩,千万别错过这般美景啊。

　　这是一个士大夫的幸福生活。冬天来了,主人呼仆唤童好一阵忙活,又让准备火炉取暖,又叫熨贴冬衣御寒,还记得温新酒、品新味,蒸肥蟹、尝美味,酒足饭饱后游园观蓉菊,好好欣赏美景。

　　秋冬景往往给人萧瑟寂寥之感,这首诗却充满了浓郁的生活气息,少了愁苦的悲凉,多了欢欣的亮色,也许这便是诗人志得意满的艺术再现。

[集评]

　　芙蓉黄菊,清香满园,皆可玩羡,而赏心乐事不可相违也。(王相《千家诗》)

小至[①]

杜甫

天时人事日相催[②],冬至阳生春又来[③]。刺绣五纹添弱线[④],吹葭六管动飞灰[⑤]。岸容待腊将舒柳[⑥],山意冲寒欲放梅[⑦]。云物不殊乡国异[⑧],教儿且覆掌中杯[⑨]。

[注释]

[①]小至:冬至前一天(一说后一日),也称小冬日。[②]天时:自然界运行的时序。人事:人间事。日相催:逐日催促,意为时间过得快。[③]冬至:二十四节气之一,在阳历12月21日到23日之间。阳生:冬至后阳气初动。[④]五纹:青、黄、赤、白、黑五色花纹。弱线:丝线。[⑤]葭(jiā):指葭莩(fú),芦苇内的薄膜。管:玉管,古时为了预测节气,将葭灰塞入玉律管中,依据热胀冷缩的原理,当节气变化时,相应律管中的葭灰便会飞出。[⑥]岸容:河岸的容貌,指水边景色。腊:腊月。舒柳:舒展柳色。[⑦]山意:山中的山色等意态。冲寒:冲掉寒气。[⑧]云物:云烟景物。不殊:没有不同。乡国:故乡。[⑨]教(jiāo):使。覆:倾,倒。

[赏读]

天时人事变化太快,过了冬至天气便开始回暖,春天就要来了。刺绣女添加丝线赶做新衣,芦灰从律管内飞出报告冬至来临。腊月到来,柳树萌发新芽,装点了岸边风景;腊梅冲破寒意肆意怒放,山色春意渐浓。异乡的景色与故乡没有两样,就叫孩儿饮了杯中酒,不要辜负眼前美景。

诗人写冬天,重点却不在寒冬,而是敏锐地聚焦、捕捉冬天里孕育的春的气息:天气回暖,白日渐长,刺绣女赶做春衣,柳树即将发芽,梅花含苞欲放。冬天里的诸多新气象体现的正是自然界新的生机。这么想的话,身在异乡便不会觉得凄苦,故乡的冬天也是如此暗藏春的希望啊。所以,心情自然也开朗起来,举杯痛饮,尽情欣赏冬天的美景吧。

这首诗写于诗人漂泊夔州时,逢小至日,诗人有感而发身处异乡的孤独感,但思乡的愁思并未蔓延全篇,也许冬至意味着阳气回升、春气萌发,意味着新的一年即将到来,心里会有憧憬希望吧。

冬天到了,春天还会远吗?

[集评]

"将舒"承"容","欲放"承"意",用字精帖如此。(仇兆鳌《杜诗详注》)

"乡国异"三字,一诗归结,大似中唐人诗。(浦起龙《读杜心解》)

玩诗意,当指至后一日,更以卷后《小寒食》诗证之,益信。(同上)

山园小梅

林 逋①

众芳摇落独暄妍②,占尽风情向小园③。疏影横斜水清浅④,暗香浮动月黄昏⑤。霜禽欲下先偷眼⑥,粉蝶如知合断魂⑦。幸有微吟可相狎⑧,不须檀板共金樽⑨。

[注释]

①林逋（bū）(967~1028)：字君复，后人称和靖先生，钱塘（今浙江杭州）人。北宋山林诗派代表诗人，隐士。终身不仕不娶，隐居西湖孤山种梅养鹤，人称"梅妻鹤子"。其诗受晚唐姚合、贾岛等人影响，笔法小巧轻细，诗风平淡闲远，多反映清苦的隐居生活。有《林和靖诗集》。②众芳：群芳，指百花。暄妍：鲜艳美好。③风情：美丽的风光。④疏影：稀疏的花影。⑤暗香：清幽的香气。浮动：香气飘散。⑥霜禽：冬天的禽鸟。偷眼：偷看。⑦如知：如果知道。合：应当。断魂：魂魄飞散，神往。⑧微吟：轻声地吟诵。狎（xiá）：亲近。⑨檀（tán）板：檀木做的打节拍用的木板。金樽：金饰酒杯，此处代指美酒。

[赏读]

百花凋零中，只有梅花迎着寒风独自开放，明媚的景色占尽了小园的风光。稀疏的花影斜映在清澈的浅水中，幽暗的香气在黄昏的月下飘浮。冬天的禽鸟飞下来时也要偷看梅花一眼，蝴蝶如果知道了梅花的魅力一定会魂魄飞散。幸好我能靠近梅花对它轻声诵诗，这是最快乐无比的事，无须敲着檀木板、手捧美酒寻欢作乐。

百花凋零、寒意料峭、万物沉寂时，梅花不畏严寒，孤傲开放在风雪里。仅仅如此，就值得为梅花高唱赞歌。诗人也从此处着眼，为梅花勾画出一幅孤傲俏丽、娴静幽独的图画。

独领风骚的梅花明媚艳丽，是园中唯一的景致，占尽了风光，凝聚了冬日天地的灵气。花影倒映水中，花香四散飘溢，俊俏的姿态与清幽的香气在清水与月色的衬托下描画出梅花具体实在的美好以及超凡脱俗的高雅气质。而禽鸟偷看、蝴蝶失魂则进一步深化了梅花的魅力，梅花的高洁气质、坚强的性格完整呈现。意境情景交融，描绘生动传神，环境拟人烘托。至此，梅花的形象美与意境美完美达成。

这首诗被赞誉为咏梅绝唱，诗人种梅、爱梅，也懂得赏梅。他与梅花亲近，像朋友一样对它轻声细语、吟诗诵词，可见爱梅至深至切。这是心灵的沟通，是灵魂的交流。

[集评]

前世咏梅者多矣，未有此句也。（欧阳修《归田录》）

曲尽梅之体态。（司马光《温公续诗话》）

（疏影两句）决非桃李诗。……此乃写物之功。（苏轼《苏轼文集》）

欧阳文忠公极赏林和靖"疏影横斜水清浅，暗香浮动月黄昏"之句，而不知和靖别有咏梅一联云"雪后园林才半树，水边篱落忽横枝"，似胜前句。不知文忠公何缘弃此而赏彼？文章大概亦如女色，好恶止系于人。（黄庭坚《豫章黄先生文集》）

西湖"横斜""浮动"之句，屡为前辈击节，尝恨未见其全篇。及得其集，观之云……其卓绝不可及，专在十四字耳。（黄彻《䂬溪诗话》）

当时寂寞南窗下，两句诗成万古名。（朱淑贞《吊林和靖》）

自读西湖处士诗，年年临水看幽姿。晴窗画出横斜影，绝胜前村夜雪时。（陈与义《和张矩臣水墨梅》）

大凡《和靖集》中，梅花诗最好。梅花诗中，此两句（指疏影二句）尤奇丽。（许顗《彦周诗话》）

暗香和月入佳句，压尽今古无诗才。（王十朋）

林和靖梅花诗"疏影横斜水清浅，暗香浮动月黄昏"，诚为警绝；然其下联乃云"霜禽欲下先偷眼，粉蝶如知合断魂"，则与上联气格全不相类，若出两人。（蔡启《蔡宽夫诗话》）

咏物诗，本非初学可及，而莫难于梅、竹、雪。咏梅，无如林和靖

"疏影横斜水清浅，暗香浮动月黄昏"。（吴沆《环溪诗话》）

山谷谓"水边篱落忽横枝"，此一联胜"疏影""暗香"一联，欧公疑未然。盖山谷专论格，欧公专取意味精神耳。

"疏影""暗香"之联，初以欧阳文忠公极赏之，天下无异辞。王晋卿尝谓"此两句杏与桃、李皆可用也"。苏东坡云："可则可，但恐杏、桃、李不敢承当耳。"予谓彼杏、桃、李者，影能疏乎？香能暗乎？繁秾之花，又与"月黄昏""水清浅"有何交涉？且"横斜""浮动"四字，牢不可移。

梅花诗冠绝今古。（方回《瀛奎律髓》）

梅格高韵胜，诗人见之吟咏多矣。自和靖"香影"一联为古今绝唱，诗家多推尊之。（韦居安《梅磵诗话》）

江为诗："竹影横斜水清浅，桂香浮动月黄昏。"林君改二字为"疏影""暗香"以咏梅，遂成千古绝调。

诗字点化之妙，譬如仙者，丹头在手，瓦砾俱金矣。（李日华《紫桃轩杂缀》）

《苇航纪谈》云："黄昏"以对"清浅"，乃两字非一字也。"月黄昏"，谓夜深香动，月为之黄而昏，非谓人定时也。盖昼午后，阴气用事，花房敛藏；夜半后，阳气用事，而花敷蕊散香。凡花皆然，不独梅也。（杨慎《升庵诗话》）

宋诗如林和靖《梅花》诗，一时传诵。"暗香""疏影"，景态虽佳，已落异境，是许浑至语，非开元、大历人语。（王世贞《艺苑卮言》）

诗之赋梅，惟和靖一联而已，世非无诗，无能与之齐驱耳。（张炎《词源》）

山谷谓"疏影"二句不如"雪后"一联，亦不尽然。"雪后"联写未

盛开之梅,从"前村风雪里,昨夜一枝开"来;"疏影"联稍盛开矣,其胜于"竹影暗香"句,自不待言。(陈衍《宋诗精华录》)

左迁至蓝关示侄孙湘①

韩 愈

一封朝奏九重天②,夕贬潮阳路八千③。本为圣朝除弊事④,肯将衰朽惜残年⑤。云横秦岭家何在⑥,雪拥蓝关马不前⑦。知汝远来应有意⑧,好收吾骨瘴江边⑨。

[注释]

①左迁:指降职贬官,唐时左卑右尊。蓝关:即蓝田关、峣关,在今陕西蓝田。湘:指韩湘,是诗人侄子韩老成的长子。②奏:奏章,向皇帝上书。九重天:指皇帝。③潮阳:唐代潮州州治所在地。八千:意指长安到潮州的路途遥远。④圣朝:朝廷。弊事:不好的事,此处指迎佛骨一事。⑤肯:岂肯。衰朽:年老多病。残年:暮年。⑥秦岭:泛指今陕西南部的山岭。⑦拥:堵塞。⑧汝:你,指韩湘。有意:有所打算。⑨瘴江:指岭南河流,岭南地区潮湿多瘴气,故称。

[赏读]

早晨刚将一封奏章上书皇帝,晚上便被贬谪到遥远的潮州。一心想为国家革除政治弊端,哪能怜惜自身衰老多病、风烛残年。阴云笼罩秦岭山脉,望不见家园在哪儿;大雪阻塞蓝关,马儿停足不前。知道你远道而来定有打算,正好在岭南瘴江边收拾我的骸骨吧。

官场险恶，祸福难料，诗人便经历了这种过山车般的跌宕沉浮。早上上书皇帝表达政见，傍晚即被扫地出门。诗的开头便写祸从天降，兴起激烈的波澜，为国家社稷秉公直言却被贬天涯，突如其来的打击，诗人自然心中难以承受。离家日日远，愁思天天长，从此山水阻隔，前方的路怎么走？前途在哪里？衰朽的残年如何度？家乡的亲人怎么办？种种疑虑交织在一起，委屈、不平、惆怅、凄凉、愤懑，复杂的情感让人扼腕同情。

元和十四年（819）正月，身为刑部侍郎的诗人上书《论佛骨表》，反对迎佛指骨入宫供养，因而触怒了宪宗，被贬为潮州刺史。在贬赴潮州途中经蓝关时，诗人写下了这首诗。仕途坎坷，命运多舛，被贬潮州的委屈和不满累积到最后，诗人叮嘱侄孙为自己收骨，看似情绪消沉晦暗，但对自己所做之举并无悔意，除弊直谏的傲骨依然挺拔。

[集评]

一、二不对也，然为"朝"字与"夕"字对，"奏"字与"贬"字对，"一封""九重"字与"八千"字对，"天"字与"潮州（阳）""路"字对，于是诵之，遂觉极其激昂。谁谓先生起衰之功止在散行文字！才奏便贬，才贬便行，急承三、四一联，老臣之诚悃，大臣之丰裁，千载如今日（首四句下）。五、六非写秦岭云、蓝关雪也，一句回顾，一句前瞻，恰好逼出"瘴江边"三字。盖君子诚幸而死得其所，即刻刻是死所，收骨江边，正复快语。安有谏迎佛骨韩文公，肯作"家何在"妇人之声哉（末四句下）！（金圣叹《贯华堂选批唐才子诗》）

安溪云：妙在许大题目，而以"除弊事"三字了却。结句即是不肯自毁其道以从于邪之意，非怨怼，亦非悲伤也。（何焯《义门读书记》）

时未离秦境，而语已及此，其感深矣。（程学恂《韩诗臆说》）

情极凄感，不长忠爱，此种诗何减《风》《骚》遗意？（汪森《韩柳诗选》）

昌黎文章气节，震铄有唐。即以此诗论，义烈之气，掷地有声，唐贤集中所绝无仅有也。……高义英词，可薄云天而铭金石矣。（俞陛云《诗境浅说》）

吴曰：大气盘旋，以文章之法行之，然已开宋诗一派矣。凄恻。何义门曰：沉郁顿挫。（高步瀛《唐宋诗举要》）

纪昀曰：语极凄切，却不衰飒。三、四是一篇之骨，末二句即归缴此意。（李庆甲辑《瀛奎律髓汇评》）

干 戈①

王 中②

干戈未定欲何之③，一事无成两鬓丝④。踪迹大纲王粲传⑤，情怀小样杜陵诗⑥。鹡鸰音断人千里⑦，乌鹊巢寒月一枝⑧。安得中山千日酒⑨，酩然直到太平时⑩。

[注释]

①干戈：指战争。干，盾。戈，平头戟。②王中（生卒年不详）：字积翁。南宋诗人。生平事迹不详。③欲何之：想去哪里。④丝：蚕丝，此指白发。⑤踪迹：脚印，此处指心迹。大纲：大致，此处意为大体相同。王粲：东汉诗人，写有《七哀诗》等反映民众疾苦的诗篇。传（zhuàn）：经历。⑥小样：有点相似。杜陵：杜甫。⑦鹡鸰（jí líng）：鸟名，比喻兄

弟。⑧"乌鹊"句：比喻自己无安身之处，化用曹操《短歌行》中"月明星稀，乌鹊南飞。绕树三匝，何枝可依"的诗意。⑨中山千日酒：典出《搜神记》："狄希，中山人也。能造千日酒，饮之亦千日醉。"⑩酩（mǐng）然：酩酊大醉。

[赏读]

战争没完没了，该逃到哪里去避难呢？终日茫然无措一事无成，突然发现两鬓已生了白发。王粲赋诗抒情，杜甫作诗感怀，都在感伤战争动乱，我的心路与他们大致相同。离群的鹡鸰懂得哀鸣救同类，我与兄弟却音讯全无，流离失所，像乌鹊一样找不到归宿。哪里找得到能醉千日的中山酒呢，这样我就能一直醉到天下太平了再醒来。

身处乱世，兵荒马乱，民不聊生，亲人离散，流离失所，无所事事，鬓生白发，一系列的遭遇让诗人悲叹连连。动乱的社会，哪里才是安身立命之处？胸有大志哪有用武之地？一连串的疑问无从寻找答案，心底的苦闷可想而知。

王粲抒情、杜甫感怀，他们都在以诗写史。虽然时代不同，但诗人赋诗感怀的志向没有不同。可现实却是兄弟亲人失散，安身之所难寻，而这一切的罪魁祸首就是那可恶的战争。面对残酷的现实环境，不知出路在哪里的诗人低迷消沉，寄希望于买醉麻痹自己以逃避痛苦。可问题是，哪儿又能找得到那醉上千日不醒的中山酒呢？

[集评]

辛卯岁（1231），北来人数百辈暂寓于襄阳府九华寺，有一人题诗于壁云云，虽未为绝唱，读之亦使人增感也。（张端义《贵耳集》）

言干戈不定无处可避，一事未成人已老也。（王相《千家诗》）

归 隐

陈抟①

十年踪迹走红尘②,回首青山入梦频③。紫绶纵荣争及睡④,朱门虽富不如贫⑤。愁闻剑戟扶危主⑥,闷听笙歌聒醉人⑦。携取旧书归旧隐⑧,野花啼鸟一般春。

[注释]

①陈抟(tuán)(906~989):字图南,自号扶摇子,亳州真源(今河南鹿邑)人。宋代诗人。生于唐末五代乱世,举进士不第,隐居数十年,其学说经周敦颐、邵雍推演成为宋代理学组成部分。其诗作有数百首,多散佚。有《高阳集》。②红尘:人世间,此处指仕途。③频:频繁,多次。④绶:古代官吏印章上的丝带,官阶高的系紫色或红色丝带。纵:即使。争:怎。睡:指隐居。⑤朱门:红漆大门,指王侯贵族人家。⑥剑戟(jǐ):指战争。剑、戟都是兵器。危:危急,指乱世。主:皇帝。⑦笙:笙管,一种乐器。聒(guō):喧扰。⑧旧隐:原来隐居的地方。

[赏读]

十年来,为功名利禄四处奔走,只能在梦里想念家乡的山水往事。高官厚爵的荣耀哪抵得上深山隐居,朱门富豪不如我安贫乐道。听说乱世危难中护卫皇帝的事心中忧愁,耳闻醉生梦死笙歌喧扰更气上心头。我带着旧书回到原来隐居的地方,那里野花鸟鸣春色一片。

唐末五代,时代动荡,战乱频仍,诗人先后在武当山和华山隐居,但也留心俗世，对社会纷乱忧心忡忡。这首诗将俗世与隐居对比，以红尘乱世突出隐居乐趣：官爵荣贵不如深山隐卧，朱门富不如隐居贫，笙歌聒醉不如野花鸟啼，扶危主不如携书归。

诗人曾经奔走红尘，应试求功名，但厌倦了俗世的纷争毅然归隐，疏远、排斥红尘的"愁"与"闷"，惬意、自得隐居的"青"与"春"，隐居生活的自在美好反衬出红尘俗世的浑浊丑陋。

[集评]

抟隐居华山，自晋汉以后，每闻一朝革命，颦蹙数日；人有问者，瞪目不答。一日，方乘驴游华阴市，闻太祖登极，图南惊喜大笑。人问其故，曰："天下自此定矣。"遁迹之初，作此诗云云，岂浅丈夫哉。（邵伯温《易学辨惑》）

山中寡妇

杜荀鹤①

夫因兵死守蓬茅②，麻苎衣衫鬓发焦③。桑柘废来犹纳税④，田园荒后尚征苗⑤。时挑野菜和根煮⑥，旋斫生柴带叶烧⑦。任是深山更深处⑧，也应无计避征徭⑨。

[注释]

①杜荀鹤（846～904）：字彦之，自号九华山人，池州石埭（今安徽石台）人。唐代诗人。大顺年间进士，生活于唐末五代期间。其诗明白平易，清新晓畅，后世称为"杜荀鹤体"，诗风上继承了张籍、白居易近体

诗的优点。有《唐风集》。②因兵死：因战乱而死。蓬茅：茅草屋。③麻苎（zhù）：即苎麻，其外皮干燥后可织成麻布。焦：焦黄。④废：种桑柘的田地荒废。⑤征苗：在粮食作物成熟前就征收青苗钱，是一种针对农业生产的税收。⑥时挑：经常挖取。⑦旋：随即，立即。斫（zhuó）：砍。生柴：从树上砍下的湿柴。⑧任是：即使。⑨无计：毫无办法。征徭：赋税和劳役。

[赏读]

　　战乱夺走了丈夫的性命，只剩下我孤守着简陋的茅草屋，我身着麻布衣衫，头发花白焦黄。桑树荒废了可是税钱还要交，田园绝收了但青苗钱不能少。经常挑挖野菜和着菜根儿一起煮着吃，又要砍柴带着叶子一起烧火取暖。可是，即使我住在深山老林里，也没办法躲避那么多的苛捐杂税和劳役啊。

　　战争给国家带来混乱与分裂，给普通百姓带来的影响则是日常生活的艰难困苦，最基本的衣食住行常常都成了奢望。生活与生存的艰难，百姓最能感同身受。

　　这首诗就描写了一位失去丈夫的寡妇独自生活的悲惨遭遇，浓缩了残酷的社会现实。丈夫死于战乱，生存的压力一下子全部堆积到这位山中寡妇的肩上，可她担不起这么沉重的负担。她衣衫褴褛，面黄肌瘦，头发花白。桑叶无收、田地荒芜，只能去挖取野菜充饥，野菜挖取完了，连野菜根也拔来吃了。她吃力地砍下生柴，连同树叶一起焚烧取火。食与火是维系生活的最基本条件，可活下去对这位寡妇来说是那么艰难。更雪上加霜的是"苛政猛于虎"，官家的横征暴敛并未随着战乱而减少、取消，征徭如影随形，想逃也逃不掉，这位可怜的寡妇怎么办？只有无语问苍天。

　　诗不仅是风花雪月，诗来自生活、来自民间，民众的疾苦杜荀鹤看见了，杜甫、白居易看见了，读者也看见了。

[集评]

此诗备言民生之憔悴，国政之烦苛，可谓曲尽其情矣。采民风者，观之其能动心否乎？（蔡正孙《诗林广记》）

荀鹤诗至此俗甚，而三、四格卑语率，最是"废来""荒后"。似此者不一，学晚唐者以为式，予心盖不然之。尾句语俗似诨，却切。（方回《瀛奎律髓》）

大似"东邻扑枣"之诗，自是君家诗法。（陆次云《五朝诗善鸣集》）

总以首句"兵"字作主脑，死守以兵，征徭亦以兵耳。（曹锡彤《唐诗析类集训》）

送天师①

朱 权②

霜落芝城柳影疏③，殷勤送客出鄱湖④。黄金甲锁雷霆印⑤，红锦韬缠日月符⑥。天上晓行骑只鹤，人间夜宿解双凫⑦。匆匆归到神仙府，为问蟠桃熟也无⑧。

[注释]

①天师：张天师，指东汉张道陵。他在鹤鸣山修道，创立天师道（即五斗米道），其门徒后移居龙虎山，代代相沿，世亦称"张天师"。②朱权（1378~1448）：即宁献王，明太祖朱元璋第十七子，封南昌王，远离政治，文武双全。明初戏剧家。著有杂剧十余种，以《荆钗记》闻世。

③芝城：地名，在今江西鄱阳附近。④鄱湖：鄱阳湖，在今江西北部。⑤黄金甲：装道印的外套，此处指张天师的黄色护身法衣。锁：束缚。雷霆印：指张天师的道符印章。⑥红锦：红色丝绸。韬：装日月符的套袋。缠：捆扎。符：符箓，道士用来召神治病的秘密文书。⑦双凫（fú）：野鸭，此处指仙人所穿的一双鞋子。据《后汉书》卷一百二十上《王乔传》记载，王乔有道术，能将一双鞋化为飞凫，载着自己飞行。⑧蟠（pán）桃：传说中的仙桃，每隔三千年开花结果。

[赏读]

霜降天，柳枝稀疏，在芝城殷勤地送天师出鄱阳湖。天师黄色的道袍里深藏着道符雷霆印章，红色丝绸的包囊里装着召神驱鬼的日月符。白天天师骑鹤天上飞，晚上解下一双鞋在人间住宿。现在天师匆匆回到神仙府，询问蟠桃成熟了没有。

朱权是皇子，但被陷害后便远离政治，在封地与龙虎山道士交游往来。这首诗描绘的是送别张天师的情景，在叙述了送别的时间地点后，诗人的笔触集中刻画了天师神奇的衣着举止。

黄金甲锁、红锦韬缠，天师身穿黄色的护身法衣，提着红色的丝袋。在天师的法衣里锁着道符印章，这印章一拍便能引来电闪雷鸣；他的丝袋里装的是日月符，这个符箓能召神驱鬼、治病益寿。天师的装束不凡，更神奇的是他的旅行工具。他能自如地穿行在天上人间，白天骑着鹤在天上自如地飞翔，晚上解下鞋子住宿在人间。这不，他又去了神仙宫，想打听蟠桃是否熟了。

天师道术高超、装束不凡、踪迹飘忽，神奇如仙人落人间，仙气十足的天师神秘高雅。能与神话传说般神秘莫测的道人交上朋友，诗人一定备感荣幸吧。

[集评]

印比雷霆，符如日月，言道行之高。骑鹤而来，乘鸾而去，言仙踪之近。归仙府而问蟠桃，皆极赞其骑鹤之奇也。（王相《千家诗》）

送毛伯温①

朱厚熜②

大将南征胆气豪，腰横秋水雁翎刀③。风吹鼍鼓山河动④，电闪旌旗日月高⑤。天上麒麟原有种⑥，穴中蝼蚁岂能逃⑦。太平待诏归来日，朕与先生解战袍⑧。

[注释]

①毛伯温：明代嘉靖时的兵部尚书，受命征讨安南（今越南）。②朱厚熜（cōng）(1507~1566)：即明世宗，年号嘉靖。即位初曾杀权贵还田产于民，后多年不理朝政，听任奸臣专权误国，以致朝政腐败。③横：悬挂。秋水：形容宝刀如秋水般晶亮。④鼍（tuó）鼓：用鼍皮蒙的鼓。鼍，扬子鳄。⑤旌旗：指挥作战的军旗。⑥麒麟：神兽，形状似鹿，此处指毛伯温。⑦蝼蚁：蝼蛄和蚂蚁，比喻安南叛军。⑧朕：我，皇帝自称。

[赏读]

大将军腰挎闪亮的钢刀，英勇豪迈地征战南方。战鼓擂起如狂风震动山河，旌旗挥舞似闪电照亮天空。将军神勇如神兽麒麟，叛军就像地穴中的蝼蚁无处可逃。等将军平定天下奉诏凯旋时，朕要亲自为将军解下战袍。

这是毛伯温出征前,明世宗赠给他的诗。既然是送臣子出去为自己卖命,皇帝当然是好话说尽,所以诗里对毛伯温不吝其辞夸赞有加,为其送行加油打气。从毛伯温的装束和气概开始铺陈,赞颂军容的威武豪迈,对比敌我力量的悬殊,表达对毛伯温的信任以及此战必胜的信心,最后豪爽地表示恩宠,期许凯旋时要亲自迎接毛伯温。

　　至高无上的皇帝那么看得起自己,对自己无限信任和殷殷期盼,还有屈尊迎接亲解战袍的许诺,毛伯温捧旨恭读,一定热血沸腾,誓为皇上抛头颅、洒热血,死而后已。

[集评]

　　首联,言其人物英豪,次言旗鼓壮丽。麒麟有种,言世卿之贵。蝼蚁难逃,言南蛮必灭。末联,望其凯旋而奏捷也。(王相《千家诗》)

五言绝句

春 晓

孟浩然①

春眠不觉晓②，处处闻啼鸟。夜来风雨声③，花落知多少。

[注释]

①孟浩然（689~740）：襄阳（今湖北襄阳）人。唐代诗人。终身布衣。擅长五言，诗风恬淡清远。孟浩然的山水诗与王维齐名，世称"王孟"。有《孟浩然集》。②不觉：不知不觉。晓：天刚亮。③夜来：昨夜，夜里。

[赏读]

温暖的春天让人舒畅好眠，早起的鸟儿热闹欢快地啼鸣搅扰了人们的好梦。想起昨夜里风雨交加，园里的花儿想必落了满地。

这幅轻快活泼的春天小景，描绘了春天非常典型的自然景象，抒发了晨晓初醒时的感受。

春来了，闻听叽叽喳喳的鸟叫声，喜悦涌上心头，即使是花儿被风雨摧残，也没什么惋惜的。卧听风声、雨声和鸟鸣，领略欣欣向荣的无限春光，是何等逍遥自在！

这首诗自然飘逸，平白如行云流水，但意蕴美妙深厚，情与景合，诗情与画意俱佳。诗人将室内的喜春之情和室外的花香鸟语完美自然地相融，由清晰的听觉感受引发想象。落花则故意留白，由晨晓回追昨夜，有起伏、有曲折，喜春快乐逍遥，惜花亦无伤心悲情，充满直率浓郁的生活情调。

[集评]

钟云：通是猜境，妙！妙！（钟惺　谭元春《唐诗归》）

昔人谓诗如参禅，如此等语，非妙悟者不能道。（唐汝询《唐诗解》）

周珽曰：晓景喧媚，莫卜夜无寂寞。惜春心绪，有说不出之妙。（周敬　周珽《唐诗选脉会通评林》）

朦胧臆想，构此幻境。"落多少"可以不说，又不容不说，诚非妙悟，不能有此。（吴瑞荣《唐诗笺要》）

作上二句便煞住笔，复停想到昨夜去，又到花上来，看他用笔不定，瞻之在前，忽然在后矣。（徐增《而庵说唐诗》）

诗到自然，无迹可寻。"花落"句含几许惜春意。（黄叔灿《唐诗笺注》）

玉遮曰："知多少"，正是"不觉晓"妙处。（王闿运《唐诗选》）

亦具一气流转之妙。（李锳《诗法易简录》）

描写春晓，而含有一种惋惜之意。惜落花乎？惜韶光耳。（王文濡《历代诗评注读本》）

访袁拾遗不遇①

孟浩然

洛阳访才子②，江岭作流人③。闻说梅花早④，何如此地春⑤。

[注释]

①袁拾遗：即袁瓘（guàn），诗人的朋友。②才子：腹有才华的人，

此处指袁拾遗。③江岭：大庾岭，位于今广东与江西交界处，广种梅花，又称梅岭。流人：被流放的人，此处指袁拾遗。④梅花早：袁拾遗流放的南方，梅花也比北方开得早。⑤此地：指洛阳。

[赏读]

到洛阳拜访袁拾遗，却被告知他已被流放到大庾岭了。听说那里梅花开得早，可又怎么比得上这里的春天温暖呢。

诗人拜访朋友，心情一定很愉快，也许很久不见，还有点激动。可朋友不在家，诗人有点失落。再得知朋友是被流放到遥远的大庾岭，诗人的心情更是低落到谷底，对朋友心生惋惜、同情，还隐藏着对朋友遭遇的不平之情，也担心他到远方后的生活和前途命运。虽然那里春天来得早，但哪能与洛阳的春色相比呢。

短短的二十个字，包含了丰富的情感变化、情绪跌宕，借两地对比，含蓄而形象地表达了对朋友的怀念与担忧。

[集评]

拾遗被谪岭表，故称流人。因言岭梅虽早，又何如洛中之春？深惜其谪也。（唐汝询《唐诗解》）

言岭梅虽早，岂如故园春色之可乐哉？惜才人之不幸也。（王相《千家诗》）

孟诗佳处只一真字，初读无奇，寻绎则齿颊间有余味。（刘邦彦《唐诗归折衷》）

送郭司仓①

王昌龄②

映门淮水绿③,留骑主人心④。明月随良掾⑤,春潮夜夜深。

[注释]

①郭司仓:诗人的朋友。司仓,即司仓参军,主管仓库。②王昌龄(698~757):字少伯,京兆长安(今陕西西安)人。唐代诗人。开元年间进士,数次被贬官。其七绝与李白齐名,有"七绝圣手""诗家夫子王江宁"的美称。其诗多写边塞战事、闺妇哀怨。有《王昌龄集》。③淮水:即淮河,发源于今河南,东流经今河南、安徽等,至江苏入洪泽湖。④留骑(jì):挽留客人的车骑。心:心意。⑤掾(yuàn):古代通称府、州、县属官,此处指郭司仓。

[赏读]

月光下,碧绿的淮水映照着屋门,真诚地希望客人你不要离去。明月也会随着离去的你一同远去,我对你的思念也会像春潮一样高涨。

朋友情,情谊深,欢聚时促膝畅谈,把酒言欢,恋恋不舍,舍不得与朋友分离。朋友走了,目送朋友到天边,开始回味与朋友的相聚,思念相聚时的点点滴滴,计算着下次相聚的日子。

这首送别诗,将别绪和别情寄寓在风景事物中,挽留朋友但却是"留骑",对朋友远去依依不舍却是"明月随"客而去,对朋友的思念却是"春潮"滚滚,惜别之情表达得异常含蓄,却又形象生动。

[集评]

映门水绿，足以娱宾。主人留客之情深矣。明月相随，行者之思也。春潮夜至，居人之忆也。(唐汝询《唐诗解》)

龙标绝句，深情幽怨，意旨微茫，令人测之无端，玩之无尽，谓之唐人骚语可。(沈德潜《唐诗别裁集》)

孟浩然、王昌龄、常建五言清逸，风格均与摩诘相近，而篇幅较窄。学问为之，才力为之也。(施补华《岘佣说诗》)

洛阳道①

储光羲②

大道直如发③，春日佳气多④。五陵贵公子，双双鸣玉珂⑤。

[注释]

①洛阳道：唐代时在洛阳建东都，周围约七十里，建筑整齐，道路宽广。②储光羲(707~760)：润州(治今江苏镇江)人。唐代诗人。开元年间进士，官至监察御史。其诗旨趣深远，质朴流畅。有《储光羲集》。③大道：宽阔的道路。直如发：形容道路宽广平整，直如头发。④佳气：春暖花开的美好气象。⑤双双：指车骑并驾而行。玉珂：马勒上的玉器饰物，俗称马铃，随马的行走而发出声响。

[赏读]

洛阳道宽广平直，春天风光优美，景色迷人。五陵的贵公子们结伴骑马出游，马铃清脆响叮当。

这是一幅达官贵人春游图。春风和煦，山水青绿，春天景色美，春光无限好，贵公子们结伴出游，宽广笔直的大道正好任他们的坐骑尽情驰骋。贵公子的言行举止通过成群结队的阵势和马铃的清脆撞击声形象地展现在眼前，洋洋得意的神态，招摇过市的阵势，旁若无人的喧哗，逼真的画面感呼之欲出。诗人的观感未着一字，但其意自在言外。

[集评]

满肚不平。（李攀龙《唐诗直解》）

贵介乘春得意，举措直道安在？（李攀龙《唐诗训解》）

此赋道中所见，盖有（左思《咏史》）"世胄蹑高位，英俊沉下僚"之意。（唐汝询《唐诗解》）

学陶而得其真朴。（沈德潜《唐诗别裁集》）

独坐敬亭山①

李 白

众鸟高飞尽，孤云独去闲②。相看两不厌③，只有敬亭山。

[注释]

①敬亭山：原名昭亭山，在今安徽宣城北，相传是南齐诗人谢朓吟咏处。②孤云：一片浮云。独去：鸟飞去，只剩云，故言。③厌：厌烦，嫌弃。

[赏读]

群鸟从高空飞过，一直飞到天尽头，只剩下浮云悠闲地在空中飘荡。

唯有我与敬亭山相视对看，丝毫不觉得厌烦。

诗人独坐敬亭山，仰望天空，盯着群鸟从头顶飞过，消失在天边，只剩下浮云在慢慢飘动，最后，连浮云也离诗人而去，没了踪影。天地之间空无一物，那么干净，那么纯粹。难道宇宙万物都在抛弃我吗？从"众"鸟飞"尽"到"孤"云飘荡"独"去，只剩下了诗人孑然"独"坐，诗人的心中顿时怅然，满腹孤单与凄凉。

天地之间，只有挺拔静默的敬亭山与诗人孤独相对，人看山不厌，山看人不烦，无言相对，心灵相通，山与诗人共度这寂寞时光。

有情的敬亭山，无情的人世间。官场腐败、人事纠葛、世态炎凉让诗人烦恼忧愁。独坐青山，与自然对话，山也仿佛懂得他的心声，与他默默对望，不会厌烦他，不会离他而去，诗人的孤寂和悲凉之情暂时得到了纾解。

[集评]

蒋仲舒曰：便是独坐境界。（李攀龙《唐诗广选》）

描写独坐之景，非深知山水趣者不能道。（李攀龙《唐诗训解》）

鸟飞云去，似有厌时。求不相厌者，惟此敬亭耳。（唐汝询《唐诗解》）

言我独坐之时，鸟飞云散，有若无情而不相亲者。独有敬亭之山，长相看而不相厌也。（朱谏《李诗选注》）

胸中无事，眼中无人。（钟惺　谭元春《唐诗归》）

周敬曰：孤行千古。（周敬　周珽《唐诗选脉会通评林》）

唐云："不厌"妙矣，"两不厌"尤妙。（刘邦彦《唐诗归折衷》）

贤者自表其节，不肯为世推移也。（黄生《唐诗摘钞》）

鸟飞云远，言其独坐也；末句"独"字更醒。（朱之荆《增订唐诗摘钞》）

传"独坐"之神,与(《静夜思》)同。(沈德潜《唐诗别裁集》)

"尽"字、"闲"字是"不厌"之魂,"相看"下着"两"字,与敬亭山对若宾主,共为领略,妙!(黄叔灿《唐诗笺注》)

鸟飞云去,正言"独坐"也。(吴昌祺《删订唐诗解》)

首二句已绘出"独坐"神理,三、四句偏不从独处写,偏曰"相看两不厌",从不独处写出"独"字,倍觉警妙异常。(李锳《诗法易简录》)

宛然"独坐"神理。胡应麟谓"绝句贵含蓄,此诗太分晓",非善说诗者。(爱新觉罗·弘历《唐宋诗醇》)

命意之高不待言,气格亦内外具作,五绝中有数之作。(宋顾乐《唐人万首绝句选评》)

前二句以云鸟为喻,言众人皆高取功名,而已独翛然自远。后二句以山为喻,言世既与我相遗,惟敬亭山色,我不厌看,山亦爱我。夫青山漠漠无情,焉知憎爱,而言不厌我者,乃太白愤世之深,愿遗世独立,索知音于无情之物也。(俞陛云《诗境浅说》)

登鹳鹊楼①
王之涣②

白日依山尽③,黄河入海流。欲穷千里目④,更上一层楼。

[注释]

①鹳鹊楼:又名鹳雀楼,位于蒲州(治今山西永济),楼高三层,下临黄河,因鹳鹊常栖息楼上而得名。②王之涣(688~742):字季凌,晋

阳（今山西太原西南）人。唐代诗人。曾任县尉。擅乐府，其诗多描写边塞生活，诗风悲壮雄浑，诗作大都散佚。③依：依傍。④欲：想要。穷：尽。千里：指很远的地方。

[赏读]

环境不同，心境不一，面对落山的太阳，感慨也不尽一致，有人感伤、有人怀古，也有人激情奋发。

黄昏时登上鹳鹊楼远眺，万里河山广袤雄浑、壮丽神奇。面对傍山缓缓西落的太阳，望着脚下奔腾流向大海的黄河，诗人不为即将来临的黑夜感伤，而是想要再登上一层楼，想要站得更高、看得更远，想要看到更广大辽阔的世界。

即使登到鹳鹊楼的最高处，诗人也不可能看到千里之外的大海，但想象无止境，这种积极探求的态度无疑符合盛唐人昂扬的时代气质。登高才能望远，"欲穷千里目，更上一层楼"也成为鼓舞今人奋发向上的哲理名句。

[集评]

唐之中叶，文章特盛，其姓名湮没不传于世者甚众。如河中府鹳鹊楼有王之涣、畅当诗，畅诗曰："迥临飞鸟上，高出尘世间。天势围平野，河流入断山。"二人者，皆当时贤士所不数，如后人擅诗名者，岂能及之哉！（司马光《温公续诗话》）

对结者须意尽，如王之涣"欲穷千里目，更上一层楼"，高达夫"故乡今夜思千里，霜鬓明朝又一年"，添着一语不得乃可。（胡应麟《诗薮》）

日没，河流之景未足称奇，穷目之观，更在高处。（唐汝询《唐诗解》）

玉遮曰：不明说"高"字，已自极高。（王闿运《唐诗选》）

结语天成，非可意撰。(李攀龙《唐诗训解》)

周敬曰：大豁眼界。(周敬　周珽《唐诗选脉会通评林》)

空阔中无所不有，故雄浑而不疏寂。(黄生《唐诗摘钞》)

两对工整，却又流动，五言绝，允推此为第一首。(朱之荆《增订唐诗摘钞》)

作诗最要眼界开阔。前瞻中条，下瞰大河，已极壮观。而之涣此作，亦遂写煞。(徐增《而庵说唐诗》)

四语皆对，读去不嫌其排，骨高故也。(沈德潜《唐诗别裁集》)

通首写其地势之高，分作两层，虚实互见。沈存中（沈括）曰："鹳鹊楼前瞻中条山，下瞰大河。"上十字大境界已尽，下十字妙以虚笔托之。(黄叔灿《唐诗笺注》)

此诗首二句先切定鹳鹊楼境界，后二句再写登楼，格力便高。后二句不言楼之如何高，而楼之高已极尽形容，且于写景之外，更有未写之景在。此种格力，尤臻绝顶。(李锳《诗法易简录》)

五绝全对者，王之涣《登鹳鹊楼》、司空曙《送卢秦卿》、柳宗元《江雪》、张祜《宫词》，数诗皆语平意侧，一气贯注。凡作排偶文字，解用此笔，自无板滞杂凑之病。(许印芳《诗法萃编》)

凡登高能赋者，贵有包举一切之概。前二句写出山河胜概，雄伟阔远，兼而有之，已如题之量。后二句复余劲穿札。二十字中，有尺幅千里之势。同时畅当亦有《登鹳鹊楼》五言诗云。二诗工力悉敌。但王诗赋实景在前二句，虚写在后二句。畅诗先虚写而后实赋。诗格异而诗意则同。以赋景论，畅之"平野""断山"二句，较王诗为工细。论虚写，则同咏楼之高迥，而王诗更上一层，尤有余味。(俞陛云《诗境浅说》)

观永乐公主入蕃①

孙逖②

边地莺花少③,年来未觉新④。美人天上落⑤,龙塞始应春⑥。

[注释]

①蕃:古代对边疆少数民族部落和外国的通称。此处指契丹。②孙逖(tì)(696~761):博州武水(今山东聊城)人。唐代诗人。曾任左拾遗、中书舍人等职。与颜真卿、李华、萧颖士等人被称为海内名士。善写诗,古今体皆擅长。③边地:边塞之地,指契丹居住的地方。莺花少:莺鸟罕至,春花少见。④未觉:没有感到。⑤美人:指永乐公主。⑥龙塞:即卢龙塞(今名喜峰口),在今河北迁西县,此处泛指长城以北边远的地区。应春:有了春天的景象。

[赏读]

契丹那个地方天气寒冷,莺鸟罕至,花儿也少见,新的一年到了也没有春天的感觉。永乐公主到契丹就像天女降落人间,那寒冷荒凉的地方才会迎来春意盎然。

唐代常以通婚的方法与少数民族部落求和。唐玄宗开元年间,唐玄宗封东平王外孙女为永乐公主,婚配契丹王,诗人便是叙述了这件事。

这首诗充满了称颂意味:契丹荒凉寒冷,春意罕见,只有永乐公主嫁过去,那里才会变得春意无限。大唐朝赐恩于荒野之地,给契丹带去了春天,送去了恩泽。不过,居高临下"天上落",彰显天都之尊的同时,其中是不是也隐藏着悲戚之问：美人远嫁异域和亲，今天风光地嫁了，但明天呢？以后呢？

[集评]

以天上之美人入无花草之地，良亦苦矣。彼公主果能使龙塞生春乎？痛惜之意见于言外。（唐汝询《唐诗解》）

盖伤之而反言之也。（王相《千家诗》）

（逖）善诗，古调今格，悉其所长。（辛文房《唐才子传》）

春　怨[①]

金昌绪[②]

打起黄莺儿[③]，莫教枝上啼[④]。啼时惊妾梦[⑤]，不得到辽西[⑥]。

[注释]

①春怨：春夜思念远征的丈夫。②金昌绪（生卒年不详）：唐余杭（今浙江杭州）人。生平事迹不详，其诗只余这一首。③打起：赶走。④莫教：不让。⑤妾：古代女子自称。⑥辽西：辽河以西，在今辽宁西部，是唐代边防戍守地区。

[赏读]

这是一首闺怨诗，抒发的是不能与夫婿相见的愁怨。

黄莺在枝头啼叫，吵得女主人无法安睡，她起床后做的第一件事就是赶走黄莺儿，因为就是它搅了她的美梦，害她不能在梦中到辽西与丈夫见面。

这首诗构思巧妙，叙事一波三折，环环相扣，谜底在最后才揭开。为什么女主人要赶走歌唱的黄莺？因为她不想听它啼叫。不是因为它的啼声不美妙，而是它惊扰了女主人的美梦，这个美梦就是与夫婿在梦中相会，所以女主人才会生气。谜底揭晓，原来她好久没与丈夫见面了，能在梦中相聚是多么难得啊！现在连睡梦中的见面都被无情地搅黄了，女主人怎能不怒气冲天呢？

日有所思，夜有所梦，诗中没有正面展现女主人对在外征战的丈夫的思念，而是借梦实现心愿。可好梦却被打断，女主人当然异常怨怼。从侧面着墨，将妇人刻骨铭心的思念表现得更加浓烈、突出。

[集评]

（韩驹曰）大概作诗，要从首至尾，语脉联属，如有理词状。古诗"唤婢打鸦儿（打起黄莺儿），莫教枝上啼"云云，可为标准。（范季随《陵阳先生室中语》）

作诗有句法，意连句圆。"打起黄莺儿"云云，一句一接，未尝间断。作诗当参此意，便有神圣工巧。（张端义《贵耳集》）

辽西惟一梦往来，脱意更苦。（唐汝询《唐诗解》）

"打起黄莺儿"云云，不惟语意之高妙而已，其句法圆紧，中间增一字不得，着一意不得，起结极斩绝，而中自纡缓，无余法而有余味。（王世贞《艺苑卮言》）

闺人梦远是常意，只要想头曲折如此，便佳。（黄生《唐诗摘钞》）

语音一何脆？一气蝉联而下者，以此为法。（沈德潜《唐诗别裁集》）

忆辽西而怨思无邪，闻莺语而迁怒相惊，天然白描文笔，无可移易一字。此诗前辈以为一气团结，增减不得一字，与"三日入厨下"（王建《新嫁娘》）诗，俱为五绝之最。（黄叔灿《唐诗笺注》）

真情发为天籁，一句一意，仍一首如一句。（宋宗元《网师园唐诗笺》）

此诗有一气相生之妙，音节清脆可爱。唯梦中得到辽西，则相见无期可知，言外意须微参。不怨在辽西者之不得归，而但怨黄莺之惊梦，乃深于怨者。（李锳《诗法易简录》）

望辽西，情也。欲到辽西，情紧矣。除是梦中可到辽西，又恐莺儿惊起，使梦不成，须于预先安排莫教它啼。夫梦中未必即到辽西，莺儿未必即来惊梦，无聊极思，故至若此，较思归望归者不深数层乎？（马鲁《南苑一知集》）

此等诗虽分四句，实系一事，蝉联而下，脱口一气呵成。五七绝中，如"松下问童子"诗，"君自故乡来"诗，"少小离家老大回"诗，纯是天籁，唐诗中不易得也。（俞陛云《诗境浅说》）

左掖梨花①

丘为②

冷艳全欺雪③，余香乍入衣④。春风且莫定⑤，吹向玉阶飞⑥。

[注释]

①左掖：指门下省，在宫廷的左面，也称左省，与右掖中书省同为唐代中央政权机关。②丘为（703~798）：嘉兴（今浙江嘉兴）人。唐代诗人。天宝年间进士，官至太子右庶子。其诗多写田园风光，风格恬淡飘逸。③冷艳：指梨花。欺：压倒，胜过。④乍：刚刚，忽而。入衣：浸染

衣服。⑤且：暂且。定：停止。⑥玉阶：宫殿前的玉白色台阶。

[赏读]

冷艳的梨花胜过了雪花，花朵的余香薰染了衣服。春风你不要停下哦，快将花瓣吹到宫中那白色的石阶上吧。

这首咏梨花之作借梨花开、春风吹抒发了冬去春来、万物生机勃发的喜悦之情。梨花开放，赶走了雪花，花香四散飘逸，散播着春天的气息。春风来了，送走了冬寒，带来了温暖。读诗句，品诗意，眼前浮现的是春意勃发的新画面、新气象。新春带来了清新雅气，让世界充满了动感。

诗言志，说这首诗暗含意蕴也未尝不可。诗人托物言志，以梨花自比，期望洁白明艳的梨花借助于春风，吹到皇宫玉阶前，以求皇上的赏识顾盼，一展个人的宏图大志。

[集评]

只是说得有情，寓意甚微。（李攀龙《唐诗直解》）

此咏梨花，而起近君子之想，岂始第而未擢用欤？（李攀龙《唐诗训解》）

唐云：调响语秀，咏物之神品。（《汇编唐诗十集》）

已开后人咏物法门。（吴煊 胡昉《唐贤三昧集笺注》）

寄意深婉，得力在一"且"字。（张文荪《唐贤清雅集》）

此殆取喻之词。左掖地当禁近，梨花托地既高，偶因风送，便飞向瑶殿玉阶，有希荣之意也。或言梨花虽在清华之地，忽被风吹，遂飘茵堕素，有上清沦落之感。其意果何指耶？王维亦有《左掖梨花》诗，借以寓意，并可见梨花之盛，故诗人以之入咏也。（俞陛云《诗境浅说》）

思君恩

令狐楚①

小苑莺歌歇,长门蝶舞多②。眼看春又去,翠辇不曾过③。

[注释]

①令狐楚(766~837):字壳士,宜州华原(今陕西铜川)人。唐代诗人。贞元年间进士,曾任尚书左仆射等职。其诗清秀动人,乐府诗、五言诗较出名。有《漆奁集》。②长门:汉代宫名,是汉武帝皇后陈阿娇失宠后所居的冷宫。后长门宫成为失宠后妃住地的通称。③翠辇:皇帝所乘的车驾,常用翠鸟的羽毛装饰。

[赏读]

皇宫内苑里,黄莺停止了歌唱,长门宫前飞舞的蝴蝶越来越多。眼看着春天又要过去了,可是还没看见皇帝的御驾出现过。

这首宫怨诗写尽了宫女的失望和哀怨。黄莺已经没力气歌唱了,寂寞的宫殿里蝴蝶双双飞。天天等待皇帝的宠幸,可后宫三千,等待遥遥无期。盼星星盼月亮,可又是一个春天过去了,连皇帝的影子还没见到。空虚、孤苦、失望,无心欣赏春天的景色,无处泣诉,更绝望的是,也许幽居一生也等不到出头之日。

皇帝穷奢极欲,从民间选来大批年轻女子进宫供自己享乐。这些红颜薄命的女子一天天、一年年空守幽居,无望地奢想着皇恩宠幸,荒废了青春,虚度了光阴。思君恩,似乎是感念皇恩不言怨,其实君恩只思而实不得，绝望、愁怨、幽恨的感情自不待言。

[集评]

怨调，极有风刺。（桂天祥《批点唐诗正声》）

莺歌蝶舞，春将暮矣，于此望君不至，安有来幸时耶？（唐汝询《唐诗解》）

李云：写出怨望，情如泣如诉。（郭濬《增定评注唐诗正声》）

起二句对偶。此写宫妃望主之情也。（《精选评注五朝诗学津梁》）

凡作宫闱诗者，每借物喻怀，词多幽怨。此作仅言翠辇不来，质直言之，有初唐浑朴之格。殆以题为《思君恩》，故但念旧恩，不言幽恨也。（俞陛云《诗境浅说》）

题袁氏别业

贺知章①

主人不相识，偶坐为林泉②。莫谩愁沽酒③，囊中自有钱④。

[注释]

①贺知章（659～744）：字季真，越州永兴（今浙江杭州萧山区西）人，晚年自号"四明狂客"。唐代诗人。证圣年间进士，曾任礼部侍郎等职，后归隐为道士。贺知章与李白、张旭等人交好，时称"饮中八仙"。其诗挥洒淡雅，清峻有致。有《贺秘监集》。②偶：偶然。③莫谩：不用，不须。沽（gū）：买。④囊（náng）：口袋，袋子。

[赏读]

不认识这个别墅的主人，偶然地来做客只是为了赏玩这里的山林泉水。主人你不用担心我无钱买酒，我的口袋里还有余钱呢。

俊游豪饮是文人雅士的时尚，诗人性格豪放旷达，自然也饮酒赋诗兴致高。你看，他并不认识别墅主人，却莽撞地闯进了主人的家，理由是想看看园中的山林泉水。由此可以一窥诗人的潇洒随兴，也可以想象这园林山水胜景之美。

进庭院赏美景岂有不饮酒不大醉之理？赶紧开怀畅饮吧！不过，豪爽的诗人也很细心，他生怕主人担忧自己无钱消费，赶紧宽慰主人说，放心，我有钱，赶快拿酒来吧。一个开朗洒脱、不拘小节的诗人是不是活生生地站在你面前了？

[集评]

是一个四明狂客。（李攀龙《唐诗广选》）

此有王猷看竹意。囊中有钱，调其主人也。（唐汝询《唐诗解》）

专以实胜，直削六朝浮华。（徐用吾《唐诗分类绳尺》）

何景明曰：逸兴俱飞。（周敬　周珽《唐诗选脉会通评林》）

此诗纯写自己胸襟。"自有"二字似乎矜，而不知此是深知喜幸之辞。盖胸襟高洒人囊中何必有钱？今既有钱，自觉无求于世，口中不免作满溢语。（徐增《而庵说唐诗》）

闲适之情，可消俗虑；潇洒之致，可涤烦襟。（黄叔灿《唐诗笺注》）

夜送赵纵①

杨 炯②

赵氏连城璧③,由来天下传④。送君还旧府⑤,明月满前川。

[注释]

①赵纵:诗人的朋友。②杨炯(650~692):华阴(今陕西华阴)人。唐代诗人。曾任校书郎等职。杨炯与王勃、卢照邻、骆宾王合称"初唐四杰"。以边塞诗见长,其诗气势雄伟。有《盈川集》。③连城璧:即赵国和氏璧,战国时秦昭王曾愿意用十五城交换,此处比喻赵纵才华横溢。璧,圆形玉,中间空。④由来:从来。传:闻名。⑤旧府:故乡。

[赏读]

赵纵你才华过人,就像和氏璧一样价值连城,这天下人都知道。今天送你回故乡,明月的光辉照亮了前方的道路。

这是首送别诗,但着意在赞美朋友。

朋友才华盖世,和从前的和氏璧一样珍贵,价值连城,美名天下扬。诗人巧妙地借用美玉典故,既赞扬了朋友的才华横溢,暗含对朋友品质的肯定与称颂,也与朋友的姓氏、家乡有趣地结合起来。同时送友还乡,依然紧扣和氏璧的典故。最后一句月夜送友,依依惜别的深情中,皎洁的月光似乎也寓意朋友完美明彻的德行。

送别不必一定伤感,明月照前路,这是诚心的祝福和鼓励,祝福朋友前途顺畅、前程光明。

[集评]

借璧喻其才，结完璧归矣。幽境可求。（唐汝询《唐诗解》）

末句人景双映。（陆时雍《唐诗镜》）

第三句一语完题，前后俱用虚境。（毛先舒《诗辩坻》）

竹里馆①

王 维

独坐幽篁里②，弹琴复长啸③。深林人不知，明月来相照。

[注释]

①竹里馆：诗人在蓝田辋川别墅的一部分，因绿竹围绕而得名。②幽篁（huáng）：幽静的竹林。③长啸：撮口发出长而清脆的声音。

[赏读]

皎洁的月光照进清幽静寂的竹林深处，光影斑驳，枝叶摇曳，夜空依稀可见，大地无声无息，世界一片宁静。诗人独坐林中，享受着万籁俱寂的幽静时空。手抚琴弦，撮口发出悠扬的长鸣。琴声婉转，打破夜空的宁静，缭绕的清音在竹林间回荡，在夜色中飘散。

竹林夜景虽非奇景，但自然的明月、深林与独坐伴月弹琴的诗人以及那清亮的琴声、啸声组合成了一幅空灵幽静、妙绝天成的艺术画卷，画面有动有静、有景有声，如此清新诱人的意境表达的是怡然自得、天人合一的情怀。

这首诗是诗人二十首田园组诗《辋川集》中的第十七首。诗与画融合,诗人彻悟洞明的身心与自然景物奇妙天成,清静闲适、孤傲清雅的生活画面呼之欲出。

[集评]

顾云:一时清兴,适与景会。(刘辰翁《王孟诗评》)

林间之意,人不易知。明月相照,似若会意。(唐汝询《唐诗解》)

人不知而月相照,正应首句"独坐"二字。(蒋一葵《唐诗选汇解》)

辋川诸诗皆妙绝天成,不涉色相,只录二首(指《鹿柴》与本诗),尤为色籁俱清,读之肺腑若洗。(黄叔灿《唐诗笺注》)

毋乃有傲意。(宋顾乐《唐人万首绝句选评》)

幽迥之思,使人神气爽然。(吴煊 胡昉《唐贤三昧集笺注》)

《辋川集》中,如《孟城坳》《荷池》《栾家濑》诸作,皆闲静而有深湛之思。此诗言月下鸣琴,风篁成韵,虽亦一片静景,而以浑成出之。坊本《唐诗三百首》特录此首者,殆以其质直易晓,便于初学也。(俞陛云《诗境浅说》)

送朱大入秦①

孟浩然

游人五陵去②,宝剑值千金③。分手脱相赠④,平生一片心⑤。

[注释]

①朱大:诗人的朋友。秦:指长安。②游人:离家远游之人,此处指朱大。五陵:指长安。③值千金:价值千金,比喻非常珍贵。④分手:分

别。脱：解下。⑤一片心：一片敬爱朋友的心意。

[赏读]

朋友分别，或举杯畅饮不醉不休，或彻夜交谈夜短情长。可是醉酒总要醒，长谈也有终，一旦分别后，时空阻隔，除了鸿雁传书，只有无尽的思念在心中。

朋友朱大要去长安了，与他分别时，诗人解下价值千金的宝剑送给他，以表达敬爱朋友的一点心意。还有什么比送宝剑更能传达深厚的朋友情谊呢？宝剑十分珍贵，诗人随身佩带，非常珍惜它。将自己最珍贵的宝物痛快相赠，礼重情谊更重，对朋友的真情、珍视都寄寓在这珍贵的礼物中。

远去的朋友身在异乡，睹物思人，抚剑思友，朋友情谊永远难忘。这把宝剑蕴含了诗人对朋友千言万语的心意，也寄托了诗人的理想。朱大也应该明白这把宝剑的意义吧！

[集评]

气侠情真，不愧儿女子志。（桂天祥《批点唐诗正声》）

朱大入秦将为五陵之游，故我不惜千金之剑，脱以赠之。然非剑足重也，特一表平生之心耳。（唐汝询《唐诗解》）

吴曰：游武（五）陵，赠宝剑，何等心胸！莫因"千金"二字，作借物仲情读也，长吉"直是荆轲一片心"，同此意。（刘邦彦《唐诗归折衷》）

不过任侠意，写得有神。（黄叔灿《唐诗笺注》）

从"入秦"生出首句，字字有关会，一语不泛说。落句五字，斩绝中有深味。（宋顾乐《唐人万首绝句选评》）

襄阳诗皆冲和淡逸之音，此诗独有抑塞磊落之气。论其生平，为张曲江、韩荆州所汲引，当具用世之才，非甘于鹿门终老者，于此诗略露圭角。朱大未详其人，殆朱家郭解之流。贾岛诗"十年磨一剑"，"谁有不平事"。东坡尝题渊明诗后云："靖节虽脱节躬耕，其意固未能平也。"襄阳之平生一片心，其亦有未平乎？（俞陛云《诗境浅说》）

长干曲①

崔颢

君家何处住②，妾住在横塘③。停船暂借问④，或恐是同乡⑤。

[注释]

①长干曲：乐府杂曲歌辞名。长干，古里巷名，在今江苏南京，靠近长江。②君：对男子的尊称。③横塘：地名，在今南京西南。④借问：向别人打听事情时的敬语。⑤或恐：恐怕。

[赏读]

《长干曲》共有四首，这是第一首。这首诗以问答的方式，描写了船家男女初次见面的情景。

女孩子一点儿不怕羞，她主动开口先问了男子：请问您住在哪里？不等对方回答，她又自我介绍：我住在横塘。也许怕对方觉得自己太唐突了，她紧接着解释说：暂时停下船来打听一下，或许我们是同乡呢。

其实整首诗都是女孩在问在说，她落落大方也大胆直率，主动与过往的陌生男子攀谈问话，很热情地先开口，但也很懂礼貌，知道要作自我介绍，怕对方误会什么，又有点害羞地解释着。

全诗以女孩的语言贯穿，女孩的热情大方、聪明伶俐以及娇羞神态惟妙惟肖地呈现在眼前。

[集评]

蕴藉风流。（顾璘《批点唐诗正音》）

急口遥问，一字不添，只叙相问意，其情自见。（钟惺　谭元春《唐诗归》）

玉遮曰：忽问"君家"，随说自己，下"借问""恐是"俱足上二句意，情思无穷。（李攀龙《唐诗选注》）

绝无深意，而神采郁然，后人学之，即为儿童语矣。（吴乔《围炉诗话》）

墨气所射，四表无穷，无字处皆其意也。（王夫之《姜斋诗话》）

此首作问词，却于第三句倒点出"问"字，第四句醒出所以问之故，用笔有法。（李锳《诗法易简录》）

既问君家，更言妾家，何情文周至乃尔？是否同乡，干卿底事，乃停舟相问。情网遂凭虚而下矣。（俞陛云《诗境浅说》）

咏 史

高 适①

尚有绨袍赠②，应怜范叔寒③。不知天下士④，犹作布衣看⑤。

[注释]

①高适（702~765）：字达夫，又字仲武，渤海蓨（今河北景县）人。唐代诗人。累官至散骑常侍，世称"高常侍"。高适与岑参齐名，并

称"高岑"。诗多边塞题材，其诗浑厚有力，文情并茂。有《高常侍集》。②绨（tí）袍：丝质衣服。战国时，范雎被魏国中大夫须贾陷害，范雎做了秦国宰相后遇到出使秦国的须贾，便伪装成贫士去见须贾。须贾看其可怜赠其绨袍，得知真相后向范雎请罪，范雎念绨袍之情原谅了须贾。③范叔：即范雎。④天下士：被天下人认为是英雄贤士的人。⑤布衣：粗衣，指平民百姓。

[赏读]

咏史，常常是以古喻今借题发挥，从历史的诸多人物和事件中感慨现实、抒情言志。诗人读史，对战国范雎和须贾的故事，他的评判是：须贾是可怜范雎生活贫寒才送他绨袍，因为须贾看不出范雎是治国贤才，才把范雎当平头百姓。

须贾也许有怜惜之心，他以为范雎很落魄，所以发善心送范雎衣服，但他却没有辨别人才的能力。所以这世界需要的是能发现人才的伯乐，否则，再好的千里马也只能在马厩中虚度光阴，有才华之人只能被埋没，在困苦中挣扎度日。

诗人借秦相范雎的故事，表达了自己怀才不遇的不满，也嘲笑了轻视自己的人。

[集评]

吴逸一曰："尚有""应怜""不知""犹作"八字，俱下得有力。（高棅《唐诗正声》）

达夫少尝落魄，晚年始贵，疑当时必有轻之者，故借古人以咏之。（唐汝询《唐诗解》）

语直意达。（李攀龙《唐诗直解》）

周敬曰：为贫士增多少气色。（周敬　周珽《唐诗选脉会通评林》）

"尚有绨袍赠"句,起得突兀,已包《史记》全文。忽起忽落,成此二十字,而大意总言天下士不可轻视,隐然自负。试思如此起法,斩却人间多少拖泥带水话。(黄叔灿《唐诗笺注》)

古人咏史偶着一事,自写己意,不粘皮带骨,以此二十字浑成尤难。"天下士""布衣"俱括范叔说,见人不易识耳。(宋顾乐《唐人万首绝句选评》)

冠盖京华,斯人憔悴,一寒至此者,岂独范叔!天下士之布衣沦落者多矣。达夫生平,功名自许,以忤权贵,出宰彭州。此诗其有抑郁之怀耶?(俞陛云《诗境浅说》)

罢相作①

李适之②

避贤初罢相③,乐圣且衔杯④。为问门前客⑤,今朝几个来。

[注释]

①罢相:辞去左相。②李适之(694~747):名昌,李唐宗室,恒山王李承乾之孙,陇西成纪(今甘肃秦安)人。曾任御史大夫、刑部尚书等职。李适之善饮酒,爱好诗词,与李白、张旭、贺知章等并称"饮中八仙"。③避贤:避位让贤。④乐圣:饮酒自乐,古时将清酒称为"圣人",将浊酒称为"贤人"。衔杯:举杯。⑤为问:询问。门前客:来拜访的宾客。

[赏读]

我辞去了相位让位给贤者，天天举着酒杯悠闲地开怀畅饮。请问过去来拜访我的人今天来了几个呀？

诗人曾任左相，被权奸李林甫陷害后被迫罢相让"贤"。无官一身轻，他天天饮酒自"乐"，可实际上却是借酒浇愁解闷，把不满和苦闷深埋在酒精里。去官后他品尝到了世态炎凉，往日家门前车水马龙、宾客川流不息，而今门庭冷落车马稀，罢相前后的家门情景对比强烈。他调侃地问今天家里来了几个客人，语带讥讽、反语，心中必定满是感慨悲愤。

人情冷暖只有在经历磨难后方能体会，世态炎凉一定是吃苦受挫后才会领悟。

[集评]

蒋仲舒曰：雀罗之感，发得含蓄。（李攀龙《唐诗广选》）

写得厚道，亦难为人，良有风。（李攀龙《唐诗直解》）

不以罢相为戚，故杯酒以自适。然宾客之来，恐不能不减于平时也。此诗本无深怨，以林甫之忿，后人遂以为怒邻骂坐。若翟公书门又将何如？（唐汝询《唐诗解》）

李适之《罢相作》，敖子发以为不如钱起《暮春归故山草堂》。不知李诗朴直，钱诗便巧，李出钱上自远，子发未审格耳。（毛先舒《诗辩坻》）

写世态炎凉，意致深婉。（黄叔灿《唐诗笺注》）

逢侠者①
钱 起

燕赵悲歌士②,相逢剧孟家③。寸心言不尽④,前路日将斜。

[注释]

①侠者:剑客一类的侠士。②燕赵:战国七雄时的两个国家,在今河北一带。悲歌士:慷慨激昂的豪侠之士。③剧孟:西汉游侠,洛阳人。④寸心:区区之心,此处指倾心交谈。

[赏读]

侠客剑士自古有之,燕赵之地又自古便有许多游走江湖、慷慨激昂的侠客剑士,如荆轲、高渐离等。他们有的肩负重大的使命不惜舍身取义,有的替人报仇雪耻铤而走险,以一己之力助人,其行为举止往往慷慨悲壮,大有壮士一去不复返之英雄气概。

这首诗便是称颂这些侠士。诗人有幸结识来自燕赵之地的慷慨侠客,又与侠客相逢在著名侠士剧孟的家乡洛阳。侠肝义胆的侠客气魄,让诗人肃然起敬,欣赏有加。大家一见如故,倾心交谈。侠客愤世嫉俗,诗人心有不平,双方同声怒斥人间不平事,直到日头西斜,才不舍地分手赶路。相逢时意气相投,分别时潇洒直行,独行侠的豪气一览无余。

侠客是时代的异类,他们特立独行,不与世俗亲近。但他们"其言必信,其行必果,已诺必诚,不爱其躯,赴士之厄困",千百年来已经成为义气、胆略、慷慨、豪放的象征。

[集评]

吴逸一评：多少感慨，不是莽莽作别者。（高棅《唐诗正声》）

末句全根于"剧孟"二字来。（李攀龙《唐诗直解》）

结句意沉可味。（李攀龙《唐诗训解》）

此慕侠者之风而惜光景之促。若曰吾老矣，不能用。（唐汝询《唐诗解》）

周敬曰：惟其相投，不自知其话之久。妙在第三句。（周敬　周珽《唐诗选脉会通评林》）

敬夫云：抱难吐之情，而值萧飒之景，真有易水悲歌气象。（刘邦彦《唐诗归折衷》）

描写游侠忽遽相逢，行径如画。（徐增《而庵说唐诗》）

亦豪勇，亦缠绵。后二句神韵不尽。（《精选评注五朝诗学津梁》）

江行望匡庐[①]

钱珝[②]

咫尺愁风雨[③]，匡庐不可登。只疑云雾窟[④]，犹有六朝僧[⑤]。

[注释]

①匡庐：庐山的别称，在今江西。传说西周时匡俗兄弟七人在此结庐而居，故称庐山、匡山或匡庐。②钱珝（xǔ）（生卒年不详）：字瑞文，吴兴（今浙江湖州）人，钱起曾孙。唐代诗人。乾宁年间进士，曾任中书舍人等职。有《舟中录》。③咫尺：形容距离很近。咫，古长度名，八

寸为一咫。④疑：猜想。云雾窟：云雾遮盖的山洞。⑤六朝：指东吴、东晋、宋、齐、梁、陈六个建都在建康（今江苏南京）的朝代，六朝时佛教盛行，很多名山都建有寺庙。

[赏读]

　　因为风雨困阻，眼见庐山近在咫尺却无法攀登游玩，只好想象着在那些云雾遮蔽的山洞里，还会有六朝时期的僧侣在修行吧。

　　诗人行舟江上，途经庐山心喜，有心登攀，但风雨阻隔，近在咫尺却不能身临其境，不免失望惆怅。不能登攀那只好远观，但云雾缭绕，无法识得庐山真面目。眼观烟雨笼罩的庐山而终不得见，遗憾与失望之情更加强烈。登不上、看不清，诗人于是发挥了他的想象力，想来在那人迹罕至的神秘山谷里、洞窟中，还有六朝时的僧侣在潜心修身养性吧？

　　无法一览秀美的庐山，诗人失望乃人之常情。庐山高峻秀美，高僧隐士常聚居于此，而遥想古时的高僧仍在庐山修行，诗人是否也想像那些僧侣一样远离尘世纷扰而归隐山中吗？

[集评]

　　周云：下二句从"不可登"想出。（郭濬《增定评注唐诗正声》）

　　江行每以风雨为忧，是以匡庐虽近而不可登，因疑此山云雾深杳，六朝之僧尚有存者。亦苦于世网而起方外之慕也。（李攀龙《唐诗训解》）

　　杨慎曰：雅健。（周敬　周珽《唐诗选脉会通评林》）

　　此望匡庐而托慕方外也。（宋顾乐《唐人万首绝句选评》）

　　匡庐秀出南斗，为江介之名山。唐代去六朝未远，当有百岁高僧在云深林密中，物外俨然，长享灵山甲子。托想殊高。（俞陛云《诗境浅说》）

答李浣①

韦应物

林中观易罢②,溪上对鸥闲。楚俗饶词客③,何人最往还④。

[注释]

①李浣(huàn):诗人的朋友。②易:指《易经》。罢:完毕。③楚俗:楚地的风俗。饶:丰饶,多。词客:诗人。④往还:往来。

[赏读]

古代文人墨客以诗唱和往来、联络感情,李浣在楚地隐居,写诗赠友,报平安聊感情,诗人回诗酬答,谈近况问温暖。

诗人告诉朋友,我刚在树林中读完《易经》,又来到溪边悠闲地观看鸥鸟。读读书看看鸟,生活环境幽雅,每天的日子安静闲适,诗人意在展示淡泊的身心、阔大的胸襟。接着谈及朋友的生活,礼貌而关心地询问朋友在楚地的情况。那里是大诗人屈原、宋玉的故乡,自古以来文人墨客众多,但谁才和你往来最密切呢?诗人既是肯定暗赞朋友的才华,也关切地提出了新的疑问。

诗人与李浣此前都因秉公执法而被罢官,两人以诗唱和、互相关心。朋友间需要交流,畅谈生活、交流思想,这样感情才能不断加深,情谊才能不断深化。

[集评]

其五言诗又高雅闲澹,自成一家之体。今之秉笔者谁能及之?(白居

易《与元九书》)

浣时失意,独居观《易》,对鸥闲而自适也。复问:楚多辞客,何人与君最往还乎?冀有相知不落寞也。(唐汝询《唐诗解》)

韦苏州诗,韵高而气清。(张戒《岁寒堂诗话》)

秋风引[①]
刘禹锡

何处秋风至,萧萧送雁群[②]。朝来入庭树[③],孤客最先闻[④]。

[注释]

①引:歌,乐曲体裁之一。②萧萧:秋风吹动草木的声音。③朝:早晨。庭树:庭院中的树木。④孤客:孤独在外的游子。

[赏读]

秋风从哪里吹来?萧萧风声送走了南飞的大雁。早晨的秋风吹动着庭院中的树木瑟瑟作响,这声响总是那些孤独在外、常常夜不能寐的游子最先听到。

秋风瑟瑟,秋天来了,异乡的游子尤其是被贬谪外地的人最孤独,对自然界的风吹草动最敏感,因为他们总是计算着离家的时间,盼望着早日回家。

秋气最能牵动游子感伤、思乡的心。第一阵秋风突然而至,诗人敏感地捕捉到了,耳闻风声萧萧,眼观大雁南飞。无形的秋风与有形的大雁构成了萧瑟的秋季景象,诗人的凄凉之感油然而生,大雁南飞寻温暖,游子何时才能回家乡？

秋风日夜不停，夜晚辗转难眠的"孤客"听着风吹树木簌簌响，愁绪涌上心头，离家的苦、想家的痛谁能理解？

[集评]

不曰"不堪闻"而曰"最先闻"，语意便深厚。（钟惺 谭元春《唐诗归》）

秋风起而雁南矣。孤客之心，未摇落而先秋，所以闻之最早。（唐汝询《唐诗解》）

谁不闻而曰"最先闻"，孤客触绪惊心，形容尽矣。若说"不堪闻"，便浅。（黄叔灿《唐诗笺注》）

咏秋风必有闻此秋风者，妙在"最先"二字为"孤客"写神，无限情怀，溢于言表。（李锳《诗法易简录》）

风无形，随四时之气而生，曰何处惊之也。秋风秋雁并在一时，若风送之者然，况万物经秋，皆将黄落，逐臣孤客，无难为情，曰"入庭树"，曰"最先闻"，惊心更早，宋玉悲秋，略与仿佛。（吴焌《唐诗选胜直解》）

四序迭更，一岁之常例。惟乍逢秋至，其容则天高日晶，其气则山川寂寥，别有一种感人意味，况天涯孤客，入耳先惊，能无惆怅？苏颋之《汾上惊秋》，韦应物之《淮南闻雁》，皆同此感也。（俞陛云《诗境浅说》）

秋夜寄丘二十二员外①

韦应物

怀君属秋夜②,散步咏凉天③。山空松子落,幽人应未眠④。

[注释]

①丘二十二:即丘丹,诗人的朋友,二十二是其在家族兄弟中的排行。②怀:想念。属:正在。③凉天:风凉的天气,这里指秋夜。④幽人:隐者,指丘丹。

[赏读]

凉风习习的秋夜,诗人独处山中,高声吟诵着诗句,思念着远方的朋友。空寂的山中静静地落下一粒松子,朋友你是不是像我一样也还未入眠?

西风紧,落叶满地,这落寞、肃杀的秋天激起人们对温馨的亲情、友情的渴望。这首诗实写诗人秋夜吟诗散步、怀念朋友,并由己及彼、由近及远,用想象的口吻虚写朋友隐居深山的生活。思念穿越时空,将两个朋友、两地友情紧紧地连接起来。

友情无价,思念久久。在长长的秋夜里,唤一声远方的朋友,你还好吗?

[集评]

凉天散步,叙己之离怀,松子夜零,想彼之幽兴。(唐汝询《唐诗解》)

幽情淡景,触处成诗,苏州用意闲妙若此。(刘辰翁《韦孟全集》)

唐云:以我揣彼,无限情致。(《汇编唐诗十篇》)

妙在第三句宛是幽人,故末句脱口而出。(黄生 朱之荆《增订唐诗摘钞》)

幽绝。(沈德潜《唐诗别裁集》)

淡而远,是苏州本色。第三句将写景一衬,落句便有情味。(宋顾乐《唐人万首绝句选评》)

韦公"怀君属秋夜"一首,清幽不改摩诘,皆五绝之正法眼藏也。(施补华《岘佣说诗》)

秋 日

耿 湋①

返照入闾巷②,忧来谁共语。古道无人行③,秋风动禾黍④。

[注释]

①耿湋(wéi)(生卒年不详):字洪源,河东(今山西永济)人。唐代诗人,"大历十才子"之一。宝应年间进士,官至左拾遗。其诗质朴无华,自然流畅,有许多伤怀感时之作。有《耿湋集》。②返照:夕阳的余照。闾巷:此处指巷口。③古道:荒僻、古老的道路。④禾黍:指庄稼。

[赏读]

秋日的傍晚,夕阳的余晖照进巷口的大门,独自面对夕阳秋风,顿生愁绪,与谁一起才能解闷呢?抬头远望,冷清的古道上看不见行人,只有秋风吹拂着地里的庄稼。

这首诗描绘了诗人瞬间的感受。夕阳余晖照进巷口，天快黑了，秋风阵阵，寒意袭来，苍凉之气扑面而来。触景生情，这瞬间的画面激起了诗人的满怀愁绪。可这愁绪向谁倾诉呢？秋日的黄昏本该飞鸟回巢、旅人归家，但是路上看不到行人，田地里只有庄稼，没有人倾听自己的愁怨，这内心的孤独寂寞该如何排解？

可是，心系家国社稷的安危兴亡，忧思愁怨满腹，即便路上的行人也未必能理解诗人此时内心的感伤与孤寂吧。既然无法与人"共语"，便只有把万千悲思藏在心底，独自吞咽哀怨忧愁之苦。

[集评]

感慨语，却冷然。（李攀龙《唐诗广选》）

只言落日秋风，便见无人。（李攀龙《唐诗训解》）

浅语自觉摇落，佳句！佳句！（桂天祥《批点唐诗正声》）

郭云：布景萧寂，只一句入情，妙妙！（郭濬《增定评注唐诗正声》）

摹写索居之况，情景凄然。（唐汝询《唐诗解》）

闲雅多神韵。（周敬　周珽《唐诗选脉会通评林》）

前二句是巷无居人，后二句是空谷足音。睹此秋日，能无离索之感？（徐增《而庵说唐诗》）

往者麦秀之歌，黍离之什，乃采蕨遗民，过旧京而凭吊，宜其音之哀以思也。作者于千载下，望古遥集，百忧齐来。诗言夕阳深巷之中，抑郁更谁共语。乃出游以写忧，但见古道荒凉，寂无人迹，往日之楚存凡丧，项灭刘兴，以及钟鸣鼎食之家，璧月琼枝之地，都付与水逝云飞。所余残状，惟禾黍高低，在西风落照中，动摇空翠。可胜叹耶？（俞陛云《诗境浅说》）

秋日湖上

薛莹①

落日五湖游,烟波处处愁。浮沉千古事②,谁与问东流③。

[注释]

①薛莹(生卒年不详):晚唐诗人。生平事迹不详,大约生活在文宗时期(826~840),喜欢漫游各地。有《洞庭集》。②浮沉:历史上兴废存亡的变化。古代太湖流域地处江浙,春秋时有吴越争霸的史迹,三国时这里是东吴孙权兴邦立业的地方。③谁与:何必,何须。

[赏读]

秋日泛舟五湖,湖上烟波浩渺,处处寒烟笼罩。诗人触景而生万千感慨,这里曾经吴越争霸、孙权独霸,自古便是兵家必争之地,可这一切就像水波东流不复返,该向谁诉说,又有谁能理会呢?

泛舟湖上,水波荡漾,好不惬意,但如果游玩的湖有历史、有故事,那除了怡情开心外,也难免会抒发思古之幽情。

诗人泛舟的五湖之地,遍及吴越古迹和东吴印记。春秋时,越王勾践和吴王夫差在这里争夺厮杀,范蠡功成身退在这里泛游隐居。三国时,孙权在这里打造东吴基业。千古兴亡多少事,诗人能不感慨伤情吗?然而风云变幻,江山代谢,那一切的兴废存亡都成了过眼云烟,唯有湖水依旧平静流淌,漠视古人,淡看今朝。

世代兴衰,往事如烟,诗人是不是也从无可奈何的落寞中,从古今沧桑中领悟，散发出一丝超然物外的飘逸超脱之感呢？

[集评]

烟波无改，世事数变，谁能问其故耶？（唐汝询《唐诗解》）

亦工诗。（辛文房《唐才子传》）

文宗时人，集中多蜀诗。（陈振孙《直斋书录解题》）

宫中题

李 昂①

辇路生秋草②，上林花满枝③。凭高何限意④，无复侍臣知⑤。

[注释]

①李昂（809~840）：即唐文宗，唐代皇帝，穆宗次子，826年即位。喜好诗歌，诗风清俊。②辇路：皇宫内供帝王车辆行驶的道路。③上林：皇家园林。④凭高：登高远望。何限：无限。⑤侍臣：贴身的侍从。

[赏读]

很久没有乘车出游了，无心欣赏上林苑的满树秋花，皇宫的路上一定长满了杂草。登高远望，无限关心宫内的一切，这心情就连身边的侍臣都不知道啊。

唐敬宗被杀后，其弟李昂在宦官扶持下登上帝位，是为唐文宗。文宗有心改变宦官专权的局面，便筹划诛杀宦官，但计谋失败，身边的人被宦官所杀，文宗自己也成了阶下囚，这便是历史上著名的"甘露之变"。

被囚于深宫之中，文宗整日心乱如麻，惊恐不安，常常瞠目独语：

"须杀此辈，令我君臣间绝。"没有人身自由，更担忧随时会丢掉性命的人，哪有机会、有闲情去欣赏花开满枝的秋天呢？宫中杂草疯长，文宗内心彷徨、苦闷、孤独，还有敢怒不敢言的恐慌，这一腔悲愤无处诉，即使对贴身的侍卫也不敢言说啊。

一国之尊的皇帝落得如此处境，可见宫廷斗争的残酷无情。

[集评]

含情无限，写尽囚拘苦情。（李攀龙《唐诗直解》）

辇路生草，游幸稀也。上林花满，景可怜也。对景含情，侍臣莫晓，人主且孤立矣，威权顾可假人哉？（唐汝询《唐诗解》）

"辇路生秋草"，"秋"字内寓无限感慨。秋非生草之时，而又在御辇经行之处，可怪也。"上林花满枝"，此不是写眼中所见，是意中所想。上以"草"起，此以"花"承，妙极。夫诗既有法，不可不细细讨其消息。（徐增《而庵说唐诗》）

寻隐者不遇①

贾岛

松下问童子②，言师采药去③。只在此山中，云深不知处④。

[注释]

①隐者：隐居的高人。②童子：隐者的弟子。③言：答，说。师：师父，此处指隐者。④云深：白云浓密。处：处所。

[赏读]

　　这是一番途中问答。诗人到深山寻访隐者，在松树下询问一位童子，童子回答说：师父采药去了，就在这大山里，但云雾深深，不知道师父究竟在哪里。

　　童心童言，回答直白活泼，却深藏理趣。挺拔的松下常常是隐者的居处，隐者采药非为谋生，实则是悠然雅致的生活情趣使然。"在山中"似乎行踪确凿，"不知处"却又踪迹难寻，看似有答案实则却模棱。

　　从乘兴而问到满怀希望再到惆怅失望，诗人寻隐者的心情也随之起伏。幽深高峻的山川图景、悠闲的山中隐居生活，还有隐者的高深莫名与飘逸脱俗，就用这么波折却简单逗趣的方法铺陈开来。

[集评]

　　吴逸一评：自是妙音，所谓不用意而得者。（高棅《唐诗正声》）

　　愈近愈杳。（钟惺　谭元春《唐诗归》）

　　设为童子之答，以状山居之幽。（唐汝询《唐诗解》）

　　首句问，下三句答，直中有婉，婉中有直。（蒋一葵《唐诗选汇解》）

　　夫寻隐者不遇，则不遇而已矣，却把一童子来作波折，妙极！有心寻隐者，何意遇童子，而此童子又恰是所寻隐者之弟子，则隐者可以遇矣。问之，"言师采药去"，则不可遇矣……曰"只在此山中"，"此山中"见甚近，"只在"见不往别处，则又可以遇矣。岛方喜形于色，童子却又云："是便是，但此山中云深，卒不知其所在，却往何处去寻？"是隐者终不可遇矣。此诗一遇一不遇，可遇而终不遇，作多少层折！今人每每趁笔直下。（徐增《而庵说唐诗》）

　　语意真率，无复人间烟火气。（黄叔灿《唐诗笺注》）

　　一句问，下三句答，写出隐者高致。（李锳《诗法易简录》）

此诗一问一答,四句开合变化,令人莫测。(王文濡《唐诗评注读本》)

汾上惊秋①

苏颋②

北风吹白云③,万里渡河汾④。心绪逢摇落⑤,秋声不可闻。

[注释]

①汾上:汾河岸边,在今山西荣河西南。惊秋:因秋景而情绪烦闷。②苏颋(tǐng)(670~727):字廷硕,京兆武功(今陕西武功)人。唐代诗人。武则天时进士,袭封许国公,曾居相位。苏颋能诗善文,与燕国公张说并称"燕许大手笔"。有《苏廷硕集》。③"北风"句:化用汉武帝《秋风辞》中"秋风起兮白云飞"。④河汾:汾河流入黄河的入河口。河,黄河。该句化用汉武帝《秋风辞》中"泛楼船兮济河汾"。⑤逢:遇上。摇落:凋落,凋零。

[赏读]

北风吹卷着白云翻滚,万里迢迢来到了汾河入黄河口处。心情感伤之余,偏偏又看见树木枯黄、树叶纷纷凋零,更加难以忍受这萧瑟的秋风。

秋风吹,白云滚,萧条的秋天让人悲伤。诗人入蜀任职,离京远行,到河汾时已是深秋,今后的路途会更加艰难困苦。前路艰辛、前途未卜,心中本已担心不已、烦躁不安,呼啸的秋风和狂落的黄叶,只能让人更加烦躁。

这首诗写景与抒情相融，结合典故的运用，秋风秋景的萧条衬托了旅途中的诗人心中的凄凉悲苦。本是秋风摇落草木却偏说是心绪摇落，主观的愁绪与客观的秋景相融，悲秋的意味愈加浓厚。

[集评]

语简而委婉，无限深情。（李攀龙《唐诗直解》）

风吹白云，初秋之候，盖因汾上而用汉武语也。言我心绪适逢摇落，安可复闻此秋声乎？时盖失意居此耳。（唐汝询《唐诗解》）

大家气格，五字中最难得此。与王勃《山中》作运意略同，而此作觉更深成。（宋顾乐《唐人万首绝句选评》）

一气流注中仍复含蓄，五言佳境。（沈德潜《唐诗别裁集》）

是秋声摇落，偏言心绪摇落，相为感触写照，秋声愈有情矣。（黄叔灿《唐诗笺注》）

急起急收，而含蕴不尽，五绝之最胜者。（吴昌祺《删订唐诗解》）

首句写景，便已含起可惊之意，次句加以"万里"，又早为"惊"字通气，"心绪"句正写所以"惊秋"之故。前三句无一字说到"惊"，却无一字不为"惊"字追神取魄，所以末句只点出"秋"字，而意已无不曲包。弦外之音，实有音在；味外之味，实有味在。所谓含蓄者，固贵其不露，尤贵其能包括也。（李锳《诗法易简录》）

一年容易，又听秋风，便有一种萧寥之感，生宋玉之悲，作欧阳之赋，良有以也。刘禹锡《秋风引》云："秋风入庭树，孤客最先闻。"盖客里秋声，尤易怅触。故此诗言心绪摇落，秋声更不可闻也。起二句笔殊挺健。（俞陛云《诗境浅说》）

蜀道后期①

张 说②

客心争日月③,来往预期程④。秋风不相待⑤,先至洛阳城⑥。

[注释]

①后期:耽误日期。②张说(yuè)(667~730):字道济,一字说之,洛阳(今河南洛阳)人。唐代诗人。武则天时应诏对策得第一,授太子校书,玄宗时封燕国公,后为尚书右丞相,与苏颋合称"燕许大手笔"。其诗凄婉动人,人谓"得江山之助"。有《张燕公集》。③客:客居他乡的人,诗人自称。争日月:争时间。④预期程:预先定好到达的期限。⑤不相待:不等待。⑥至:到达。

[赏读]

旅行在外的人归乡心切,在路上都要抓紧时间急行猛赶,来往行程也都预先计划好。可没想到的是,路上耽误了行期。秋风也不愿等待片刻,先诗人一步吹到了洛阳。

游子在外常常遭遇诸多困难,所以,只要有可能,游子们当然归心似箭,一天也不想耽搁。诗人出使西南也是如此,他精确地计划好行程,争取时间快去快回,这样在秋风初起时便可以赶回洛阳与家人团聚,也不会因为遭遇天气变化和其他变故而耽搁行程。

诗人规划得很周全,但是,人算不如天算,出门在外总有预想不到的问题和意外。这不,诗人耽搁了行程,无法按时回家了,失望与烦恼涌上心头。可是时间不等人、天气不等人,秋风先于诗人到了洛阳。家人翘首以盼,诗人回家心切,他埋怨秋风无情,为什么撇下自己先走了呢?

回不了家却怪罪秋风。秋风代人受过,是不是很冤枉?

[集评]

诗意巧妙,非百炼不能,又似不用意而得者。(高棅《唐诗正声》)

"争"字、"预"字,见得题中"后"字出,一字岂可轻下?(李攀龙《唐诗广选》)

言我勤王之心每与日月争先而预于程期者,何秋风之不我待而先至洛乎?(唐汝询《唐诗解》)

"后"字从对面托出,一句不正说,妙绝。责秋风微妙,此谓言外意。(宋顾乐《唐人万首绝句选评》)

"后期"者,不果前所期也。此何干秋风,而怨其不能相待。"诗有别趣,而不关理",即此之谓。(黄生《唐诗摘钞》)

人知其借秋风作解嘲,而不知其将秋风来按捺日月,故"争"字奇,"不相待"更奇。(徐增《而庵说唐诗》)

以秋风先到,形出己之后期,巧心浚发。(沈德潜《唐诗别裁集》)

静夜思

李 白

床前明月光,疑是地上霜①。举头望明月②,低头思故乡③。

[注释]

①疑：好像，怀疑。②举头：抬头。③思：怀念。

[赏读]

明亮的月光照到床前，好像是在地上铺了一层白霜。抬头望见空中的明月，禁不住低下头想念自己的故乡。

这首诗明白晓畅又意境深远，句句有深意。夜晚，月光照在床前，在暗夜里微露光亮，仿佛在地上铺满白霜。夜深人静，静逸凄清的环境突出了深秋的月亮清冷的特点。充满寒意的异乡深夜里，寂寞的诗人思乡心切，与夜空中的月亮遥遥相对。明月，你能体会游子旅途中的孤寂和思乡之情吗？

同一个月亮，照在异地与照在家乡实在是有天壤之别。"月是故乡明"，杜甫最能体会这种游子思乡情。从错识月光，到举头望月，再到低头思乡，诗人内心情绪的复杂变化，让所有远离故乡的人都感同身受。

[集评]

百千旅情，妙复使人言说不得。天成偶语，讵由精炼得之？（高棅《唐诗正声》）

太白五言，如《静夜思》《玉阶怨》等，妙绝古今，然亦齐梁体格。（胡应麟《诗薮》）

忽然妙景，目中口中，凑泊不得，所谓不用意得之者。（钟惺 谭元春《唐诗归》）

摹写静夜之景，字字真率，正济南所谓"不用意得之"者。（唐汝询《唐诗解》）

旅中情思，虽说明却不说尽。（沈德潜《唐诗别裁集》）

即景即情，忽离忽合，极质直却自情至。（黄叔灿《唐诗笺注》）

"床前明月光",初以为地上之霜耳,乃举头而见明月,则低头而思故乡矣。此以见月色之感人者深也。盖欲言其感人之深而但言如何相感,则虽深仍浅矣。以无情言情则情出,从无意写意则意真。知此者可以言诗乎。(俞樾《湖楼笔谈》)

前二句取喻殊新,后二句在举头低头俄顷之间,顿生乡思,良以故乡之念,久蕴怀中,偶见床前明月,一触即发,正见其乡心之切。且"举头""低头",联属用之,更见俯仰有致。(俞陛云《诗境浅说》)

徐增曰:因"疑"则"望",因"望"则"思",并无他念,真"静夜思"也。(《李太白诗醇》)

秋浦歌[①]

李 白

白发三千丈,缘愁似个长[②]。不知明镜里,何处得秋霜[③]。

[注释]

①秋浦:在今安徽贵池,因境内有秋浦湖得名。②缘:因,由于。个:这般。③秋霜:秋天的白霜,此处指白发。

[赏读]

看着镜子中的自己,什么时候居然有了这么多的白发啊!唉,我的忧愁苦闷就像这愁白了的三千丈头发那么长!

愁,是这首诗的诗眼,诗的开头就是一声惊呼,给了我们一个突然的冲击:白发三千丈!而这三千丈皆因"愁"而来,浪漫夸张的想象力创造了奇妙的意境，诗人的情绪由震惊到悲凉。

揽镜自照，诗人发现不知什么时候多了许多白发，故作惊奇的语态印证了"愁"不仅很长很长，而且很多很多，抽象的愁因此变得具体而形象。

诗人亦问亦答，谈愁哀叹愁。显然，说愁并不是诗人在无病呻吟，而是诗人对怀才不遇、时光虚度的感慨。对忧国忧民的诗人来说，如果理想难以实现、抱负无法施展，他的痛苦只会越来越深，他的愁只会越来越长、越来越多。

[集评]

观太白此歌，高妙乃尔。（陆游《入蜀记》）

兴到语绝，有神韵。（李攀龙《唐诗直解》）

古人云"发短心长"，此却缘心长，发为俱长。（胡震亨《李杜诗通》）

发因愁而白，愁既长则发亦长矣。……托兴深微，辞难实解，读者当求之意象之外。（唐汝询《唐诗解》）

突起婉接，又翻开，奇甚。（黄生　朱之荆《增订唐诗摘钞》）

起句怪甚，得下文一解，字字皆成妙义。洵非老手不能，寻章摘句之士安可以语此？（王琦《李太白全集》）

因照镜而见白发，忽然生感，倒装说入，便如此突兀，所谓逆则成丹也。唐人五绝用此法多，太白落笔便超。（黄叔灿《唐诗笺注》）

突然而起，四句三折，格力极健，要是倒装法也。（爱新觉罗·弘历《唐宋诗醇》）

太白诗"白发三千丈""燕山雪花大如席"，语涉粗豪，然非尔便不佳。（郭兆麒《梅崖诗话》）

赠乔侍御①

陈子昂②

汉廷荣巧宦③,云阁薄边功④。可怜骢马使⑤,白首为谁雄⑥。

[注释]

①乔侍御:诗人的朋友。侍御,官名,检察之职。②陈子昂(661~702):字伯玉,梓州射洪(今四川射洪)人。唐代诗人,唐代诗歌革新先驱。文明年间进士,曾任右拾遗等职,因直言规谏为权贵不容,后弃官。其诗标举汉魏风骨,浑厚刚健,苍劲有力。有《陈伯玉集》。③汉廷:汉代朝廷,此处代指唐朝。荣:荣宠,显耀。巧宦:善于奉承、投机而得以升迁的官员。④云阁:云台和麒麟阁的简称,都是汉朝悬挂有功之臣画像以表彰功臣的地方。薄:轻视,看不起。边功:驻守边关的功劳。⑤可怜:使人生怜惜之心。骢(cōng)马使:指汉代的桓典,他刚正无私,因常骑骢马而被称为骢马御史,此处借指乔侍御。骢马,青白色的马。⑥白首:白头,指年老。雄:威武雄壮。

[赏读]

汉代朝廷厚待那些投机取巧、阿谀奉承的官员,却不给戍守边关的将士们应有的功劳。可怜像桓典那样的忠臣,辛苦操劳了一生,却不知是为了谁而效力卖命。

这是诗人给朋友乔侍御的赠诗。诗人并没有称颂友情,而是接连用了几个典故,含蓄地赞扬了乔侍御的才能与忠心耿耿,并为他大鸣不平。

诗人明写汉朝人，实说唐朝事，用汉朝厚待权臣、轻视忠臣的先例指责当朝的同样作为，讽刺了唐朝赏罚不公、用人昏庸的黑暗政治。为朋友的忠诚感觉不值，对乔侍御迟迟得不到升迁表达同情与惋惜的同时，也抒发了诗人怀才不遇的愤慨。

[集评]

捷足易蹶，朴志难效，从古为然。（李攀龙《唐诗训解》）

此见时不可为，故白首沦落，非拙于用事也。（唐汝询《唐诗解》）

答武陵太守①

王昌龄

仗剑行千里②，微躯敢一言③。曾为大梁客④，不负信陵恩⑤。

[注释]

①武陵太守：诗人的朋友。武陵，在今湖南常德。太守，唐代郡的最高行政长官。②仗剑：佩剑。行千里：远行，此处指诗人回金陵（今江苏南京）。③微躯：诗人自谦。敢：冒昧，诗人谦辞。④大梁客：战国时魏国信陵君魏无忌门下有食客三千，此处是诗人自比武陵太守的门客。大梁，魏国首都。⑤不负：不辜负，不忘。信陵：指信陵君魏无忌，此处借指武陵太守。

[赏读]

我就要持剑远行了，就冒昧地对您说句话：战国时在大梁做过门客的人没有辜负过信陵君，我在武陵得到太守您的提携，一定也不会忘记您的恩情。

诗人被贬武陵时，与田太守交谊深厚，如今诗人将返金陵，在太守为他饯行的宴会上，即席赋此诗酬答。

仗剑行千里，诗人志气高扬，充满了豪迈之气，但更重要的是表达了对太守厚待、礼遇的感谢，并保证，一定不会辜负太守的知遇之恩。讲义气、重友情的诗人借大梁客和信陵君的典故更突出了一言九鼎的承诺。

[集评]

谭云：谦得淋漓感慨。（钟惺　谭元春《唐诗归》）

侠气，淋漓感慨。（李攀龙《唐诗直解》）

少伯客武陵，为太守所厚，故言虽行千里，犹愿一言。盖既感太守之恩，决不相负耳。（唐汝询《唐诗解》）

敬夫云：故作郑重。（刘邦彦《唐诗归折衷》）

与张说（《南中别王陵成崇》）"握手与君别，歧路赠一言。曹卿礼公子，楚媪馈王孙。倏尔生六翮，翻飞戾九门。常怀客鸟意，会答主人恩"同法，束八句之意为两句，尤觉高浑。且张援引古人，借作虚势，此即据为实事；张犹不能不待六翮之生，此则有士为知己死，随时可以报效。不惟法老，胆识俱高一层。（贺裳《载酒园诗话》）

行军九日思长安故园①

岑参

强欲登高去②，无人送酒来③。遥怜故园菊④，应傍战场开。

[注释]

①行军：肃宗至德二年（757）农历九月，诗人随军从灵武到彭原。九日：指重阳节。②强欲：勉强要。登高：重阳这天要登高饮菊花酒。③送酒：晋朝诗人陶渊明过重阳节无酒，太守王弘派人送酒给他。④遥怜：远念。故园：指长安。

[赏读]

重阳节到了，我勉强自己想去登高赏菊，可是没有人来送酒给我啊。遥想长安故园中的菊花，这时应该在战火中开放了吧。

九九重阳节，本是登高望远、饮酒赏菊的快乐佳节，但这首诗抒发的却是哀叹和痛苦。想登高饮酒可是无酒可饮，也不会有人送酒来；想赏菊花可是无菊花可赏，断垣残壁间，自家园中的菊花也许已经孤独开放，可是有家难回。

无法快乐度重阳的原因只有一个，那就是战乱。诗人此时正随军同行，而长安还在安禄山叛军手中。因此，艰苦的行军途中遇佳节而无法如愿登高、饮酒、赏菊，让人扫兴，而战争的残酷、国家的破碎更让人心痛。

[集评]

方虚谷云：悲感。（高棅《唐诗品汇》）

顾华玉曰：妙在二十字中备见题意。（李攀龙《唐诗广选》）

点"战场"字，无限悲怆。（李攀龙《唐诗直解》）

客中寂寞，未若故园之惨。菊花傍战场，佳景安在？悲歌可以当泣者此也。（唐汝询《唐诗解》）

此诗以看菊为主，登高为宾。（徐增《而庵说唐诗》）

可悲在"战场"二字。（沈德潜《唐诗别裁集》）

但见"战场"二字，便无限悲怆，非泛泛故园之思。（宋顾乐《唐人万首绝句选评》）

黄花三径，又发秋光，故少陵有丛菊故园之咏。复花发战场，感时溅泪，况未休兵，谁能堪此。嘉州尚有《见渭水思秦州》诗云："渭水东流去，何时到雍州。凭添两行泪，寄向故园流。"亦思家之作。心随水去，已极写乡思，而此作加倍写法，感叹尤深。（俞陛云《诗境浅说》）

婕妤怨[①]

皇甫冉[②]

花枝出建章[③]，凤管发昭阳[④]。借问承恩者[⑤]，双蛾几许长[⑥]。

[注释]

①婕妤（yú）怨：乐府歌曲名，主要抒写宫女的痛苦。婕妤，宫妃称号，汉武帝时设置，此处指班婕妤。②皇甫冉（716~769）：字茂政，润州丹阳（今江苏丹阳）人。唐代诗人。天宝年间进士，曾任右补阙等职。其诗有许多咏物写景之作，感慨漂泊流离，诗风古朴清俊，清新秀美。③花枝：花枝招展，比喻宫女服饰华丽。建章：汉代宫殿，武帝时建造。④凤管：凤箫，此处泛指音乐。昭阳：汉代宫殿名，为汉成帝宠妃赵飞燕住处。⑤承恩者：受宠幸的宫女。⑥双蛾：双眉，古时称女子眉毛为蛾眉，以眉毛细长为美。几许：几多，多么。

[赏读]

宫妃打扮得花枝招展，婷婷地走出建章宫，昭阳宫里赵飞燕吹奏着凤箫侍奉皇帝。试问受到皇帝宠爱的宫女嫔妃们,你们的蛾眉到底有多长?

这首诗描写的是班婕妤的怨愤。诗人借班婕妤之口,描写了宫女们侍奉皇帝、寻欢作乐的情景。班婕妤曾是汉成帝的宠妃,后失宠。她颇有文才,作品描写了她身居宫中的苦闷。班婕妤的失宠是因为汉成帝喜新厌旧,那些宫女们的欢乐衬托出班婕妤的失意孤独。但班婕妤很清醒地意识到,宫女的美貌无法长久,可以依仗皇帝的恩宠而得势,可是这获宠又能延续几时?

宫女有美貌未必被皇帝宠幸,文人有才华未必被皇帝赏识,诗人叙述的是班婕妤的不幸故事,可是,借宫怨传达自己怀才不遇的不满,这应该才是诗人的真实用意吧。

[集评]

二宫佳丽为承恩者所炉,彼安修饰而能至此?(唐汝询《唐诗解》)

建章昭阳之间,粉白黛绿,夹辇而趋,承恩者不知凡几。自问蛾眉淡扫,颜色亦不后于人,而顿殊枯菀。彼荷宠邀荣者,等于恒人,未必长蛾胜人几许。承恩不在貌,信乎命之不齐也。(俞陛云《诗境浅说》)

题竹林寺①

朱 放②

岁月人间促③,烟霞此地多④。殷勤竹林寺⑤,更得几回过⑥。

[注释]

①竹林寺:即鹤林寺,在庐山,一说在丹徒。②朱放(?~788):字

长通,襄州(治今湖北襄阳)人。唐代诗人。曾任江西节度参谋,也曾隐居剡溪等地多年。其诗多写隐居生活,诗意隽永清淡。③促:短促,短暂。④烟霞:烟雾云霞。⑤殷勤:情意深厚恳切,此处意为留恋、眷恋。⑥过:过访,探访。

[赏读]

人世间的光阴很短暂,这里的山水风景却很多。我留恋竹林寺的美景,不知道以后还有多少机会能重访此地。

山水美,风光佳,美景让人流连忘返,可是时光短暂,美景又能欣赏几次呢?有限的时光与无限的美景是一对矛盾,诗人陶醉在烟霞美景中,在这里可以解闷、可以抒情、可以伤感、可以憧憬下回再次造访。可现实是,此次一别,以后重游的机会寥寥。青山古寺常在,心意留恋不舍,外部的自然美景与内心的起伏似乎矛盾,却又合情合理。

其实,面对无限美景,与其感叹时光短暂,不如珍惜当下,抓紧点滴机会,尽情欣赏,将美好的景色烙印在心底。

[集评]

钟情语,却淡然。(李攀龙《唐诗广选》)

因游寺而起忧生之嗟,语极局促,几同花落诗谶。(唐汝询《唐诗解》)

蒋一葵曰:虽方外亦不可易到,乃见其促。(周敬 周珽《唐诗选脉会通评林》)

尘寰营扰,倏忽中觉岁急于梭。山寺清幽,寂静中便日长如岁。此二句理想颇高。竹林胜地,诚可留恋,惜浮生碌碌,再来能有几回。凡览胜登临者,每有此想。但人生万事当前,少焉视之,已化为古,宁独竹林往迹为可惜耶?(俞陛云《诗境浅说》)

三闾庙①

戴叔伦②

沅湘流不尽③,屈子怨何深④。日暮秋风起,萧萧枫树林⑤。

[注释]

①三闾庙:屈原庙,屈原生前为三闾大夫。②戴叔伦(732~789):字幼公,润州金坛(今江苏金坛)人。唐代诗人,"大历十才子"之一。贞元年间进士,曾任县令、刺史等职,晚年出家为道士。其诗含蓄蕴藉,耐人寻味,多写乡村生活,为中唐新乐府的先声。有《戴叔伦集》。③沅湘:沅江、湘江,流入洞庭湖。④屈子:屈原的尊称,楚国大夫,谏楚怀王而不听,怨愤投汨罗江自尽。⑤萧萧:树叶飘落的声音。

[赏读]

屈原的怨恨多么深重啊,就像这滔滔不绝的沅江和湘江水,总也流不完。眼前夕阳西下秋风瑟瑟,庙前的落叶萧萧作响,让人倍感凄凉。

夕阳、秋风、江水、落叶,这些典型的秋天景象,在诗人的笔下往往和离愁别绪紧密相连,如果再加上冤死的屈原,这幅秋景便陡增了怨与恨。站在屈原庙前缅怀古人,默默倾听屈原怨恨似海的悲情,那凄惨的吊古场面一定让人触景伤情。

昏暗的傍晚、无语的江水、冷清的庙宇、萧萧的枫树林,这日落西山秋风凉的惆怅,在悲惨深重的屈原面前反而显得微不足道。正因为加入了屈原的不幸遭遇,这荒凉萧瑟的秋天图景才更加让人无限感慨、幽怨。

[集评]

短诗岂尽三闾？如此一结，便不可测。（顾璘《批点唐诗正音》）

更是骚思。（李攀龙《唐诗训解》）

屈子之怨非沅湘所能流而去者，枫树萧条，非其遗恨耶？（唐汝询《唐诗解》）

言屈子之怨与沅湘俱深，倒转便有味。更妙缀二景语在后，真觉山鬼欲来。（黄生《唐诗摘钞》）

忧愁幽思，笔端缭绕。屈子之怨，岂沅湘能流去耶？发端妙。（沈德潜《唐诗别裁集》）

咏古人必能写出古人之神，方不负题。此诗首二句悬空落笔，直将屈子一生忠愤写得至今犹在，发端之妙，已称绝调。三、四句但写眼前之景，不复加以品评，格力尤高。凡咏古以写景结，须与其人相肖，方有神致，否则流于宽泛矣。（李锳《诗法易简录》）

并不用意，而言外自有一种悲凉感慨之气，五绝中此格最高。（施补华《岘佣说诗》）

前二句之意，与少陵咏《八阵图》"江流石不转"句，皆咏昔贤遗恨与江水俱长。因前二句已质言之，故后二句仅以秋风、枫树为灵均传哀怨之声，其传神在空际。王阮亭《题露筋祠》诗"门外野风开白莲"，不着迹象，为含有怀古苍凉之思，与此诗同意。（俞陛云《诗境浅说》）

易水送别①

骆宾王②

此地别燕丹③，壮士发冲冠④。昔时人已没⑤，今日水犹寒⑥。

[注释]

①易水：水名，在今河北境内。②骆宾王（640~684）：字观光，义乌（今浙江义乌）人。唐代诗人，"初唐四杰"之一。神童出道，乾封年间对策入选，授奉礼郎，累官至侍御史。其诗工整洗练，格律严谨，多悲愤之辞。有《骆丞集》。③此地：指易水。燕（yān）丹：战国时燕国太子丹。④壮士：指荆轲，他受燕太子丹之托去秦国刺杀秦王，两人在易水分别。冲冠：愤怒时头发把帽子冲起。⑤没：同"殁"，死去。⑥寒：寒冷。

[赏读]

当年壮士荆轲在此与燕太子告别去刺杀秦王，是多么悲壮豪迈！壮士早已亡故，如今的易水依然寒气逼人。

送别友人，本就离情惆怅，而在易水送别，又增添了思古之情。抚今追昔，往事历历，诗人的构思集中在了古代悲怆的壮士易水之别。当年壮士荆轲为燕太子丹复仇，去秦国刺杀秦王，在易水分别时，荆轲按剑而歌，怒发冲冠，明知此行是死路一条仍决然而去。而今"壮士一去兮不复还"，人已去，水自流，易水依然寒气逼人，壮士舍身取义的悲壮气概永存。

诗人借送友以怀古，借怀古以慨今，缅怀壮士慷慨激昂的气势以壮今日奋发豪迈之气概。

这首诗似乎也是诗人激扬进取但命途多舛的写照。诗人任官时多次上书谏诤武则天，并代写《讨武曌檄》，参与讨伐武后的行动，然而兵败后便下落不明，颇似荆轲般壮士之举，颇有慷慨悲壮之气。

[集评]

只就地摹写，不添一意，而气概横绝。（高棅《唐诗正声》）

此因临易水而想古人亦尝送别于此，今其人虽没，其水犹寒。安知今人之不能为古也？侠气凛然，见于言外。（唐汝询《唐诗解》）

临海《易水送别》，借轲、丹事，用一"别"字映出题面，余作凭吊，而神理已足。二十字中游刃如此，何等高笔。（毛先舒《诗辩坻》）

因临易水而想古人，其水犹寒，侠气凛然。（朱之荆《增订唐诗摘钞》）

"此地"二字有无限凭吊意，因地生意，并不说到自身，如此已足。（宋顾乐《唐人万首绝句选评》）

易水送荆卿歌："风萧萧兮易水寒，壮士一去兮不复还。"寥寥十五字，而千载下如闻悲壮之声。咏易水者，当不能外此意。此诗一气挥洒，而重在"水犹寒"三字，一见人虽没，而英风壮采，懔烈如生，一见易水寒声，至今日犹闻呜咽。怀古苍凉，劲气直达，高格也。（俞陛云《诗境浅说》）

别卢秦卿①

司空曙②

知有前期在③,难分此夜中④。无将故人酒⑤,不及石尤风⑥。

[注释]

①卢秦卿:诗人的朋友。②司空曙(720~790):字文明,广平(今河北邯郸永年区)人。唐代诗人,"大历十才子"之一。曾举进士,任虞部郎中等职。其诗质朴无华,用字精练,多写自然风景和旅途乡愁。③前期:先前的预约。④难分:不忍分离。⑤无将:不要将。⑥不及:不如。石尤风:行船时遇顶风,意为阻止行旅的逆风。传说一尤姓商人常年在外经商不归,其石姓妻子忧郁成疾,临终悔恨表示要化为逆风阻扰商人远行。

[赏读]

知道你已有预约将要启程,今夜却还是难分难舍。这杯老朋友的饯行酒留不住你,还是请石尤风阻止你离开吧。

这首送别诗深情真挚。朋友就要离去,诗人难分难舍,频频举杯,想要朋友多留片刻,又知留不住,只得幻想会有石尤风帮自己阻止朋友的船只起航。

真心挽留,又不忍朋友违约,如此两难的情绪恰恰说明诗人对朋友的深情厚谊。真心对朋友就该设身处地为朋友着想,让他违约不是真朋友所为。所以,那石尤风真的只是幻想,如果朋友无法启程,诗人一定比朋友更担心着急。

[集评]

钟曰：情语带嗔，妙！妙！（钟惺　谭元春《唐诗归》）

此留客之词。明知后会有期，奈此夕之分不忍。藉令却杯酒而惮疾风，是故人之情薄也。苦留不可，而激之耳。（唐汝询《唐诗解》）

诗有以谑为妙者，如"无将故人酒，不及石尤风"是也，诗固不必尽庄。（吴乔《围炉诗话》）

五言绝不着景物，单写情事，贵在绵密真至，一气呵成，廿字中增减移动一字不得，始为绝唱。如此诗，虽不及"白日依山尽"之雄浑，而精切灵动，乃为过之，自是中唐第一。（黄生《唐诗摘钞》）

此司空文明送别之作也，仅二十字，情致绵渺，意韵悠长，令人咀含不尽。似此等诗，熟读数十百篇，又何患不能换骨？（方南堂《辍锻录》）

石尤风，打头逆风。宋武帝诗："愿做石尤风，四面断行旅。"送人时致留人意。（沈德潜《唐诗别裁集》）

起句突兀，将后会有期翻作衬托，末二句情味更深矣。（黄叔灿《唐诗笺注》）

此亦四语皆对，而婉折情深，味之不尽，与《登鹳鹊楼》体裁又别。（胡本渊《唐诗近体》）

此相送置酒而欲其少留也。直说便少情致，借"石尤风"作比，而词意曲折有味矣。（李锳《诗法易简录》）

别酒殷勤，难留征棹，转不若石尤风急，勒住行舟。凡别友者，每祝其帆风相送，此独愿石尤阻客，正见其恋别情深也。（俞陛云《诗境浅说》）

答 人

太上隐者①

偶来松树下②,高枕石头眠。山中无历日③,寒尽不知年④。

[注释]

①太上隐者:唐代隐者,居终南山,自称太上隐者,姓名年寿不详。②偶来:偶然来。③历日:记载年月时辰的历书。④寒尽:寒气已尽,春天将至。不知年:不知何年何月。

[赏读]

偶然来到松树下,高高地枕着石头躺下。山中没有日历,寒冷将尽,也不知道现在是何年何月。

这首诗的作者据说是位隐者,无姓无名,也无人知晓其年寿经历。有人在终南山遇见他,询问详情,他便以此诗作答。

这个故事其实便是对这首诗的最好注解,不管这位隐士有什么过往历史,身为隐士,便是以山水为家、自然为生,既然置身于远离尘嚣的天地山水间,当然树下随便坐,石上随时躺,眠醒随自在,行踪随意自由,一切跟随自然宇宙的节拍。姓名有何用?时间有何用?

这才是真正的闲云野鹤啊!

[集评]

盖唐时隐君子如朱桃椎之类,称木石怪者,诞妄语耳。(唐汝询《唐诗解》)

其高致如此。(王相《千家诗》)

语有太古风。(沈德潜《唐诗别裁集》)

岁月者,以之纪万端人事也。太上隐者,不知何许人,削迹荒崖,自甘沦灭。修短听诸造物,富贵等于浮云,家室视同逆旅,将欲掷世界于陶轮而外,则岁月往来,与我何预。不知有汉,无论晋魏。偶在松阴深处,枕石高眠,若枯木残僧,悠然入定。无日亦有时,去来今不计也。刘后村诗:"村叟无台历,梅开认小春。"可称高致。今观隐者之诗,觉着意梅开,尚有迹象也。(俞陛云《诗境浅说》)

五言律诗

幸蜀回至剑门①

李隆基②

剑阁横云峻③，銮舆出狩回④。翠屏千仞合⑤，丹嶂五丁开⑥。灌木萦旗转⑦，仙云拂马来⑧。乘时方在德⑨，嗟尔勒铭才⑩。

[注释]

①幸：古代指帝王驾临。剑门：在今四川剑阁东北，因剑门山而得名。②李隆基（685~762）：即唐玄宗、唐明皇。睿宗李旦之子，延和元年（712）即位。喜爱诗歌，其诗讲究声调格律，对唐代律诗的发展有所贡献。③剑阁：即剑门关，在今四川北部，是古代京都长安入蜀的关口。④銮（luán）舆：帝王的车驾。出狩（shòu）：帝王外出打猎，后也指帝王出巡。⑤翠屏：翠绿色的屏风。千仞：形容山很高。仞，古长度单位，周制八尺为一仞，东汉时以七尺为一仞。⑥嶂：山势高大险峻。五丁：原指神话传说中开凿蜀道的五位大力士，后比喻功勋卓越的将士。⑦灌木：丛生的树木。萦：环绕。⑧仙云：形容白云如飞仙游动。拂：掠过。⑨乘时：顺应时势。德：德治。⑩嗟（jiē）：赞叹。尔：你们。勒铭：在石头上刻字记载功绩。

[赏读]

安史乱起，唐玄宗李隆基逃到川蜀，其子即位后方回长安。回程途经剑门时，玄宗感慨地对随侍说："剑门如此天险，自古至今败亡相继，岂非在德不在险？"随赋此诗。

险峻的剑门山高耸入云，我乘着鸾车又从蜀中回到这里。青翠的剑门山层叠环抱门户紧锁，得靠那五位大力士才能开辟前路。旗帜绕着灌木延展，车队穿行在崇山峻岭间，白云缭绕似拍马而来的飞仙。治理国家要顺应时势施行仁政，对你们这些有功之臣也应勒石记功表彰贤能。

苦过倍觉甜，经历磨难方懂艰辛。即位初期的唐玄宗励精图治，曾有"开元之治"，但后期重用奸臣，荒废朝政，以致发生了安史之乱。平乱回归长安途中，前方山高路险，景色壮丽，车骑穿行于崇山峻岭间，回途的人马旗帜浩浩荡荡。历经人事剧变，触景生情，唐玄宗兴奋中方悟到治国根本，如梦初醒地有感而发，但这番醒悟似乎悔之晚矣。

[集评]

天藻蔚然，词人鲜及。（李攀龙《唐诗训解》）

肉好正匀，非但以骨气见拔厉，如王元美之所褒者。结入理语不酸，妙在一"才"字。（王夫之《唐诗评选》）

雄健有力，开盛唐一代先声。（沈德潜《唐诗别裁集》）

大境界亦写得宏壮。（黄叔灿《唐诗笺注》）

和晋陵陆丞早春游望①

杜审言②

独有宦游人③，偏惊物候新④。云霞出海曙⑤，梅柳渡江春⑥。淑气催黄鸟⑦，晴光转绿蘋⑧。忽闻歌古调⑨，归思欲沾巾⑩。

[注释]

①晋陵：古县名，在今江苏常州。陆丞：作者的朋友，时任晋陵县丞。②杜审言（646?~708?）：字必简，祖籍襄阳（今湖北襄阳），后迁巩县（今河南巩义西南）。唐代诗人、唐代近体诗的奠基者之一。咸亨年间进士，与崔融、李峤、苏味道合称"文章四友"，以五言律诗著称，格律严谨工整。有《杜审言集》。③宦游人：在异乡做官的人。④偏惊：特别敏感。物候：因四季变化而呈现的自然景象。⑤海曙：拂晓时的海边景象。⑥梅柳：梅花和杨柳。⑦淑气：暖和的天气。黄鸟：黄鹂。⑧蘋：水草，叶圆形，漂浮水面。此处化用江淹《咏美人春游》诗句"江南二月春，东风转绿蘋"。⑨古调：古时的曲调，此处指陆丞的诗《早春游望》。⑩沾巾：指流泪。

[赏读]

只有远离家乡的人才会对自然万物的变化如此敏感。红色云霞从海上升起，曙光照亮天地，红梅绿柳将春意从江南送到江北。温暖的春气引来黄莺清脆的歌唱，和煦的阳光让经冬的蘋转青变绿。这时忽然听到您歌咏的五言古调，不禁泪流满面，心头涌起归乡之情。

游子思乡，无论是在外求学、做官还是流浪，对家乡的那份挂念始终驻足心头。风起雨临夜，花开草青时，或是无意间听到的一句乡音、映入眼帘的一首小诗，都能敏感地触动那最柔软的沉在心底深处的思乡情。

这首唱和诗便是明证。久在他乡，对外界特别敏感，尤其关注天地间万事万物的细微变化。因为那意味着时间飞逝，意味着与故土久久分离。

云霞出、梅柳渡、淑气催、晴光转，这些江南特有的景象昭示了新春的蓬勃生机。身在江南的诗人领略了春天的万紫千红，想起北方的家乡还未沐浴春天的阳光，思乡之情油然而生。而陆丞的诗更勾起了诗人的乡情，自然心中感伤、热泪盈眶。

"吾祖诗冠古"，诗圣杜甫曾这样自豪地称赞自己的爷爷。确实如此，杜审言的五律颇有成就，该诗也被后人推崇为初唐五律第一。

[集评]

审言诗有工密处，如"淑气催黄鸟，晴光转绿蘋"……皆有味。（方回《瀛奎律髓》）

妙在"独有""忽闻"四虚字。（杨慎《升庵诗话》）

初唐五言律，杜审言《早春游望》《秋宴临津》《登襄阳城》……皆气象冠裳，句格鸿丽。初学必从此入门，庶不落小家窠臼。

初唐五言律，"独有宦游人"第一。（胡应麟《诗薮》）

"曙""春"一字一句，古人琢意之妙。起结意势冲盈。（陆时雍《唐诗镜》）

意起笔起，意止笔止，真自苏（武）李（陵）得来，不更问津建安。看他一结，却有无限。《过秦论》"仁义不施而攻守之势异也"结构如此，俗笔于此，必数千百言。（王夫之《唐诗评选》）

（首二句）警健。末二句指陆丞之诗，言陆怀归，并动己之归思也。（沈德潜《唐诗别裁集》）

"忽闻"字下得突绽，使末句精神透出。此诗起结老成警洁，中间调高思丽。（谭宗《近体秋阳》）

此诗以"惊"字作主，通首不离"惊"字意。细玩"独有""偏惊""忽闻"等字，俱得其神。"物候"二字作柱意。"云霞""梅柳"是物，"曙""春"是候，"淑气""晴光"是候，"黄鸟""绿蘋"是物。将"物候"二字完足，然后结出陆君原唱，自己伤春本意。（章燮《唐诗三百首注疏》）

首二句言与友皆在客中逢春，非在故乡，故因物候而惊心也。中四句赋"早春游望"四字。"云霞"句写早之景，"梅柳"句写春之景。五、六句，一写在陆而闻者，因春至而时鸟变声；一写在水而见者，因春至而渚蘋出水。一年容易，又值春光，正乡心撩乱之际，况闻陆丞之歌诗，声音感人，不觉归思沾巾矣。此诗为游览之体，实写当时景物。而中四句，"出"字、"渡"字、"催"字、"转"字，用字之妙，可谓诗眼。春光自江南而北，用"渡"字尤精确。（俞陛云《诗境浅说》）

吴北江曰：起句惊矫不群。（二至四句）吴曰：华妙。

此等诗当玩其兴象超妙处。（高步瀛《唐宋诗举要》）

纪昀：起句警拔，入手即撇过一层，擒题乃紧，知此自无通套之病，不但取调之响也。末收"和"字亦密。（李庆甲辑《瀛奎律髓汇评》）

蓬莱三殿侍宴奉敕咏终南山①

杜审言

北斗挂城边，南山倚殿前②。云标金阙迥③，树杪玉堂悬④。半岭通佳气⑤，中峰绕瑞烟⑥。小臣持献寿⑦，长此戴尧天⑧。

[注释]

①蓬莱三殿：指唐代大明宫内蓬莱、紫宸、含元三殿。奉敕（chì）：奉皇帝之命作诗。终南山：一名太乙，秦岭山峰之一，位于长安（今陕西西安）南。②倚：靠着。③云标：云端。金阙：指宫殿。迥（jiǒng）：深远。④树杪（miǎo）：树梢。玉堂：西汉宫殿，此处泛指宫殿。⑤佳气：

吉祥的气象。⑥中峰：主峰。瑞烟：五色祥云。⑦小臣：诗人自称。献寿：为皇帝祝寿。⑧尧天：称颂皇帝的统治像尧一样贤明。

[赏读]

北斗星高悬在长安城，终南山倚靠着蓬莱三殿。华丽精美的宫殿高耸云端，又像是悬挂在树梢上。终南山的半山腰飘浮着吉祥的气象，山峰中环绕着五色的祥云。小臣我向皇帝祝寿，祝永远生活在太平盛世。

皇帝过生日，全民共祝寿，诗人作诗献寿也在情理之中。奉命之作，命题作文，又是歌功颂德的主题，所以，诗的内容可想而知。不过，比起列队叩颂、恭祝皇上万岁万万岁的溜须拍马之作，作诗祝寿还是更高雅讲究些。

这首诗名为咏终南山，实为称颂皇帝大恩大德，并恭祝皇帝寿比南山。天上的"北斗"挂京城，远处的"南山"倚宫殿，意在称颂皇帝的神明和功德；"金阙迥""玉堂悬"，用雄伟壮观的皇城衬托了皇帝的高贵尊严；而"佳气""瑞烟"则是称颂皇帝德政下发达兴旺的景象。诗人运用诸多的比喻、借代，以自然界的万千气象勾连皇帝的丰功伟绩，形象生动，语言典雅，故而最后的祝愿也越发诚心诚意。

[集评]

蓬莱面山而京师上直北斗，此诗虽咏终南，实为蓬莱而作。以北斗发端者，言此宫上应列宿而下枕名山也。金阙玉堂依山而益壮，中峰半岭近君而更佳，故我持此以献寿而戴尧天于罔极也。（唐汝询《唐诗解》）

初唐五言律不用雕镂，然后人雕镂者正不能到，故曰"大巧若拙"。陈、杜、沈、宋，足以当之。诗咏终南而通说蓬莱，此应制体也。（沈德潜《唐诗别裁集》）

春夜别友人

陈子昂

银烛吐清烟,金樽对绮筵①。离堂思琴瑟②,别路绕山川③。明月隐高树,长河没晓天④。悠悠洛阳道⑤,此会在何年。

[注释]

①绮筵:丰盛富丽的酒宴。②离堂:分别的地方。琴瑟:两种乐器,此处指朋友欢聚宴会的音乐。③别路:去路,前途。④长河:天上的银河。没:消失。⑤悠悠:遥远。洛阳道:通往洛阳的道路。

[赏读]

明亮的蜡烛冒着青烟,手持酒杯坐在丰盛的酒席前。朋友分离,相对无言,在这离别的地方弹琴鼓瑟开心欢聚,分别后路途遥远山川阻隔。天将破晓,明月藏到了树后,银河消失在晨曦间。遥远的洛阳路途漫漫,下次相会不知在何年。

依依惜别,浓浓离情,离情别绪藏席中,心中愁绪对酒盅。一夜相聚,无言相向,转瞬间天已破晓。只不过,诗人黯然神伤,离情惆怅始终不散,往日的欢乐留在了记忆里,今日终将离别,未来的欢笑尚不知在何时。

这首诗围绕着分别,从饯别、临别到道别,展现了送别的全过程。而贯穿始终的是思别,是依依不舍的离情别绪。

[集评]

蒋仲舒以"明月"一联似秋夜,不知"隐"字内已有春在。或以八腰字皆仄为病,若将平声换去"隐"字,有何意味。(李攀龙《唐诗直解》)

此伯玉将之洛阳,饮饯于友人而作也。言彼张灯设席,丰美如此。故我思其堂之所有,念别路之间关,未忍遽去也。于是,月沉河没,天将旦矣。从此入洛,当以何年而续此会乎?(唐汝询《唐诗解》)

雄大中饶有幽细,无此则一笨伯。结宁弱而不滥,风范固存。(王夫之《唐诗评选》)

(此诗)从小谢《离夜》一首脱化来。(姚鼐《五七言今体诗钞》)

长宁公主东庄侍宴①

李峤②

别业临青甸③,鸣銮降紫霄④。长筵鹓鹭集⑤,仙管凤凰调⑥。树接南山近⑦,烟含北渚遥⑧。承恩咸已醉⑨,恋赏未还镳⑩。

[注释]

①长宁公主:唐中宗女儿,受恩宠得赐东庄别墅。②李峤(645~713):字巨山,赵州赞皇(今河北赞皇)人。唐代诗人。高宗年间进士,官至宰相、中书令。其诗多写景咏物,与苏味道并称"苏李",与苏味道、崔融、杜审言并称"文章四友"。有《李峤集》。③别业:此处指东庄别墅。甸:古时都城以外称郊,郊外称甸。④銮:帝王车驾。紫霄:天

空,是紫垣星座所在,古人认为此为天上帝王的居所。⑤长筵:形容官员众多,酒席排场大。鹓(yuān)鹭:比喻百官朝见皇帝时秩序井然。⑥仙管:优美的音乐。凤凰调:传说吹箫会吸引来凤凰,形容音乐美妙。⑦南山:终南山。⑧北渚(zhǔ):指渭水。⑨承恩:承受皇帝恩泽。咸:全都,普遍。⑩恋赏:留恋赏玩。镳(biāo):马嚼,此处指帝王车驾。

[赏读]

　　公主的别墅靠近碧绿的郊野,伴随着銮铃的鸣响声,皇帝的车马驾临此地。人数众多的官员随从端坐在长长的筵席两边,优美的音乐响起,凤凰和鸣、乐声飘扬。东庄的树郁郁葱葱,与终南山相接,东庄的浩渺水烟与远处的渭水相连。承皇帝之恩,筵席上大家都已醉倒,但留恋着东庄的美景都忘记了回返。

　　这是一首应制诗,描绘了皇帝驾临东庄别墅和宴饮的盛况,极尽铺陈豪华奢侈的皇室生活:皇帝如天子一样从天而降,跟随的官员随从浩浩荡荡。仙乐飘飘入耳,筵席盛况空前。别墅与终南山树木相接,与渭水烟霞相映。优美的别墅景色和美酒佳肴令人流连忘返,"恋赏"的人不忍离去。

　　诗人恰到好处地赞颂了皇帝的恩泽,在描绘豪华奢靡的宫廷生活的同时也形象地再现了东庄别墅的美景和气势。

[集评]

　　主之别业在野,故銮舆降乎紫宫而来幸也。于是开宴则百僚俱集,奏管则仙凤调音,盖以弄玉比公主也。且烟树朦胧,接乎山水,地极胜矣。是以群臣皆醉,大驾犹未能还宫也。(唐汝询《唐诗解》)

　　结见君恩无已。(沈德潜《唐诗别裁集》)

恩赐丽正殿书院赐宴应制得林字[①]

张 说

东壁图书府[②],西园翰墨林[③]。诵诗闻国政[④],讲易见天心[⑤]。位窃和羹重[⑥],恩叨醉酒深[⑦]。载歌春兴曲[⑧],情竭为知音[⑨]。

[注释]

①恩赐:受皇帝恩惠得到赏赐。得林字:因皇帝之命,诗人得到"林"字韵脚写成此诗,其诗四、六、八句尾的韵脚与"林"同韵。②东壁:星宿名,即飞马星座和仙女星座,相传此二星主管天下文人与诗章,此处代指丽正殿。③西园:三国魏时曹植召集文人学士于西园吟咏题唱,此处代指丽正殿。翰墨林:指文人墨客众多,如林木聚集在一起。④诗:指《诗经》。国政:国家政事。⑤易:指《易经》。天心:天道,指宇宙运行变化。⑥位窃:窃居高位担当重任,此处为诗人自谦。和羹(gēng):为羹汤调料,意为担宰相之职辅佐皇帝治理国家,典出《尚书·说命》中"若作和羹,尔惟盐梅"。⑦叨(tāo):承受。⑧曲:诗歌。⑨情竭:竭尽所能。知音:指皇帝知遇之恩。

[赏读]

东壁二星掌管着天下文章,文人墨客齐聚读经诵史。在丽正殿书院诵读《诗经》,听闻国家政事;讲读《易经》,明鉴天道变化。承蒙皇恩,我居如此高位,辅佐朝政治理国家,承受如此深厚的恩德就像喝醉了酒一样。宴会上载歌载舞春意浓,引来我作诗雅兴,一定竭尽所能,报答皇帝的知遇之恩。

开元年间，唐玄宗建丽正殿书院。开元十三年（725），命诗人为书院使，执掌儒臣的讲读经史等事宜。这是诗人参加书院宴会，奉皇帝以"林"字为韵脚之命而作的应制诗。

得皇帝宠幸，诗人不胜惶恐，所以，在皇帝出席的宴会上得皇帝之命作诗，感谢皇恩是必需的，因而诗人如此谦卑，反复叩谢，不停地感恩戴德。相比之下，对书院的描述则大气许多，贯天上地下，通今人古事，富典故传说，商治国之道，探自然之理，文人博学多闻的自负与自傲尽在其中。

[集评]

此美玄宗之好文也。夫既立书院，而又开宴其间，以诵诗讲易，真以六艺为囿矣。因言己才不称而窃和羹之重，复得侍宴而叨醉酒之恩。所以竭情于诗者，以天子知音也。诗盛开元，有以也夫。（唐汝询《唐诗解》）

张说五言律，才藻虽不及沈、宋，而声气犹有可取。（许学夷《诗源辩体》）

送友人

李 白

青山横北郭①，白水绕东城②。此地一为别③，孤蓬万里征④。浮云游子意⑤，落日故人情⑥。挥手自兹去⑦，萧萧班马鸣⑧。

[注释]

①横：横亘，绵延。②白水：清水，在阳光照射下呈白色。③一：一旦，一经。为别：作别。④蓬：蓬草，比喻在外的旅人。⑤游子：指友人。⑥故人：诗人自称。⑦兹：此。去：离开。⑧"萧萧"句：化用《诗经·车攻》诗句"萧萧马鸣"。萧萧，马鸣声。班，离群。

[赏读]

远望北城外，青山绵延；近观东城内，流水环绕。今日在此一别，朋友你将孤身远行。天上飘动的云朵，就像在外漂泊的游子；落日缓缓西下，那是故人惜别的情谊。挥挥手就此离别，嘶鸣的马儿也知道分别的痛。

这首送别诗集中于送别场景，但思路开合有致，收放自如。

远处的青山和近处的白水，构成了一幅今日离别的自然图景。未知的万里征程从脚下开始，而天上的浮云和西边的落日必将激发游子、故人此后的思念之情。远与近、现在与未来、此地与远方浑然一体。

分别令人伤感，朋友依依不舍，前程未卜难测，但面对壮阔的山水、高远的云日，胸襟自然也会坦荡开朗。

[集评]

不刻不浅，自是爽词。（李攀龙《唐诗直解》）

黯然消魂之思，见于言外。（唐汝询《唐诗解》）

三、四流走，亦竟有散行者，然起句必须整齐。苏、李赠言多唏嘘语而无蹶躄声，知古人之意在不尽矣。太白犹不失斯旨。（沈德潜《唐诗别裁集》）

首联整齐，承则流走而下。颈联健劲，结有萧散之致。大匠运斤，自成规矩。（爱新觉罗·弘历《唐宋诗醇》）

起句整齐。结得洒脱，悠然不尽。（胡本渊《唐诗近体》）

"浮云"一往而无定迹，故以此比游子之意；"落日"衔山而不遽去，故以此比故人之情。主客之马将分道，而"萧萧"长鸣，亦若有离群之感，畜犹如此，人何以堪。（王琦《李太白全集》）

首二句言送别之地，一别则"孤蓬万里"，"游子"之意，等于"浮云"，"故人"之情，难留"落日"，亦唯"挥手"作别，听班马之"萧萧"耳。盖后四句，则专叙送别之情也。（王文濡《唐诗评注读本》）

严羽评：五、六澹荡凄远，胜多多语。（《李太白诗醇》）

送友人入蜀

李 白

见说蚕丛路①，崎岖不易行。山从人面起，云傍马头生。芳树笼秦栈②，春流绕蜀城③。升沉应已定④，不必问君平⑤。

[注释]

①见说：听说。蚕丛：传说中蜀国国王的名字，此处代指蜀地。②秦栈：自秦入蜀在山上凿石架木开劈出的道路。③流：指锦江。蜀城：指成都。④升沉：官职的升降。⑤君平：指汉代隐士严遵，在成都以占卜为生。

[赏读]

听说蜀国的道路崎岖难行，山峰迎面拔地而起，云雾挨着马头飘浮。葱茏的树木遮蔽了入蜀的栈道，春天锦江的溪流环绕着蜀城流淌。人生官场的沉浮都已命中注定，何必再去问卦占卜呢。

　　送别友人，多抒发的是离情别绪，表达分别的不舍与离别后的怀念。但这首送别诗没有正面表达送别之情，而是将重点放到"见说"入蜀的路途遥远与艰难。入蜀的栈道险峻陡峭，行路崎岖难登，这其中的寓意不言而喻，入蜀的艰难路途正是坎坷的人生道路的写照。作者极力铺陈未来险恶的前路，寄托的便是对友人的关怀、惜别以及对友人未来命运的担忧。

　　很显然，友人入蜀并非乐事，可能是贬官亦或是发配，因而，诗人在送别的情绪外还有对友人的叹息宽慰：入蜀难，但入蜀后有芳树有春流，安心命运的安排，不必再悲叹。这首送别诗的情绪实在是错综复杂。

[集评]

　　用蜀事贴切。末二句达生之言。（李攀龙《唐诗直解》）

　　前四句一气盘旋。（查慎行《初白庵诗评》）

　　奇语传出"不易行"意。"笼秦栈""绕蜀城"，以所经言之。结用蜀人恰好。（沈德潜《唐诗别裁集》）

　　蜀中之栈道峡江，雄奇甲海内，惟李、杜椽笔足以举之。李诗上句言拔地高峰，忽当人而立，见山之奇也。万山环合，处处生云，马前数尺，即不辨径途，见云之近也。以雄奇之笔，状雄奇之景，是足凌驾有唐矣。（俞陛云《诗境浅说》）

　　（前二句）吴曰：起浑雄无迹。（三、四句）吴曰：能状奇险之景，而无艰深刻画之态。（后四句）吴曰：牢骚语抑遏不露。（高步瀛《唐宋诗举要》）

　　纪（昀）曰：一片神骨而锋芒不露。（同上）

次北固山下①

王湾②

客路青山外③,行舟绿水前。潮平两岸阔④,风正一帆悬⑤。海日生残夜⑥,江春入旧年⑦。乡书何处达⑧,归雁洛阳边。

[注释]

①次:停泊,到达。北固山:在今江苏镇江,北临长江。②王湾(693~751):洛阳(今河南洛阳)人。唐代诗人。先天年间进士,曾任荥阳主簿、洛阳尉等职。曾参与编撰典籍。其诗多歌咏江南山水。③客路:旅客前行的路。青山:指北固山。④潮平:涨潮时水与岸边持平。⑤风正:风顺。一帆悬:帆篷高挂。⑥残夜:黑夜将尽时。⑦江春:江上的春景。⑧乡书:家信。

[赏读]

客船驶近了北固山,漂行在绿水间。江潮涌涨与岸边齐平,水面变得无比开阔,和风习习,船帆高悬。望海口处黑夜已尽、红日初升,旧年虽未过去新春即将来临。报平安的家书不知如何投送,那北归的大雁肯不肯为我捎个信呀?

畅游青山绿水间,美景迷人眼。宽阔的江面上扬帆行船,黑夜将尽,旭日冉冉升起,江南的早春带来了崭新的气息。在这幅山水相伴、江海相连的图景中,动与静、夜与日、新与旧既对立又自然依存:气势壮阔的江面上匆忙的旅人轻舟漂浮,红日刺破了暗夜的天空,旧年已将过去,春天即将来临。

瞬息万变的大自然景致使人沉醉,海上日出、江中春意昭示着新生命的积极萌动,春回大地的新生机令人欣喜。只是客在异乡,旅途中的美景亮眼,心里仍然记挂着故乡洛阳,缕缕乡思系于空中飞过的雁阵:北归的大雁啊,能帮我捎个信儿,让家人知道我还安好吗?

[集评]

湾词翰早著,为天下所称最者,不过一二。游吴中作《江南意》诗云:"海日生残夜,江春入旧年。"诗人已来少有此句。张燕公手题政事堂,每示能文,令为楷式。(殷璠《河岳英灵集》)

何如"海日生残夜",一句能令万古传。(郑谷《卷末偶题》)

三、四,工而易拟,五、六,太淡而难求。(李攀龙《唐诗训解》)

盛唐句,如"海日生残夜,江春入旧年",中唐句,如"风兼残雪起,河带断冰流",晚唐句,如"鸡声茅店月,人迹板桥霜",皆形容景物,妙绝千古,而盛、中、晚界限斩然。故知文章关气运,非人力。(胡应麟《诗薮》)

徐充曰:此篇写景寓怀,风韵洒落,佳作也。"生"字、"入"字淡而化,非浅浅可到。(周敬 周珽《唐诗选脉会通评林》)

高奇与日月常新,非摹仿可得。(邢昉《唐风定》)

以小景传大景之神。(王夫之《姜斋诗话》)

江中日早,客冬立春,本寻常意,一经锤炼,便成奇绝。与少陵"无风云出塞,不夜月临关"一种笔墨。(沈德潜《唐诗别裁集》)

"潮平"一联写得宏阔,非复寻常笔墨。(黄叔灿《唐诗笺注》)

(前六句)纪(昀)曰:全是锻炼工夫。(高步瀛《唐宋诗举要》)

吴曰:精语妙绝。(同上)

苏氏别业①

祖咏②

别业居幽处③,到来生隐心④。南山当户牖⑤,沣水映园林⑥。竹覆经冬雪⑦,庭昏未夕阴⑧。寥寥人境外⑨,闲坐听春禽⑩。

[注释]

①苏氏:诗人的朋友。②祖咏(699~746):洛阳(今河南洛阳)人。唐代山水派诗人。开元年间进士,曾任兵部员外郎,后隐居。与王维等诗人交往密切,其诗与王维诗风格相近,多写山水风景与隐居生活,文笔淡雅别致、清新简洁。有《祖咏集》。③幽处:幽静清雅的地方。④隐心:隐居之心。⑤牖(yǒu):窗户。⑥沣(fēng)水:水名,渭水支流。⑦经冬雪:经过冬天仍未消融的积雪。⑧昏:阴暗。⑨寥寥:广阔、空旷。人境外:世俗以外。⑩春禽:春天的鸟。

[赏读]

苏氏的别墅坐落在清雅幽静之处,一到这里就让人心生归隐的念头。高耸的终南山与别墅的窗户遥遥相对,沣水水波荡漾映照着别墅的园林。翠竹上覆盖着尚未消融的积雪,还未黄昏庭院已幽暗一片。广阔的别墅远离人境,在这里听鸟语看花开,悠然闲坐。

文人雅兴,在远离人烟的郊野建屋筑园,尽享山水佳境、自然之美,也在俗世遭遇失意与苦闷之时保有一处疗愈内心创痛的精神寄托,诗人在别墅便有如此感慨。这里是清幽之所,有山为伴,与水相连,自然的山水荡涤了人心的浮躁与烦闷。翠竹覆雪，庭院隐秘，遮蔽光影的竹院阻隔了尘世的纷扰和侵袭。居于如此清幽之处犹如置身世外桃源，一切尘嚣抛诸脑后，人心沉静，当然由衷而发"隐心"。

心静自然凉，生归隐之心在于内心淡泊恬然，超凡脱俗。如果心系名利，便不会神往山水自然，即使身居幽静之地也只会更加焦躁不安，生怕错过了世俗的点滴气息。

[集评]

景趣幽绝。（陆时雍《唐诗镜》）

玉遮曰："生隐心"句有清致。（李攀龙《唐诗选》）

宛然仙境，使人神思清旷。（吴煊 胡昉《唐贤三昧集笺注》）

王一士曰：前以"幽""隐"二字伏根，以下俱描写幽隐。（刘文蔚《唐诗合选详解》）

吴曰：中四语极力出奇。（高步瀛《唐宋诗举要》）

春宿左省①

杜 甫

花隐掖垣暮②，啾啾栖鸟过③。星临万户动④，月傍九霄多⑤。不寝听金钥⑥，因风想玉珂⑦。明朝有封事⑧，数问夜如何⑨？

[注释]

①宿：宿值，官员在官署值夜。左省：门下省，杜甫时任左拾遗。②掖：门下省在禁中左侧，故称左掖或左省。垣：矮墙。③啾（jiū）啾：

鸟叫声。栖鸟：归巢的鸟。④万户：指皇宫。⑤九霄：九重天，此处代指宫殿。⑥寝：睡，安眠。金钥：锁钥美称。此处代指开宫门的锁钥声。⑦玉珂：马饰物，马铃。⑧封事：官员上书时将奏章密封后进呈。⑨数（shuò）：频频。

[赏读]

此诗作于诗人任职左拾遗期间，既要忠心尽职又不免小心谨慎，这种紧张感让诗人忐忑不安，整夜无眠。

黄昏，夜色将左省墙角边的花影渐渐吞没，鸟儿啾啾鸣叫着寻找归巢，笼罩在星光月色下的皇宫巍峨高耸。在此轮班值夜的诗人显然无暇享受，他一夜无眠。宫门闭合的锁钥声声声入耳，夜风刮过，还以为是马铃声叮当作响。如此彻夜难眠，盖因天明上朝要进奏章。进谏的责任重大，怎能不紧张？一次次地询问时间直到天明。

虽然官位并不显赫，但初为朝官的诗人还是满怀热诚。忠于职守兢兢业业，承担责任小心翼翼，两种情绪搅得诗人心事重重，寝卧不宁，折射出诗人一心报国的行为操守。

[集评]

此诗之妙，妙于将题劈头写尽，却出己意，得大宽转。

只起二句已尽题矣，何也？"掖垣"者，"左省"也。"暮"则应"宿"之候也，却于"暮"字上加"花隐"二字，补"春"字也。"啾啾栖鸟过"，言万物无不以时而宿也。如此十字，《春宿左省》已完矣。（金圣叹《唱经堂杜诗解》）

五、六是腹中有事，枕上猜疑，写得逼真。（黄生《杜诗说》）

赵汸曰：唐人五言，工在一字，谓之"句眼"。如此诗，三、四"动"字、"多"字，乃"眼"之在句底者。山谷云："拾遗句中有眼。"

篇篇有之。（仇兆鳌《杜诗详注》）

（末句）谏臣心事。三、四即景名句，而注释家谓民劳而星动，月属阴象，指女子小人。以峭刻深心测诗人敦厚之旨，一何可笑！（沈德潜《唐诗别裁集》）

仇云：自暮而夜而朝，叙述详明。而忠勤为国之意，即在其中。按三、四只是写景，而帝居高迥，全已画出。后四，本贴"宿"字，反用"不寝"二字，翻出远神，都无滞相。（浦起龙《读杜心解》）

"星临万户动，月傍九霄多"，是华贵语。（施补华《岘佣诗话》）

（前四句）仇曰：上四宿省之景。邵曰：三、四警句。

（五、六句）仇曰：下四宿省之情。（高步瀛《唐宋诗举要》）

（末两句）邵曰：结语忠爱殷殷。查曰：由薄暮到明朝，笔法一变。仇曰：自暮至夜，自夜至朝，叙述详悉，而忠勤为国之意即在其中。（同上）

"不寐（寝）"二句：赵彦材曰：两句主下句有对事而欲上，故听开门且想朝马之鸣珂也。（同上）

题玄武禅师屋壁①

杜甫

何年顾虎头②，满壁画沧州③。赤日石林气，青天江海流。锡飞常近鹤④，杯渡不惊鸥⑤。似得庐山路，真随惠远游⑥。

[注释]

①玄武禅师：一位僧人的法号。②顾虎头：东晋画家顾恺之的小名。

③沧州:水边,古时指隐士所居之地。④锡飞常近鹤:化用梁武帝时高僧宝志与白鹤道人斗法的典故。《高僧传》载,舒州潜山风光奇绝,梁高僧宝志与白鹤道人都想到那里隐居。梁武帝令他们各用法宝标记他们要的地方。白鹤道人先放鹤飞,宝志将锡杖抛向空中。当鹤飞至山时,锡杖已先立于山上。梁武帝遂命在鹤、杖所停之处修建道观和寺院。⑤杯渡:高僧乘木杯渡海。《高僧传》卷一〇:"杯渡者,不知姓名,常乘木杯渡水,因而为目。初见在冀州,不修细行。神力卓越,世莫测其由来。……至孟津河,浮木杯于水,凭之度河,无假风棹,轻疾如飞,俄而度岸,达于京师。"⑥惠远:东晋高僧,隐居庐山。

[赏读]

顾恺之何时在这里的墙壁上画了这幅隐士居处的风景画?画上红日映照石林,云气缭绕,青天与江海相连,水流不息。宝志和尚的锡杖飞过了白鹤道人的仙鹤,高僧乘木杯渡海,轻盈如飞而海鸥不惊。画面真切得如同置身于庐山中,真想随了惠远高僧一起去远游。

这首题壁画诗是诗人观赏玄武禅寺的壁画后所抒发的感受。开头的惊叹便点出了画作的精彩绝妙,红日与青天、石林与江海、云雾缭绕与水流浩荡、天与地、陆地与水波、动与静交织串连,营造出画作令人惊叹的雄壮气势。而锡杖与白鹤齐飞、横渡的木杯与发呆的海鸥逼真传神,禅味十足,给画面增添了灵动的线条和生命力。

典故迭出、精美生动的画作既是禅师高雅情趣的写照,也自然激发了诗人隐居遁世的思绪,而这股归隐的念头与诗人颠沛不定的生活和低落的情绪不无关联。

[集评]

三、四沧州之景逼真。后四句"尝(常)近""不惊""似得""真

随",俱以虚字写景。(王嗣奭《杜臆》)

以庐山比画,故曰"似";以惠远比僧,故曰"真"。(唐汝询《唐诗解》)

观画壁"似得庐山路",对禅师"真随惠远游"。岂惟山水如真,人物亦相随入画矣。一边赞画,一边赞禅师,凡题有主人,诗必照顾之,此唐贤不易之法也。(黄生《唐诗摘钞》)

通首总就题画命意。……盖睹此沧州远趣,忽如身与禅师一齐度世。既使此画此师,双超绝顶,而于己羁栖之愁,亦片时消释。(浦起龙《读杜心解》)

终南山

王 维

太乙近天都①,连山到海隅②。白云回望合③,青霭入看无④。分野中峰变⑤,阴晴众壑殊⑥。欲投人处宿⑦,隔水问樵夫⑧。

[注释]

①太乙:终南山主峰,也是终南山的别称。天都:天空,一说京都长安。②海隅(yú):海边,海角。③回望:回头望来时的路。合:聚集。④霭:云雾。⑤分野:古人将天上星辰的位置与地上州郡的区域相对应,称某地是某星的分野。中峰:太乙主峰。⑥壑(hè):山谷。殊:不同。⑦人处:有人居住的地方。⑧隔水:两山间的沟涧。樵夫:砍柴的人。

[赏读]

终南山高耸入云霄，山脉连绵直达海边。茫茫云海笼罩群山，远望，白云缭绕；近看，薄雾似有若无。登峰顶览胜，终南山山峦叠嶂，气势雄伟，峰谷错落有致，景致瞬息万变。终南山高深幽远，景色如诗如画，令人流连忘返，诗人寻思着投宿山中，隔日再游。

诗人隐居在终南山下，终日与山为伴，终南山的高峻幽深和千姿百态尽收眼底。这首诗以夸张的手法突出了终南山绵亘不绝的气势，又移步换景，以高低远近的不同角度，立体地呈现终南山的高大雄伟与多变画卷。无论是登顶远眺还是抬首仰望，都可以尽览山势的高峻和辽阔。不管是远望云海还是近观雾色，那迷蒙的云雾若隐若现，变幻莫测，让人似置身于缥缈迷人的仙境。

赏深山荒林，喜人迹罕至，更想寻宿再游，诗人游山乐山，难舍难离之情溢于言表。

[集评]

语不必深辟，清夺众妙。（刘辰翁《王孟诗评》）

"阴晴众壑殊"一语，苍然入雅。（陆时雍《唐诗镜》）

右丞不独幽闲，乃饶奇丽，但一出其口，自然清冷，非世中味耳。（邢昉《唐风定》）

是诗如在开辟之初，笔有鸿蒙之气，奇观、大观也。（徐增《而庵说唐诗》）

工苦，安排备尽矣。人力参天，与天为一矣。"连山到海隅"非徒为穷大语，读《禹贡》自知之。结语亦以形其阔大，妙在脱卸，勿但作诗中画观也，此正是画中有诗。（王夫之《唐诗评选》）

"欲投人处宿，隔水问樵夫"，则山之辽阔荒远可知，与上六句初无

异致，且得宾主分明，非独头意识悬相描摹也。（王夫之《姜斋诗话》）

"近天都"，言其高；"到海隅"，言其远；"分野"二句，言其大，四十字中，无所不包，手笔不在杜陵下。或谓末二句似与通体不配。今玩其语意，见山远而人寡也，非寻常写景可比。（沈德潜《唐诗别裁集》）

真能写出名山胜概。……右丞诗"合"字、"无"字，洵善状名山。（俞陛云《诗境浅说》）

（前四句）吴曰：壮阔之中而写景复极细腻。（五句）吴曰：接笔雄俊。（高步瀛《唐宋诗举要》）

寄左省杜拾遗①

岑 参

联步趋丹陛②，分曹限紫薇③。晓随天仗入④，暮惹御香归⑤。白发悲花落，青云羡鸟飞⑥。圣朝无阙事⑦，自觉谏书稀。

[注释]

①杜拾遗：指杜甫。当时杜甫任左拾遗。②联步：群臣朝拜皇帝时分为两行，左右二人同步而行。趋：小步疾行。丹陛：即丹阶、丹墀。③分曹：古时官署的分部。紫薇：指中书省。④天仗：朝会时引导百官的仪仗。⑤御香：朝会时殿上点燃的熏香。⑥青云：天空，此处指升官犹如青云直上。⑦阙：疏失。

[赏读]

文人求得仕途后的官家生活是什么样的呢？让诗人告诉你吧。

诗人在朝廷任中书省右补阙,与在门下省任左拾遗的杜甫是至交。两人同行上朝,分别侍立官中左右,各司其职。每天一早跟随仪仗进殿上朝,晚上身沾御香疲累而归。日复一日,千篇一律。时光飞逝白发生,仰望青天羡慕着那些自由高飞的鸟儿。圣上英明,我们这些谏官能做的真是越来越少了。

这样的官场值得羡慕吗?诗人语带反讽,感慨地告诉我们:在碌碌无为的官场,志向远大的人无法施展抱负,只能无奈地眼瞅着那些奸佞小人为非作歹。

诗人家世可谓显赫,家族中曾有三人任过相职,诗人自己也有志于为官尽忠,可身为谏官却无法直言劝谏、监察时政。将这种悲哀又无能为力的情绪如此曲笔委婉地道出,这应该只有当初力荐诗人担任右补阙之职的好友杜甫才能理解吧。

[集评]

写得雍容,有体有度,与子美《左掖》诗相敌。(李攀龙《唐诗直解》)

吴敬夫曰:多少规讽,寓于浑厚之中。(刘邦彦《唐诗归折衷》)

下半自伤迟暮,无可建白也。感叹语以回护出之,方是诗人之旨。(沈德潜《唐诗别裁集》)

气格苍浑,词旨温远,深得古人赠言之义,直堪与少陵旗鼓相当。(李因培《唐诗观澜集》)

纪曰:五、六寓意深微,末二句语尤婉至。圣朝既以为无阙,则谏书不得不稀矣。非颂语,乃愤语也。或乃缕陈天宝阙事驳此句,殆不足与言诗。(高步瀛《唐宋诗举要》)

吴曰:能茹咽怀抱于笔墨之外,所以为绝调。(同上)

登总持阁①

岑 参

高阁逼诸天②,登临近日边。晴开万井树③,愁看五陵烟④。槛外低秦岭⑤,窗中小渭川。早知清净理⑥,常愿奉金仙⑦。

[注释]

①总持阁:佛寺名,在终南山山腰。②逼:靠近。诸天:佛教认为天有分层,天外有天,为神佛所居。此泛指天空。③开:呈现。万井:指万家。④五陵:指长安。⑤槛:栏杆。秦岭:指终南山。⑥清净:佛教主张清静去欲,远离人间烦恼与罪孽。⑦金仙:佛像。

[赏读]

总持阁高耸逼近云天,登上楼阁好像伸手便可触到太阳。晴天时俯视长安,能看到村落原野、万家之树,烟霞迷蒙,令人愁思万千。扶栏俯视,终南山也显得矮小;靠窗眺望,渭水也变得细长。如果能早知佛教清净之理,真愿意常常修心养性侍奉佛像啊。

登高望远,壮美的景色令人心旷神怡。观天地万物,抒内心情怀,或咏思乡之情,或发济世之慨,写景与抒情就如此和谐地密不可分。在这首诗中,诗人身处终南山,登高望远,田园旷野、村落树木,长安的一切尽收眼底,映入眼帘的既有炊烟人迹,当然也会有坟冢死寂。

回首人世沧桑,诗人自然不无顿悟:即使是终南山、渭水,在天地间也显得如此渺小,何况人生如此短暂。因此,何不看淡世间烦扰,清净自我？内心空灵，自然胸襟广阔，如云开雾散般豁然开朗。

[集评]

参诗语奇体峻，意亦造奇。（殷璠《河岳英灵集》）

阁之高峻如此，心所归依，恨未悟清净理耳。若令早知此理，当不常侍金仙耶？（唐汝询《唐诗解》）

槛外觉秦岭之低，窗中见渭川之小。不但阁高眺远，要知三千大千世界，从法眼视若微尘，所以转到"清净"耳。（王尧衢《唐诗合解笺注》）

登高之作，须写其大者远者。此诗秦岭渭川，皆归一览。……唐诗远眺之作甚多，如杜审言之"楚山横地出，汉水接天回"，与岑诗意境同而句法不同。（俞陛云《诗境浅说》）

登兖州城楼

杜 甫

东郡趋庭日①，南楼纵目初②。浮云连海岱③，平野入青徐④。孤嶂秦碑在⑤，荒城鲁殿余⑥。从来多古意⑦，临眺独踌躇⑧。

[注释]

①东郡：兖州旧称。趋庭：古指儿子探望父亲、接受父教，语出《论语》"趋而过庭"。②南楼：兖州城楼名。初：开始，第一次。③海：指黄海。岱：指泰山。④青：青州。徐：徐州。⑤孤嶂：高峻的山峰，此处指峄（yì）山。秦碑：秦始皇东巡时于峄山上所立的功德碑。⑥荒城：指曲阜。鲁殿：东汉景帝之子鲁恭王所建的灵光殿，在今山东曲阜境内。

余:剩余。⑦古意:怀古之情。⑧临眺(tiào):登高望远。踌躇:此处指感慨。

[赏读]

来兖州探父的时候,第一次登上城楼放眼远眺。天上的浮云连着黄海和泰山,辽阔的原野直达青州和徐州。秦始皇时立的功德碑仍然屹立如高山,鲁恭王时修的灵光殿却只剩下了废墟。我从来就有怀古之情,登楼远望这一切,更是感慨。

唐玄宗开元二十年(732),诗人游历齐、赵,经过兖州时探望在此地任官的父亲。他登上兖州城楼极目远眺,只见高山险峻、平原广阔、浮云在天上翻腾,气势壮阔的万里山河让他心潮澎湃,而峄山上的功德碑和曲阜城内的灵光殿历经风雨侵蚀后的不同境况也令他感慨万千。千年风景依旧,千年人事全非,思古之情油然而生,万千感慨系于笔端。

这是诗人年轻时的诗作,作于科举不第之后,虽抒发了挫折之感,但更多的是年少轻狂,英气勃发。诗的首联起事,交代登楼"纵目";颔联写"纵目"天地自然,山海原野尽收眼底,构成了一幅空间立体的画面;颈联观古迹回首历史长河,串连古今引出思古之情;尾联回应登楼,叹人间兴衰更迭,发思古之幽情。构思纵横捭阖,严谨自然,诗意昂扬,境界阔大,气势雄浑壮美。

[集评]

此诗中两联似皆言景,然后联感慨,言秦、鲁俱亡,以"古意"二字结之,即东坡用《兰亭》意也。(方回《瀛奎律髓》)

曰"从来"则平昔怀抱可知,曰"独"则登楼者未必皆知。(赵汸《杜律五言注》)

秦王好大喜功,鲁恭好宫室,言之以讽,可谓哀而不伤矣。公诗实出

其祖审言《登襄阳城》，气魄相似。（桂天祥《批点唐诗正声》）

曰"在"曰"余"，见存者之无几；曰"多"曰"独"，见已志之超凡。（唐汝询《唐诗解》）

赵汸云：三、四宏阔，俯仰千里；五、六微婉，上下千年。张𬘡注：凡诗体欲其宏，而思欲其密。广大精微，此诗兼之矣。（仇兆鳌《杜诗详注》）

安雅妥贴，杜律中最近人者，故后人多摹此派。（爱新觉罗·弘历《唐宋诗醇》）

三、四写形势，五、六写古迹，下恰好接怀古。（沈德潜《唐诗别裁集》）

首二，点事；三、四，横说，紧承"纵目"；五、六，竖说，转出"古意"；末句仍缴还"登"字，与"纵目"应。局势开拓，结构谨严。（浦起龙《读杜心解》）

上句以齐鲁之境，东尽于海，岱岳在兖州之南，百里而遥，则望东北浮云，当连海岱。下句以兖州当齐鲁山脉垂尽处，其南则原田千里，块圠无垠，故云"平野入青徐"也。凡作登临怀古诗者，必山川之脉络形便了如聚米，乃可著笔。（俞陛云《诗境浅说》）

（前二句）对起出题。（三、四句）写远景承上纵目。（五、六句）写近景，开下古意。（末二句）纪曰：此工部少年之作，句句谨言。中年以后，神明变化不可方物矣。吴曰：此公少作，固已蹴踏初唐诸公。（高步瀛《唐宋诗举要》）

送杜少府之任蜀州①

王 勃②

城阙辅三秦③,风烟望五津④。与君离别意,同是宦游人⑤。海内存知己⑥,天涯若比邻⑦。无为在歧路⑧,儿女共沾巾⑨。

[注释]

①杜少府:诗人的朋友。少府,县尉,负责治安。之任:赴任。②王勃(650~676):字子安,绛州龙门(今山西河津)人。唐代诗人。王勃与杨炯、卢照邻、骆宾王合称"初唐四杰"。善作骈文,诗风清新质朴、高华爽朗。有《王子安集》。③城阙:城郭和宫阙,代指京城长安。辅:护卫。三秦:今陕西一带,楚霸王项羽灭秦后,分秦地为雍、塞、翟三国,故称。④五津:岷江上的五个渡口,白华津、万里津、江首津、涉头津、江南津,合称五津。此处代指蜀中。⑤宦游:在异乡做官。⑥海内:四海之内,天下。存:有。⑦天涯:天边。比邻:近邻。本联化用曹植《赠白马王彪》诗句"丈夫志四海,万里犹比邻"。⑧无为:不要。歧路:岔路,指分别的路。⑨沾巾:泪湿佩巾。

[赏读]

这是一首送别诗,但少有离别的伤感和哀怨,更多的是真挚的朋友情谊和志在四方的豪迈气概。

辽阔的秦中大地拱卫着京城长安,在城楼上远望蜀中,只见千里茫茫风烟。朋友即将远去蜀中,和同样客居异乡的诗人依依话别,想到与朋友此后相隔千里，惜别和关怀之情自不待言。但不等离情渐浓，诗人的笔锋迅速转向昂扬高远的情绪抒发：不要泪眼相向，不要不舍分手，"海内存知己，天涯若比邻"，只要知心懂心，再遥远的距离、再长久的离别都不是问题，真正的友情、知己，即使远隔天涯海角也心灵相通。

早慧才高的诗人胸襟开阔、达观，意气风发，渴望着建功立业。男儿当奋发，切勿儿女情长。这是对朋友的临别鼓励，也是在给自己加油打气。

[集评]

此是高调，读之不觉其高，以气厚故。（陆时雍《唐诗镜》）

此等作，取其气完而不碎，真律成之始也。其工拙自不必论，然诗文有创有修，不可靠定此一派，不复求变也。（钟惺 谭元春《唐诗归》）

慰安其情，开广其急，可作正小雅。（叶蓁《唐诗意》）

前四句言宦游中作别，后四句翻出达见，语意迥不犹人，洒脱超诣，初唐风格。（胡本渊《唐诗近体》）

此等诗，气格浑成，不以景物取妍，具初唐之风骨。（王尧衢《唐诗合解笺注》）

首句言所居之地，次言送友所往之处。先将本题叙明。以下六句，皆送友之词，一气贯注，如娓娓清谈，极行云流水之妙。大凡作律诗，忌支节横断。唐人律诗，无不气脉流通。此诗尤显。作七律亦然。后半首言得一知己，则千里同心，何须伤别。推进一层，不作寻常离别语。故三、四句言送别而况同是宦游，极堪伤感，正以反逼下文，乃开合顿挫之法也。（俞陛云《诗境浅说》）

（前二句）吴北江曰：壮阔精整。（三、四句）吴曰：起句严整，故以散调承之。（五句）吴曰：凭空挺起，是大家笔力。（末三句）姚（鼐）曰：用陈思《赠白马王彪》诗意，实自浑转。（高步瀛《唐宋诗举要》）

送崔融①

杜审言

君王行出将②,书记远从征③。祖帐连河阙④,军麾动洛城⑤。旌旗朝朔气⑥,笳吹夜边声⑦。坐觉烟尘扫⑧,秋风古北平⑨。

[注释]

①崔融:诗人的朋友。②行:将要。出将:派将出征。③书记:指崔融,时为节度使幕中书记官。远从征:随主将远征。④祖帐:在送别路上设立的酒席帷帐。⑤军麾:用于指挥的军旗。洛城:洛阳。⑥旌旗:战旗,此处指出征军队。朔气:寒气。⑦笳:即胡笳,古代管乐器,汉唐时常在军营中用作号令。边声:边界上的号令声。⑧坐觉:顿觉。烟尘:指战事。⑨北平:地名,治所在今河北一带。

[赏读]

皇帝派将出师远征,你作为书记官随军远行。路边为出征送别的酒席帷帐一眼望不到边,军旗浩荡轰动洛阳城。旌旗在早晨的寒气中飘扬,胡笳在夜晚的边境上回响。士气高昂军威震,等到秋天时,一定能平定北方边境。

依依不舍朋友离别,离愁别绪涌上心头,情深意重话友情,这样的送别诗不胜枚举。但朋友要出征,故而少有不舍的离情、告别的愁绪,诗人豪情万丈,气势激扬地送别随军出征边关的朋友。

壮行的酒席从京城延展到黄河边,军旗猎猎军威壮,送别的盛况空前,出征的队伍气势高昂。未来也许边地战事紧张、环境恶劣,晨起寒气逼人,入夜警报鸣响,但飘扬的战旗和清脆的号令声衬托了将士们战斗的信心和决心。诗中描画的是一幅高亢威武的出征图,充满了鼓舞士气的情怀和诗人对胜利的期盼。

[集评]

雄伟词妙。(李攀龙《唐诗直解》)

首联总叙其事,次记饮饯之荣,次写边庭之景,末则冀其成功也。"秋风古北平",言当秋而扫荡边尘,则复汉家之境土矣。(唐汝询《唐诗解》)

周敬曰:整而有致。(周敬 周珽《唐诗选脉会通评林》)

尾联寓意格。八句浑而峭。(黄生《唐诗矩》)

扈从登封途中作①

宋之问②

帐殿郁崔嵬③,仙游实壮哉④。晓云连幕卷⑤,夜火杂星回⑥。谷暗千旗出,山鸣万乘来⑦。扈从良可赋⑧,终乏掞天才⑨。

[注释]

①扈(hù)从:皇帝出巡时的护驾随从人员。登封:地名,在今河南登封。②宋之问(656?~712):字延清,汾州(治今山西汾阳)人。唐代诗人。上元年间进士,官至考功员外郎。与沈佺期齐名,有"沈宋"之称。其诗格律严整,音韵和谐,对律诗的发展与完善有所建树。有《宋之问集》。③帐殿:锦帐围成的临时宫殿,是皇帝出巡时的住地。崔

崼（wéi）：山势高耸险峻。④仙游：神仙出游，此处指皇帝出游。⑤卷：飘动。⑥夜火：夜间照明的灯烛。⑦万乘：皇帝的车驾。⑧良可赋：值得写诗。⑨乏：缺少。掞（yàn）天才：光芒照天的才华。掞，照耀。

[赏读]

帐幔围成的宫殿坐落在高耸的山上，皇帝出巡好似神仙游乐，排场实在壮观。清晨，云雾连同帐幕飘动翻卷，夜晚，烛火与星光遥相辉映。万千旗帜铺天盖地，山谷顿时变得幽暗，皇帝的车驾呼啸而来，山间轰鸣声不绝。随同皇帝出游应该赋诗歌咏，不过还是缺少了取悦迎合皇帝的才华啊。

皇帝出巡是大事，排场大，礼仪严，君临天下威风凛凛，随扈的文人们除了刻石记事，也要奉命作诗称颂皇恩。这首诗是诗人跟随皇帝去嵩山祭祀时于登封所作，再现了皇帝出巡时壮观威严的阵仗。白云与帐幕齐翻卷，烛火与星光相辉映，山谷因密集的旗帜而变暗，山中因无数的车驾而轰鸣。天上与山中、星烛与帐幕，天上人间景致难分，从白昼到黑夜，"千旗""万乘"气派壮观，诗人如此逼真、活灵活现地描画出皇帝如天子降临人间的显赫至尊的气势和祭祀的盛大场面。

极尽歌颂之余，诗人恭敬地自谦才华不足，无法写出更美的诗句来。当然了，以跪伏的姿态仰视君威，皇帝永远只会高高在上。

[集评]

首言仪卫之壮，次叙途中之景，末因献诗而自逊其才非扬雄也。"山鸣"暗用嵩呼语，妙。（唐汝询《唐诗解》）

周珽曰：气格高华，抒写之外别有隐秀。（周敬 周珽《唐诗选脉会通评林》）

壮丽之极，所谓即事即景。（谭元春《邹庵重订李于鳞唐诗选》）

气象冠冕。(徐用吾《唐诗分类绳尺》)

形容千乘万骑之侈,晓出夜回之久,而无一毫及于民事,可作唐之变小雅。(叶蓁《唐诗意》)

沉雄之作,落句未免意尽。(姚鼐《五七言今体诗钞》)

题义公禅房①

孟浩然

义公习禅寂②,结宇依空林③。户外一峰秀,阶前众壑深。夕阳连雨足④,空翠落庭阴⑤。看取莲花净⑥,方知不染心⑦。

[注释]

①义公:唐代高僧。禅房:僧人住所。②习:喜欢。禅寂:安心息虑,静寂中悟道。③结宇:结庐,造屋。④雨足:雨后。⑤空翠:苍翠的树荫。⑥莲花:荷花,比喻佛座。⑦不染:一尘不染。

[赏读]

高僧义公喜欢安心悟道,在空寂的林中建房筑屋静修参悟。屋外山峰挺秀,台阶前沟壑深邃。雨后夕阳斜照,树影遮蔽了庭院。看到洁净的莲花才明了他未受玷污的虔诚明净之心。

佛教在唐代很盛行,佛寺多隐于山林之中,僧人亦远离世俗,这与文人向往的隐士生活颇为相似,故文人与僧人有许多共同语言,双方也常常写诗唱和,频繁互动,文人也经常在僧人禅房挥毫题诗。这是诗人题写在高僧义公的禅房里的一首诗,表达了诗人对隐居生活的向往和艳羡。

僧人心系明净,静心悟道,因此生活远离尘嚣,义公的禅房便坐落在深山密林之中,在这里,可以仰视高山秀峰,可以俯瞰深幽山谷,夏日雨后的夕阳下,长长的树荫遮蔽下,院落更加幽暗宁静。灵动空净的生活,与尘世隔绝的寂静让人清净无欲。能在如此远离世俗的自然中潜心修行、安静度日,他的心灵必然洁净如洗、一尘不染。

[集评]

秀语可餐。(李攀龙《唐诗训解》)

此美义公之安禅也。养静非幽居不可。结宇空林而岩壑特胜,见其能禅寂也。夕阳带雨,空翠满庭,时景亦是清绝。若不染之心,则于莲花见之矣。(唐汝询《唐诗解》)

五、六为襄阳绝唱,必如此乃耐吟咏。一结入套,依然山人本色。(王夫之《唐诗评选》)

义公房前适有莲花,此时空庭雨过,苍翠欲滴,何等明净!看取此花之出污泥而不染,方知义公之禅心不染也。青莲所以喻法,故以比义公禅也。(王尧衢《唐诗合解笺注》)

王一士曰:前赞义公禅房,后赞义公禅心,总从空际设色。(刘文蔚《唐诗合选详解》)

玉遮曰:尽禅门清净况味。(王闿运《唐诗选》)

醉后赠张九旭[①]

高 适

世上漫相识[②],此翁殊不然[③]。兴来书自圣[④],醉后语尤颠[⑤]。

白发老闲事,青云在目前⑥。床头一壶酒,能更几回眠⑦。

[注释]

①张九旭:即张旭,唐代书法家,擅长草书,人称"草圣",且善饮,与李白、贺知章等人合称为"饮中八仙"。九,为其在家族兄弟中的排行。②漫相识:随意交往。③翁:尊称长者,此处指张旭。④兴:兴致。书自圣:书法自然达到神境。⑤颠:癫狂,狂放。张旭为人不拘小节,故被人戏称为"张颠"。⑥青云:青云直上,这里指唐玄宗召张旭为博士之事。⑦更:还能有。

[赏读]

世人都喜欢随意地结交朋友,但这位老翁不是这样。兴致来了他挥笔草书,醉酒后话语更加狂放不羁。头发已白只以悠闲为乐,直到最近才青云直上。床头放着一壶美酒,只是现在还能自在豪饮吗?

"饮中八仙"的名气在善饮、豪饮,他们的个性自然也狂放不羁,张旭也不例外。这首诗便是对张旭的性格刻画。他是人称"草圣"的书法奇才,不喜交游只钟情饮酒,尤其醉酒后更是癫狂,闲居自得其乐,好饮随心所欲,狂饮醉眠,孤傲独立。

对仕途不顺、心有所系的人来说,草圣如此悠闲自在的生活不免令人心生艳羡。只是,如张旭这样率性而为、悠闲度日的人也被皇帝"重用",那他还能像从前一样兴之所至、放浪形骸吗?

[集评]

蒋春甫曰:起语老,又不犯,难乎!(李攀龙《唐诗广选》)

起二句已托出张颠,举止性情真颠人,胸中异常斟酌。(李攀龙《唐诗直解》)

此美张旭之率真也。(唐汝询《唐诗解》)

通篇俱写赠意,而用意尤在起结。(王尧衢《古唐诗合解》)

只此二句,已将张旭举止性情托出。(王尧衢《唐诗合解笺注》)

起句后平列六句,格奇。(屈复《唐诗成法》)

世俗交谊不亲,而泛云知己,所谓"漫相识"也。(沈德潜《唐诗别裁集》)

玉台观①

杜 甫

浩劫因王造②,平台访古游③。彩云萧史驻④,文字鲁恭留⑤。宫阙通群帝⑥,乾坤到十洲⑦。人传有笙鹤⑧,时过北山头⑨。

[注释]

①玉台观:旧址在今四川阆中,一说在今江西南昌,唐高祖李渊的儿子李元婴所建。②浩劫:道家指宫观的台阶石基,此处代指玉台观。王:指滕王李元婴。③平台:西汉梁孝王所建,此处以平台比玉台观。④彩云:壁画上的云彩。萧史:古仙人,相传善吹箫,娶了秦穆公的女儿弄玉。数年后,萧史乘龙,弄玉跨凤,二人双双升天。⑤鲁恭:指西汉鲁恭王,他在扩建宫殿时在孔子旧宅的墙壁中发现了古文《尚书》。此处指玉台观上的题词。⑥宫阙:玉台观的殿宇。群帝:诸天之帝,道家认为诸天都有帝王。⑦乾坤:天地,此处指玉台观墙壁上的天下图。十洲:传说中仙人居住的海上十洲,即祖洲、瀛洲、玄洲、炎洲、长洲、元洲、流洲、

生洲、凤麟洲、聚窟洲。⑧笙鹤：笙乐鹤鸣。相传周灵王之子王子乔好吹笙，后骑鹤仙去。⑨北山：缑山，王子乔仙去的地方。

[赏读]

诗人登上滕王建造的玉台观，寻访古人足迹。只见壁画上，仙人萧史立在彩云中，石碑上，滕王序文历历在目，就像鲁恭王在灵光殿留下的文字。玉台观高耸入云直达天帝诸神之所在，殿宇中的壁画画出了十洲仙界的仙灵。传说有人听到过笙乐鹤鸣，那应该是王子乔骑鹤飞过北山吧。

文人走南闯北游历名山大川，既增加阅历又积累心得，故诗篇中访古抒怀之作比比皆是。寻访历史遗迹，凭吊古人古事，触景生情而抒发思古感今之情怀，正是这首诗的诗意所在。

诗人共有两首同名诗作，不同于另一首描写玉台观的雄伟壮美，这首诗重在写人、事，并充分运用传说、历史、典故，抒写玉台观的建筑、壁画的宏伟，阐释画面的寓意和碑文的精髓，除了准确描绘观内的精美装饰，更呼应了历史传说，将现实与过往虚实相交，烘托了玉台观虚渺似仙境的气氛。似真似幻，令全诗笼罩在飘逸的仙境之中。

不过，神仙毕竟是传说，得道成仙也只是虚妄，幻想一下就好啦，不必太当真。

[集评]

观为滕王所造。七律只就观言。此合到滕王也。一、二，点题。三、四，遗事。五、六，就形势放开。七、八，仍从人地收合。（浦起龙《读杜心解》）

观李固请司马弟山水图①

杜 甫

方丈浑连水②,天台总映云③。人间长见画④,老去恨空闻⑤。范蠡舟偏小⑥,王乔鹤不群⑦。此生随万物,何处出尘氛⑧。

[注释]

①李固:诗人的朋友。司马弟:李固弟,做过司马,一说诗人表弟。②方丈:又名方壶,古代传说中三座海上仙山之一。③天台:天台山,在今浙江东部,是佛教天台宗的发源地。④长见画:只在画中常见。⑤恨:遗憾。⑥范蠡:春秋时越国大夫,辅助越王勾践灭吴后隐居太湖。舟偏小:指船小不能同载共游。⑦王乔:即王子乔。鹤不群:指一只鹤只容王乔一人骑乘,不能与他一起升天。⑧尘氛:红尘俗世。

[赏读]

巍巍方丈山与茫茫大海连成一片,高高天台山总是若隐若现地藏在烟云中。在画作中常常见到如此仙山奇景,但遗憾的是,年岁渐老却不能亲自登临观赏。范蠡泛游太湖的船太小,不能与他同游;王子乔骑乘的仙鹤只有一只,无法与他一起升天。此生只能随万物而浮沉,有什么办法才能远离世俗之地呢?

这是咏画而生的感叹,诗人形象地赞美画师的画技高超,画中方丈仙山与海水相连,天台仙境在云烟中隐现,如此仙境无法亲临观赏,只能观画而神往了。入迷于画境,有心与范蠡同泛舟、与王子乔并鹤飞,心向仙境却无法成真,心中不禁哀怨。画面越逼真越美妙,诗人内心越是情绪低落,山水之胜景反衬了观画人的苦楚、悲愁,诗人生活的艰辛与无奈溢于言表。

生在俗世,只得随万物浮沉,想在神山仙境中超凡出尘而不得,只能无奈地空留遗憾,寄幻想在可看不可及的画面中而已。

[集评]

此章概言山水人物。见山水恨不能亲至其地,见人物又叹不能离俗而去。上下两段,各用一景一情,谓之虚实相间格。(仇兆鳌《杜诗详注》)

下两章,本全首题画也。仍处处见本意。此诗起二句,便含可望不可即意,正所云"绝岛孤"者也。故以"见画""空闻"申之。五、六,特借画上舟鹤,寻出入仙之径。结又用跌笔扬开,与上截应。此一结,因仙慨我。(浦起龙《读杜心解》)

旅夜书怀

杜 甫

细草微风岸,危樯独夜舟①。星垂平野阔②,月涌大江流③。名岂文章著④,官因老病休⑤。飘飘何所似⑥,天地一沙鸥⑦。

[注释]

①危樯:高耸的船桅。独夜舟:深夜停泊的孤舟。②垂:悬挂。平野:平坦的原野。③大江:长江。④文章:指诗赋。著:著称。⑤因:想必,应该。休:免去。⑥飘飘:漂泊不定,无依无靠。⑦沙鸥:比喻漂泊

的旅人。

[赏读]

寂静的月夜，微风吹拂，细草摇曳，星空下原野广阔，乘夜行舟，滔滔江水中的独桅孤帆显得凄清孤冷。

唐代宗永泰元年（765），辞去剑南节度使严武幕僚职务后，诗人携全家离开成都草堂，在旅途中写下了这首诗。

无官一身轻，辞官的诗人一路乘舟顺流而下，理应轻松自在。只是官宦生涯并不如意，望前路也是一片茫然。岂以文章而扬名，官至老年方病退，这与事实不符的反语更衬托出诗人的失意与不满。这漂泊无依的生活就像孤独飞翔的沙鸥一样居无定所。

人如细草般在暗夜中孤寂无靠，高远的星夜反衬出旅人的渺小无助，飘零的沙鸥应该最理解诗人的迷茫、郁闷：天地之大，江水之阔，哪儿才是我的归处？

[集评]

老杜夕、暝、晚、夜五言律近二十首，选此八首洁净精致者。多是中二句言景物，二句言情；若四句皆言景物，则必有情思贯其间。痛愤哀怨之意多，舒徐和易之调少。以老杜之为人，纯乎忠襟义气，而所遇之时，丧乱不已，宜其然也。（方回《瀛奎律髓》）

写景妙，传情亦妙。（李攀龙《唐诗直解》）

此叹生平不遇也。依岸而宿，就舟而居，星月之景远矣。因言名不当以文章著，今勋业不就而至于此。"官应（因）老病休"，顾不当以论事罢也。今此身漂泊，寄迹扁舟，正犹天地间一沙鸥耳。可慨矣夫。（唐汝询《唐诗解》）

周敬曰：写景妙，传情更妙。（周敬　周珽《唐诗选脉会通评林》）

"一沙鸥"何其渺,"天地"字何其大,合而言之"天地一沙鸥",作者吞声……飘飘天地,岂应竟似一沙鸥?此有怀莫诉,怪而自叹之辞。(黄生《杜诗说》)

七、八说得闲宽,而悲愤愈甚。(洪仲《苦竹轩杜诗评律》)

五属自谦,六乃自解。(仇兆鳌《杜诗详注》)

胸怀经济,故云:名岂以文章而著;官以论事罢,而云老病应休,立言之妙如此。(沈德潜《唐诗别裁集》)

起不入意,便写景,正尔凄绝。三、四,开襟旷远,五、六,揣分谦和,结再即景自况,仍带定"风岸""夜舟",笔笔高老。(浦起龙《读杜心解》)

是雄壮语。(施补华《岘佣说诗》)

此与李白之《夜泊牛渚》,同一临江书感。一则写高旷之意,一则写身世之感,皆气象干云,所谓李杜文章,光焰万丈也。首叙江上旅夜,先言泊舟之地,次及泊舟之人,而寥寂之景,已可想见。三、四言江干远眺,句极雄挺,与李白之"山随平野尽"二句,大致相似,而状以"垂""涌"二字,则意境全换。盖野阔则天幕四低,用一"垂"字,见繁星之直垂天尽处。用一"涌"字,见高浪驾空,挟月光而起伏。炼字精警无匹。以下皆书怀之句,言虽善文章,名不加显,况兼老病,官且应休。则声誉功名,两无所得。飘泊一身,直与江上沙鸥相等,宜怀抱难堪矣。沙鸥句兼有超旷之意,言身在天地间,如沙鸥飘然,一无系恋。(俞陛云《诗境浅说》)

(前四句)邵曰:警联不易得。杨曰:雄浑。(高步瀛《唐宋诗举要》)

(后四句)纪曰:通首神完气足,气象万千,可当雄浑之品。(同上)

黄白山曰：太白诗"山随平野尽，江入大荒流"，句法与此略同。然彼止说得江山，此则野阔星垂，江流月涌，自是四事也。（同上）

登岳阳楼①

杜　甫

昔闻洞庭水②，今上岳阳楼。吴楚东南坼③，乾坤日夜浮④。亲朋无一字⑤，老病有孤舟。戎马关山北⑥，凭轩涕泗流⑦。

[注释]

①岳阳楼：在巴陵（今湖南岳阳），紧邻洞庭湖。②洞庭：洞庭湖，在今湖南北部，长江南岸。③吴楚：春秋战国时，长江中下游一带属吴楚之地，辖地约在今湖南、湖北、安徽、江西、江苏、浙江等省。坼（chè）：裂开。④乾坤：天地，含星辰日月。⑤字：书信。⑥戎马：兵马，指战争。⑦凭轩：倚着栏杆。涕：眼泪。泗：鼻涕。

[赏读]

久闻岳阳楼的盛名，今天终于一偿夙愿，可以想见诗人一定心情愉悦。可是极目远眺，洞庭水分割了吴楚，天地日月在波涛中沉浮。触景生情，诗人思念起音讯全无的亲朋，叹息自己老弱困苦、居无定所。凭栏北望，更忧虑国家动荡，禁不住潸然泪下。

这首诗情景交融，悲喜交加，情绪波澜起伏。登临岳阳楼的喜悦，惊叹烟波浩渺的壮阔，触景生情思念亲朋，悲哀自身境遇，并由家及国，由个人的悲苦念及国家的命运，亲朋的安康、国家的安宁让忧国忧民的诗人悲伤难耐，涕泗横流。诗人的诗境广大，诗人的境界更阔大、胸襟更宏大。

岳阳楼久负盛名，文人墨客竞相吟诵赞美，而杜甫的这首登楼诗独步诗坛，传诵千古。

[集评]

岳阳楼天下壮观，孟杜二诗尽之矣。中二联，前言景，后言情，为诗之一体也。（方回《瀛奎律髓》）

过岳阳楼，观杜子美诗，不过四十字尔，气象闳放，涵蓄深远，殆与洞庭争雄，所谓富哉言乎者。（强幼安《唐子西文录》）

老杜诗凡一篇皆工拙相半，古人文章类如此。然后世学者，当先学其工者，精神气骨，皆在于此。《洞庭》诗云："吴楚东南坼，乾坤日夜浮。"语既高妙有力，而言东岳与洞庭之大，无过于此。后来文士极力道之，终有限量，益知其不可及。《洞庭》诗先如此，故后云"亲朋无一字，老病有孤舟"。使《洞庭》诗无前两句，而皆如后两句，语虽健，终不工。今人学诗者得老杜平慢处，乃邻女效颦者。（范温《潜溪诗眼》）

洞庭天下壮观，自昔骚人墨客题之者众矣。如"水涵天影阔，山拔地形高"（僧可明），"四顾疑无地，中流忽有山。鸟飞应畏堕，帆远却如闲"（许棠），皆见称于世。然未若孟浩然"气蒸云梦泽，波动岳阳城"，则洞庭空旷无际，气象雄张，如在目前。至读子美诗，则又不然，"吴楚东南坼，乾坤日夜浮"，不知少陵胸中吞几云梦也？（蔡绦《西清诗话》）

三、四句已画大观，后来诗人何处措手？（王嗣奭《杜臆》）

前半写景如此阔大，转落五、六，身事如此落寞，诗境阔狭顿异。结语凑泊极难，不图转出"戎马关山北"五字，胸襟气象，一等相称，宜

使后人搁笔也。（黄生《杜诗说》）

"昔闻""今上"，喜初登也。（仇兆鳌《杜诗详注》）

三、四雄跨今古，五、六写情黯淡，著此一联，方不板滞。孟襄阳三、四语实写洞庭，此只用空写，却移他处不得，本领更大。（沈德潜《唐诗别裁集》）

不阔则狭处不苦，能狭则阔境愈空。然玩三、四，亦已暗逗辽远漂流之象。赵汸曰：公此诗，同时惟孟浩然足以相敌。孟诗"八月湖水平，涵虚混太清"云云，愚按孟诗结语似逊。（浦起龙《读杜心解》）

"亲朋"句承"吴楚"句，"老病"句承"乾坤"句。（孙洙《唐诗三百首》）

此题宏大，读者试思如何起笔。少陵即从本题直说，昔闻洞庭之名，今登楼亲见之，开门见山。用对句起，雄厚有力。三句言洞庭为东南大泽，湖以南为楚地，北接大江，东下皆吴境，吴楚由此坼分。四句言巨浸接天，周环八百里。登楼四顾，似天地皆为浮动。二句包举洞庭气概。"坼""浮"二字，精炼而确。五、六句写登临之感，乱离身世。亲朋片札难通，而己则江湖孤棹，老病侵寻。况关山北望，戎马生郊，但有凭阑雪涕耳。（俞陛云《诗境浅说》）

（前四句）吴曰：壮伟前人所无。（高步瀛《唐宋诗举要》）

（后四句）黄白山曰：末以"凭轩"二字绾合登楼。查曰：岳阳之胜在洞庭，第一句安顿得好，三、四极开阔，五、六极黯淡，正于开阔处俯仰一身，凄然欲绝。（同上）

黄曰：一诗之中如"吴楚东南坼，乾坤日夜浮"，尤为雄伟。虽不到洞庭者，读之可使胸次豁达。（同上）

江南旅情

祖 咏

楚山不可极①,归路但萧条②。海色晴看雨③,江声夜听潮。剑留南斗近④,书寄北风遥⑤。为报空潭橘⑥,无媒寄洛桥⑦。

[注释]

①楚山:楚地的山,此处泛指南方的山。极:尽头。②归路:归乡的路。但:俱,都。萧条:冷落,寂寞。③海色:海上的天色。晴看雨:东海日出时,若无云雾遮挡、曙色鲜亮,便是下雨的征兆。④剑留:古人出游时随身带着书剑。南斗:星名,此处指南方吴地。⑤北风:北方,此处指洛阳。⑥为报:传报。空潭:指昭潭,在今湖南长沙附近。⑦媒:媒介,此处指送东西的人。

[赏读]

南方的山连绵不绝,一眼望不到尽头,归家的路上萧条冷落,寂寞难捱。日出时看到东海的天色想必天要下雨了,夜晚听到江水的涛声知道江潮要来了。羁留在南方无法回归,想投递书信给北方的家乡,可家乡是那么遥远。昭潭的橘子已经成熟收获了,也没人帮我送到洛阳。

居于江南,思念北方的家乡,回乡的路上归心似箭,故而诗人感到归路寂寞漫长,远方的家乡似乎遥不可及,天气时晴时雨变化莫测,江水涨落无常舟行难定,无奈看天色听潮声,归乡不能而满怀愁闷,而家信的阻隔更令在途旅人情绪跌宕。

羁留旅途,心系家乡,这首怀乡诗抒发了诗人对归家的殷切期待,思念之情浓得化不开,款款旅情婉转深厚。

[集评]

起洒而朗。(李攀龙《唐诗训解》)

谭云:"看"字属人说,妙,妙。报橘妙,妙。(钟惺 谭元春《唐诗归》)

杨慎曰:次联须亲历此景,方知佳趣。宗臣曰:起联洒而朗,颔联幽而雅,颈联奇而秀。(周敬 周珽《唐诗选脉会通评林》)

三、四秀稳,唐人正调。第五述情,使古语得警异。对语亦超。(卢麰 王溥《闻鹤轩初盛唐近体读本》)

八句重一"寄"字,后人以"赠"字易之,然唐人只欲句格之老,正不琐琐避忌,但后人不可为法也。(黄生《唐诗摘钞》)

(前四句)吴曰:雄阔。(五、六句)吴曰:研练。(高步瀛《唐宋诗举要》)

宿龙兴寺[①]

綦毋潜[②]

香刹夜忘归[③],松清古殿扉[④]。灯明方丈室[⑤],珠系比丘衣[⑥]。白日传心净[⑦],青莲喻法微[⑧]。天花落不尽[⑨],处处鸟衔飞。

[注释]

①龙兴寺:在今湖南零陵附近。一说在楚州(治今江苏淮安)。

②綦（qí）毋潜（692~749）：字孝通，荆南（今湖北荆州）人。唐代田园山水诗人。开元年间进士，曾任右拾遗、著作郎等职，后隐居游历江淮一带。其诗自然典雅，诗风与王维相近。③香刹（chà）：香火旺盛的佛寺。④扉：门扇。⑤方丈室：圣人居所，此处指住持或长老居住的禅房。⑥珠：念珠。比丘：梵语，乞讨之人，后称和尚。⑦传心：传授佛家心法。⑧青莲：与佛教有关的事物，此处指佛经。微：精微。⑨天花：天女散花。

[赏读]

游览香刹龙兴寺，美景让人流连忘返。夜色中的寺庙里，青翠的松树在风中敲打着殿门。方丈的禅室里灯火通明，僧人手捻念珠诵读经文。传授佛法使人心如白昼般明净，讲解佛经令人像青莲那样洁净无邪。天女在诸佛前散花，花落而不着身，就被仙鸟叼衔而飞去。

诗人游览香刹，天黑而留宿龙兴寺，因而窥见了外人不常看到的僧人活动与生活。与白日香烟缭绕、香客往来的嘈杂环境不同，夜晚的寺院清静安逸，方丈室内，穿比丘衣的僧人们捻珠诵经，传授着佛家心法，讲法的人和听法的人心神虔诚专一，如白昼阳光般明净，像青莲般洁净无邪。

目睹僧人佛心清净的举止，诗人乐而忘返，听法入迷，神往意会而无法言传的禅意，借"天花乱坠"的佛经故事，刻画了僧人说法理、论佛法，一心礼佛的专注与诚心，将高妙的佛法精神夸张地形象化，极富艺术感召力。

[集评]

何景明曰：词意浑沉，足悟禅趣。蒋一梅曰：工出自然，天趣特逸。（周敬 周珽《唐诗选脉会通评林》）

三、四用事入化，结尤神合禅理，诗只此不堕蔬笋气。（王夫之《唐

诗评选》)

(五、六句)上句由净得传,下句由喻得微,然上可及,下不可及。奇丽松动,使读者兴逸神往。(谭宗《近体秋阳》)

严敬礼曰:披读一过,如入清净世界,足使尘虑都除。(卢籗 王溥《闻鹤轩初盛唐近体读本》)

王遮曰:无刻炼,无脂粉,渐近自然。(王闿运《唐诗选》)

破山寺后禅院①

常 建②

清晨入古寺,初日照高林③。曲径通幽处,禅房花木深④。山光悦鸟性⑤,潭影空人心⑥。万籁此俱寂,惟闻钟磬音⑦。

[注释]

①破山寺:即兴福寺,建于南齐,在今江苏常熟虞山北。禅院:僧侣的居所。②常建(生卒年不详):长安(今陕西西安)人。唐代诗人。开元年间进士,曾任盱眙(今江苏盱眙)尉,后隐居。其诗淡雅质朴,山水田园诗意境清幽,边塞诗幽愤惆怅。有《常建集》。③初日:早晨的太阳。④花木深:花木茂密处。⑤山光:山间的光彩。鸟性:鸟类好动的本性。⑥潭影:景物在潭水中的倒影。空人心:使人的世俗欲望消除。人心,人的世俗的欲望。⑦钟磬(qìng):僧人念经时敲击的乐器,由铜或铁制成。

[赏读]

咏寺的诗不少，却少见将视角聚焦在不为人关注的禅院的诗，这首诗就在有些神秘的僧侣们居住的地方大做文章。

幽深空明，全诗准确形象地刻画出禅院的这种境界：你看，清晨的古寺清新亮丽，初升的太阳照进了茂密的树林，沿着弯曲的小径前行，小路尽头隐约可见掩映在花木丛中的禅房。你听，除了小鸟喜悦的鸣唱，打破静谧的只有寺中念经时有韵律的钟声磬音。万籁俱寂中，这不时传来的钟声磬音把禅院衬托得愈发空静。

未见人影，只见山鸟飞越；未闻喧嚣，只闻天籁神音。在这山光潭影的空灵之境，内心不由得平静空明，世间的一切俗念顿失。

[集评]

建诗似初发通庄，却寻野径，百里之外，方归大道。所以其旨远，其兴僻，佳句辄来，唯论意表。（殷璠《河岳英灵集》）

吾尝喜诵常建诗云："竹（曲）径通幽处，禅房花木深。"欲效其语作一联，久不可得，乃知造意者为难工也。（欧阳修《欧阳文忠公集》）

唐诗有"竹（曲）径通幽处，禅房花木深"之句，欧阳文忠公爱之，每以语客曰："古人工为发端，心虽晓之，而才莫逮。欲仿此为一联，终莫之能。"以文忠公之才，而谓不能，诗盖未易识也。（释惠洪《冷斋夜话》）

三、四不必偶，乃自成一体。盖亦古诗、律诗之间，全篇自然。（方回《瀛奎律髓》）

万籁俱寂，惟闻钟磬之音，非六尘无染之时乎？（唐汝询《唐诗解》）

孟诗淡而不幽；常建"清晨入古寺""松际露微月"，幽矣。（胡应麟《诗薮》）

诗家幽境，常尉臻极，此犹是其古体也。（邢昉《唐风定》）

解人为诗，不横作诗之见于胸，随所感触写来，自然超妙，读此益信。（王仲儒《历代诗发》）

但写幽情，不着一赞美语，而赞美已到十分。（屈复《唐诗成法》）

鸟性之悦，悦以山光，人心之空，空因潭水，此倒装句法。通体幽绝，欧阳公自谓学之未能，古人虚心服善如是。（沈德潜《唐诗别裁集》）

为寺中深静处，故首二句点题外，以下六句，愈转愈静。三、四句在诗律亦可不作对语。由幽径至禅房深处，惟有鸟声潭影耳。鸟多山栖，而写鸟性用一"悦"字；水令人远，而写人心用一"空"字。名句遂传千古。末句惟闻钟磬，所谓静中之动，弥见其静也。（俞陛云《诗境浅说》）

纪曰：兴象深微，笔笔超妙，此为神来之候。（高步瀛《唐宋诗举要》）

《苏东坡题跋》（卷二）《书常建诗》曰："竹（曲）径通幽处，禅房花木深"，欧阳公最爱重，以为不可及。此语诚可人意，然于公何足道？岂非厌饫刍豢，反思蠃蛤耶？皆作"通"不作"遇"。（同上）

题松汀驿①

张　祜②

山色远含空③，苍茫泽国东④。海明先见日⑤，江白迥闻风⑥。鸟道高原去，人烟小径通⑦。那知旧遗逸⑧，不在五湖中⑨。

[注释]

①松汀驿：在今江苏太湖附近。②张祜（hù）（782？~852）：字承吉，清河（今河北清河）人，一说南阳（今河南南阳）人。唐代诗人。

始居姑苏（今江苏苏州），终身浪游不仕，隐居丹阳（今江苏丹阳）。其诗轻巧流畅，寓意深远。有《张承吉文集》。③含：连接。④苍茫：迷茫旷远。泽国：低洼多水之地。⑤先见日：东南近海，最早见到日出。⑥江白：江上涌起白色浪花。⑦小径：小路。⑧遗逸：被朝廷遗忘的文人雅士。⑨五湖：此处指江南吴地。

[赏读]

诗人终身未仕，浪迹名山大川，寻访同道中人，这首诗是诗人漫游途中题于松汀驿墙壁上。

远远望去，山色与蓝天连在一起，地上河湖沟渠纵横，白茫茫水色连片。东南近海最早见到日出，江上浪花迎风翻滚。松汀驿位于交通要道，这里山路险峻，只在村落小道处方见人烟。山水天地间，不知那些隐居的故交老友现如今人在何处。

诗中描绘了吴地的风光美景：群山连绵，山与天相接，河湖成片，水色苍茫。风急浪涌，江水滔滔，山势险峻，小路弯弯，这美景高低错落，远近尽览，好似一幅怡人的山水诗画，画出诗人爱山爱水的特质。遗憾的是，山水美景中未见故人老友，寻隐士不得，只能客居驿舍，这山水风景图上便留下了点滴淡淡的忧愁。

[集评]

三、四景妙，余亦平。（李攀龙《唐诗直解》）

李梦阳曰：此作音响协而神气王。蒋一梅曰：似金山寺作较胜。唐汝询曰：次联峻爽，在四虚字。（周敬 周珽《唐诗选脉会通评林》）

庄雅有盛唐风格。（王仲儒《历代诗发》）

玉遮曰："海明"句彩绝，警绝。（王闿运《唐诗选》）

唐云：质净浑雄，结更含蓄，大历以前语。（《汇编唐诗十集》）

圣果寺①

释处默②

路自中峰上③,盘回出薜萝④。到江吴地尽⑤,隔岸越山多⑥。古木丛青霭⑦,遥天浸白波⑧。下方城郭近⑨,钟磬杂笙歌。

[注释]

①圣果寺:寺名,在今浙江杭州附近。②释处默(生卒年不详):婺州兰溪(今浙江兰溪)人。唐末诗僧。早年于兰溪出家,常与诗僧贯休论诗唱和,后在庐山、九华山等地寺庙住过,其后不知所终。③路:往圣果寺的道路。中峰:主峰。④盘回:曲折蜿蜒。薜(bì)萝:指藤蔓植物薜荔和女萝,也常比喻隐士僧人住处。⑤江:指钱塘江。⑥越:春秋时越国地域,在今浙江境内。⑦青霭:青色的云雾。⑧浸:淹没。⑨下方:山下。城郭:城镇村落。

[赏读]

山间有去圣果寺的道路,沿路蜿蜒曲折,植物缠绕。登顶俯瞰,钱塘江边就是吴越的分界点,对岸便是越国的山峰。满山的古木树林笼罩在青色的云雾中,江中白浪滚滚水天一色。望山下,城池村落尽收眼底;听寺中,阵阵钟磬声与城内的笙歌混成一片。

佛寺往往坐落于高山上,那里人烟稀少,隐僻清静,寻寺便常常需要登山高攀,所以,登山访寺既可访道问佛,也能欣赏沿途风景,可谓一举两得。

诗人身为僧人，漫游中寻访各地寺庙也是寻常之举，许是佛家之人，他对圣果寺并没太多着笔，而是将视角放在访寺过程中沿途所见的风光景象。登山之路盘旋迂回，藤蔓满布，登顶后俯视山下，只见钱塘江蜿蜒曲折，这里曾是吴越两国的分界线。参天古树、滔滔江水、绵绵山峰，这些山水树木曾经见证了当年的风霜雪雨。

登高望远，抚今思古，由远及近，辽阔高远的自然风光彰显出恢宏壮美的气势。而耳边传来的钟磬声与笙歌声将诗人从自然的心旷神怡中拉回到现实人世中，清寂宁静的佛地与喧扰繁闹的市井俗世是否终究还得共存于同一个时空？

[集评]

唐人探物之作，惟右丞最深，他皆影响。独此出比丘之口，无一语及禅，落句又俗人所不肯道，然则右丞固词坛之佛祖，处默为祗园之俗僧与！（唐汝询《唐诗解》）

只写寺景，不入粗禅语。一结纯净生色，僧诗第一首。足与李季兰《寄兄》作为格外双清。（王夫之《唐诗评选》）

一、二圣果寺，中四皆所见景，结尘世喧闹，是言寺之所嫌在此，而语气浑然不露。较"吴越到江分"各有好处，又无一语及禅。结句俗人亦不肯道。（屈复《唐诗成法》）

玉遮曰：即境殊切，而语自出人意表。（王闿运《唐诗选》）

唐云：尚存盛唐风骨。（《汇编唐诗十集》）

野 望

王绩①

东皋薄暮望②,徙倚欲何依③。树树皆秋色④,山山惟落晖⑤。牧人驱犊返⑥,猎马带禽归⑦。相顾无相识,长歌怀采薇⑧。

[注释]

①王绩(585~644):字无功,号东皋子,绛州龙门(今山西河津)人。唐初诗人。隋末官至秘书省正字,唐初为太乐丞,后弃官隐居。嗜酒,有"斗酒学士"之称,其诗也常以酒为题材。其诗平淡清雅,多写闲情逸致的田园生活,诗风酷似陶(渊明)体。有《东皋子集》。②东皋(gāo):在今山西河津,诗人当年隐居地。薄暮:黄昏,天将暗。③徙(xǐ)倚:彷徨,徘徊。④秋色:树木凋敝衰败的景象。⑤落晖:落日余晖。⑥犊(dú):小牛,此处泛指牛羊等牲畜。⑦猎马:猎人所骑的马。禽:鸟兽等猎获物。⑧采薇:指希望遇见自己崇敬仰慕的人,语出《诗经·召南·草虫》:"陟彼南山,言采其薇,未见君子,我心伤悲。"薇,一种野菜,又称野豌豆。

[赏读]

驻足东皋望暮色,心中彷徨不安不知何往。秋色浓郁天色暗,树上黄叶凋落,山头落满余晖。牧人赶着牛羊往家返,猎人带着猎物骑马归。都是匆匆过客不相识,只能引吭高歌独自伤感。

隋末时,诗人隐居东皋。时势动荡,诗人心境复杂,内心苦闷彷徨,无所依托。黄昏野游,行走在乡间原野,望远山树木,满眼凋敝瑟索的秋色气象,心情更是低落。秋阳洒下余晖,暮色中,猎人满载、牧人归家,好一派安逸祥和的田园牧歌景象,但这终究无法排解诗人心中孤独无依的愁闷,寂冷抑郁之忧由心而发。

秋山暮树,清冷而黯淡,触景生情,匆匆过客皆是路人,诗人难寻知己,内心空落,只有伤感地自我安慰。

[集评]

亡国之悲见于言外,惟以"采薇"稍露本旨。(唐汝询《唐诗解》)

旧传四声,自齐、梁至沈、宋,始定为唐律。然沈、宋体制,时带徐、庾,未若王绩剪裁锻炼,曲尽情玄,真开迹唐诗也。(周端朝《周氏涉笔》)

五言律前此失严者多,应以此章为首。通首只"无相识"意,"怀采薇",偶然兴寄古人也。说诗家谓感隋之将亡,毋乃穿凿!(沈德潜《唐诗别裁集》)

此诗格调最清,宜取以压卷。视此,则律中之起承转合了然矣。(王尧衢《唐诗合解笺注》)

送别崔著作东征[①]

陈子昂

金天方肃杀[②],白露始专征[③]。王师非乐战[④],之子慎佳兵[⑤]。海气侵南部[⑥],边风扫北平[⑦]。莫卖卢龙塞[⑧],归邀麟阁名[⑨]。

[注释]

①崔著作：即崔融，曾任著作郎。②金天：指秋天，因秋天属金。③白露：二十四节气之一，在阳历9月8日左右。专征：专门征讨，古代指征讨不服天子教化的地方。④王师：朝廷军队。乐战：好战。⑤之子：指崔融等人。⑥海气：海上云雾。侵：侵染。⑦边风：北方的风，此处指军力强大。北平：幽燕地方。⑧卖：丢失。卢龙塞：古代军事要塞，在今河北境内。⑨归邀：希求。麟阁：指麒麟阁，是帝王表彰功臣的地方。

[赏读]

深秋时节秋风肃杀，白露天凉，将士们即将出征。王师是为了保卫疆土并非好战，你们切记要谨慎用兵。面对敌人来犯，定要士气旺盛战斗力强，迅速平定战乱。千万不要丢了卢龙要塞，立下战功再凯旋。

朋友出征打仗，诗人赠诗壮行，没有唏嘘的惜别，也无慷慨激昂的战斗宣言，有的是征战的建议和用兵的计策。他告诫朋友们，王师并非好战之师，所以要慎重出征，谨慎用兵，而一旦为捍卫疆土挥师发兵，就要运筹帷幄，充分熟悉敌我形势。军纪严整，士气高昂，军威势如破竹，便没有战胜不了的敌人。不为贪图虚名而无谓牺牲，也不奢求无功受赏。

外出征战必然希冀得胜而还，诗人也是如此，他期许胜利，语重心长地叮嘱朋友，想象着朋友建立战功、凯旋获赏的情景。关心与祝愿之意深厚美好，积极豪迈的气势溢于言表。

[集评]

蒋春甫曰：杜审言亦有送崔诗。杜诗庄，此诗活；杜诗祝，此诗规。（李攀龙《唐诗广选》）

"方""始"二字，引下有力。（李攀龙《唐诗直解》）

此因则天有事于边，故送著作而以息兵为讽。言时虽利于专征，然战非王者得已，吾子慎无以佳兵为也。若妖氛未灭，扫荡之而已，岂可卖卢龙之策以要爵赏哉！当偃武修文而图形于麟阁耳。(唐汝询《唐诗解》)

唐云：赏不期要，名当勉立，谆谆以好杀为戒，而勉之以威望服远，可作大雅。(叶蓁《唐诗意》)

诗意以"慎佳兵"为主。(沈德潜《唐诗别裁集》)

陪诸贵公子丈八沟携妓纳凉晚际遇雨（其一）①
杜 甫

落日放船好②，轻风生浪迟。竹深留客处③，荷净纳凉时④。公子调冰水⑤，佳人雪藕丝⑥。片云头上黑，应是雨催诗⑦。

[注释]

①贵公子：富贵人家的子弟。丈八沟：水名，深一丈、宽八尺，是唐初在长安开凿的人工河道。②放船：行船。③竹深：水边竹林茂盛的地方。④净：清净。纳凉：乘凉。⑤冰水：在水中放冰作为冷饮。⑥雪：揩，拭。⑦雨催诗：因下雨而激发诗兴。

[赏读]

太阳落山了，正好乘船纳凉；轻风拂来，水面荡起微波。竹林深处是留客的好地方，荷叶清净正适合乘凉。公子们用冰调制冷饮，歌妓们去掉莲藕的白丝。这时，头顶聚起了黑云，天要下雨了。太好了！这下激起了作诗的雅兴。

诗人早年困居长安，有时也不得不陪伴一些招摇的贵公子。这些公子哥儿无所事事，整天与歌舞女吃喝玩乐，还要附庸风雅，显得自己有文采、会欣赏，于是，诗人便负起吟诗助兴的"责任"来。

这首诗抒写了落日后的美好景色和恬淡幽静的生活。太阳落山了，正是纳凉的好时机，微风拂面水波涟漪，坐上船任小船轻轻荡漾，船上游人的心情惬意自得。船靠近了竹林深处，荷花清新明净，夏日的炎热瞬间消散，令人顿感清凉、舒适。落日轻风、绿林粉花，宜人的景致加上调冰饮的公子与除藕丝的歌舞佳人，一幅闲适爽快、色彩鲜艳的风景图画如在眼前。

大家正陶醉在自然美景中，不料乐极生悲，突然黑云压顶，风雨欲来，公子歌女一定慌了手脚。唯有诗人处惊不变，这正是作诗的好时机啊。

[集评]

仇云："轻""迟""深""净"四字，诗眼甚工。（浦起龙《读杜心解》）

结语稚气。（同上）

陪诸贵公子丈八沟携妓纳凉晚际遇雨（其二）

杜 甫

雨来沾席上①，风急打船头。越女红裙湿②，燕姬翠黛愁③。缆侵堤柳系④，幔卷浪花浮⑤。归路翻萧飒⑥，陂塘五月秋⑦。

[注释]

①沾：沾湿。②越女：指南方女子。③燕姬：指北方女子。翠黛：古

时女子用黛青色颜料画眉。④缆：系船的绳子。系：打结拴住。⑤幔：游船上的帐幔。⑥翻：反而。萧飒：萧索，冷落。⑦陂塘：池塘，此处指丈八沟。五月秋：雨后天凉，五月天却像秋季般凉爽。

[赏读]

雨来了，雨点打在船上，沾湿了座席，接着狂风暴雨扑打船只。船上歌女的红裙立即变得湿漉漉，佳人们皱着眉头不知所措。冒雨靠岸系牢缆绳，船上的帐幔早已失落水中，随着浪花翻卷。大家扫兴而归，但雨后的五月天就像秋天一样凉爽惬意。

这首诗重在描写"遇雨"。风劲雨急，水中的小船显然经不住狂风骤雨的突然侵袭，雨湿座席风打船，小船摇晃不定，帐幔落入水中，被雨水淋湿了衣裙的歌女们狼狈地愁眉苦脸。

乘兴出游，败兴而归，与前诗的风平浪静、开心快乐相反，这首诗借突如其来的风雨写出了公子歌女的窘境。

只是诗人的感受未必如此，风雨欲来时他诗兴先起，风雨过后他的心情依然大好。雨后的空气更加清新凉爽，这风雨岂不来得正是时候？

[集评]

二首相为首尾。以云、雨为过脉，而"归路萧飒"与"放船好"相照，故下"翻"字。（王嗣奭《杜臆》）

三、四，亦似合掌率句。（浦起龙《读杜心解》）

宿云门寺阁[①]

孙逖

香阁东山下[②],烟花象外幽[③]。悬灯千嶂夕[④],卷幔五湖秋[⑤]。画壁余鸿雁[⑥],纱窗宿斗牛[⑦]。更疑天路近[⑧],梦与白云游[⑨]。

[注释]

①云门寺:建于晋安帝时期,故址在今浙江绍兴云门山。②香阁:指云门寺。东山:即云门山。③烟花:繁华的景象。象外:尘世以外。④千嶂:群山,指山峰连绵不绝。⑤幔:帐幔。五湖:此处指云门山周围的湖泊。⑥画壁:寺院墙壁上的绘画。余:剩下。⑦斗牛:星宿名,即二十八宿中的斗宿和牛宿,因在天空中的南方,故古代常以此代指今天的江浙一带。⑧天路:云路。⑨白云游:乘白云遨游。

[赏读]

云门寺坐落在云门山下,这里繁花盛开美如仙境。夜晚灯火通明,群山更显幽暗,风卷帐幔,秋色正浓。寺庙中的壁画大多剥落,只剩鸿雁图清晰犹在,纱窗外繁星满天,斗牛星高挂云天。此情此景令人感觉天路近在眼前,梦中也跟随着白云遨游太空。

留宿寺庙,所见所闻皆与凡尘闹市迥异。这里距俗虑杂念更远,离清净寡欲更近,俯瞰河湖水更清,仰望天空星更明。诗人星夜居高临下,云门寺周围群山绵绵,秋色宜人,美景宛如仙境,及天的高山更让人飘飘欲仙,心生登天之梦想。驾白云遨游太空虽是夸张,但当繁星近在眼前,仿佛伸手可摘，那么，步天路而上，腾云驾雾与白云结伴而游便是再自然不过的事了。

诗人因夜晚所见"烟花"美景而诗兴大发，以开阔的眼界营造了一幅灵动高旷的"象外"诗境，而"白云游"的梦境又何尝不是诗人在尘世现实中的内心映射呢？

[集评]

多写高意。（李攀龙《唐诗广选》）

因阁之高，而疑与天路相近，故思梦与云游。（唐汝询《唐诗解》）

刻炼深奇，束结完好，虽于人为脍炙，而知味者不百一也。疑者未梦，不必梦也，而因以生梦。语虽玄寥，自有来去；无来去而玄寥者，为狂而已。（王夫之《唐诗评选》）

从登阁直起，以下就阁中近视远眺，俯视仰瞻，总以形容阁之高古。字字贴切，绝无泛语。（王文濡《唐诗评注读本》）

写景欲阔大。初唐景语，无出三、四二句之上。通篇形容寺阁之高，却不露"高"字，笔意可想。（黄生《唐诗摘钞》）

"千嶂夕""五湖秋"承"象外幽"言之。五言寺之古，六言阁之高。（沈德潜《唐诗别裁集》）

中二联分承"象外幽"说。结更进一步，便有呼吸通帝座之意。中二联写景分远近。前六句是见寺阁之高，乃梦也，直与白云为侣，更疑天路从此可升至，高更何如！（佚名《唐诗从绳》）

吴曰：句句精湛，乃盛唐炼句之法。（高步瀛《唐宋诗举要》）

秋登宣城谢朓北楼[①]

李 白

江城如画里[②],山晚望晴空[③]。两水夹明镜[④],双桥落彩虹[⑤]。人烟寒橘柚,秋色老梧桐。谁念北楼上,临风怀谢公[⑥]。

[注释]

①宣城:今安徽宣城。谢朓北楼:在宣城北陵阳山上,是南齐诗人谢朓任宣城太守时所建,又称谢公楼、北楼。②江城:指宣城。③山:指宣城北部的陵阳山、敬亭山。④两水:指环绕宣城的宛溪、句溪,在城东合流。⑤双桥:宛溪上的凤凰、济川两桥。⑥谢公:即谢朓。

[赏读]

山色渐晚时,登楼眺望原野、晴空,只见江边的城池美丽如画,两条溪水环绕宣城,水色明亮如镜,溪上两座桥就像天上的彩虹。炊烟燃起,橘林柚林寒意更浓,秋色萧瑟,梧桐树更显苍老。谁能想到,在萧瑟秋风中,有人会登上北楼怀念谢公呢?

诗美如画,这首诗便描画了一幅美不胜收的宣城秋景,登高远望,傍晚的江城晴空万里,环绕城池的溪水,在阳光照耀下清亮平静,水上的桥梁如彩虹落入人间,橘柚林寒、梧桐叶黄,深秋凉意袭人。流动的水波,美妙的桥影,苍老的树林,斑斓的色彩,画出了动静相宜、远近相连、山环水抱的深秋景致。

山光水色,叶老枝残,浓郁的秋意中临风怀古,还有谁记得谢朓这位诗人呢？诗人仰慕谢朓，多次游历宣城，面对前辈歌咏过无数次的风光美景，诗人自然满怀感慨与愁思，只是苦于满腹心思无处诉说罢了。

[集评]

"寒""老"二字孤清。（李攀龙《唐诗直解》）

盖言调谐古人而世之知己者寡也。（唐汝询《唐诗解》）

五、六清老秀出，是天际人语。（陆时雍《唐诗镜》）

（前四句）二联俱是如画。（后四句）人家在橘柚林，故"寒"；梧桐早凋，故"老"。（沈德潜《唐诗别裁集》）

"寒"字、"老"字，实字活用，是炼字法。（胡本渊《唐诗近体》）

（前四句）吴曰：刻划鲜丽，千古常新。（五、六句）沈曰：二联俱是如画。吴曰：苍老峭远。（高步瀛《唐宋诗举要》）

临洞庭①

孟浩然

八月湖水平②，涵虚混太清③。气蒸云梦泽④，波撼岳阳城⑤。欲济无舟楫⑥，端居耻圣明⑦。坐观垂钓者⑧，徒有羡鱼情⑨。

[注释]

①临：靠近。②湖水平：湖水与岸齐平。③涵虚：水映天空。混：混合。太清：天空。④气蒸：云气蒸腾。云梦泽：古代云泽、梦泽的合称，在今湖北云梦。⑤岳阳城：在今湖南岳阳，位于洞庭湖东岸。⑥济：渡。舟楫（jí）：泛指船只。楫，船桨。⑦端居：闲居。耻：惭愧。⑧垂钓者：

钓鱼的人，比喻已有官位之人。⑨羡鱼：表示诗人出世之愿，语出《淮南子·说林训》："临渊羡鱼，不若归而结网。"

[赏读]

  八月的洞庭湖水涨满堤岸，水面浩渺广阔，天地共一色。云气蒸腾笼罩云梦古泽，波涛汹涌震撼岳阳古城。诗人目睹洞庭湖烟波浩渺、辽阔雄壮的气势，感叹万千。

  诗人因京城求仕未果而失望南下，站在洞庭湖边眺望宽广的湖水，感受天与地浑然一体的壮观气势。但洞庭湖浩瀚壮阔、渺远宏大的气魄填不平诗人内心的不满，空有抱负而无从施展的郁闷让心中的怨怼倾泻而出：想渡河却无船可乘，一身才华却无人赏识；耻于在家闲居，一心报国却苦无机会创出一番事业。只有坐而旁观湖边垂钓的人，羡慕着那上钩的鱼儿。

  这首诗是诗人送给时任丞相的张九龄，含蓄委婉、不失清高地希望得到荐用。古代文人热衷入世，以治国平天下为抱负，但未必皆得偿所愿。孟浩然终身未入官场，他借山水诗表达干谒之渴，抒解求仕之苦，山水诗成了他这种心情的强烈写照。

[集评]

  余尝谓祢衡不遇，赵壹无禄，其过在人也。及观襄阳孟浩然罄折谦退，才名日高，天下籍甚，竟沦落明代，终于布衣，悲夫！浩然诗，文彩葺茸，经纬绵密，半遵雅调，全削凡体。……无论兴象，兼复故实。又"气蒸云梦泽，波动（撼）岳阳城"，亦为高唱。（殷璠《河岳英灵集》）

  予登岳阳楼，此诗大书左序毬门壁间，右书杜诗，后人自不敢复题也。刘长卿有句云："叠浪浮元气，中流没太阳。"世不甚传，他可知也。（方回《瀛奎律髓》）

  浑浑不落边际。三、四惬当，浑若天成。（陆时雍《唐诗镜》）

钟云：此诗，人知其雄大，不知其温厚。（钟惺　谭元春《唐诗归》）

唐云：气势在"蒸""撼"二字。（刘邦彦《唐诗归折衷》）

孟浩然以"舟楫""垂钓"钩锁合题，却自全无干涉。（王夫之《姜斋诗话》）

此作力自振拔，乃貌为高，而格亦未免卑下。宋人之鼻祖，开天之下驷，有心目者，当共知之。（王夫之《唐诗评选》）

"欲济无舟楫"二语感怀已尽，更增结语，居然蛇足，无复深味。（毛先舒《诗辩坻》）

"蒸"字、"撼"字，何等响、何等确、何等警拔也。（王士祯《然灯记闻》）

前半何等气势，后半何其卑弱。（屈复《唐诗成法》）

起法高浑，三、四雄阔，足与题称。读此诗知襄阳非甘于隐遁者。语云："临渊羡鱼，不如退而结网。"意外望张公之援引也。（沈德潜《唐诗别裁集》）

（前四句）吴曰：壮阔。（高步瀛《唐宋诗举要》）

（后四句）吴曰：唐人上达官诗文多干乞之意，此诗收句亦然，而词意则超绝矣。（同上）

纪曰：以望洞庭托意，不露干乞之痕。（同上）

过香积寺①

王 维

不知香积寺,数里入云峰。古木无人径②,深山何处钟。泉声咽危石③,日色冷青松。薄暮空潭曲④,安禅制毒龙⑤。

[注释]

①过:访。香积寺:又名开利寺,在今陕西西安南。②人径:人行的小路。③咽:形容泉水流过石间发出的声音。危石:高而险的山石。④曲:水湾。⑤安禅:打坐入定,安定禅心。毒龙:佛经中的凶猛动物,此处指人心中的杂念。

[赏读]

香积寺在哪里?入山数里仍未见寺的踪影,只见云峰高耸,古木参天,不见人影的羊肠小径蜿蜒曲折,耳闻从山的更深处不知哪里隐约传来了悠扬的钟声。

寻访香积寺而不得,诗人在深山中徘徊。流过石间的泉水悦耳低吟,照进松林的阳光阴凉清冷。这里远离尘嚣,清净空明。在清澈如空的潭边安心打坐,俗世间的一切杂念皆难侵入身心。

深山寻古寺,一心向佛行,诗人寻访香积寺的过程也是寻悟禅意、心灵净化的过程。不知在何处的寺庙、深山中的云峰古木让诗人久久迷茫困惑,是否前行犹豫不决。隐约而无法捕捉的钟声、蜿蜒隐蔽的小径唤起了诗人困顿的灵魂,寻不见方向而失望的同时也激起了他禅心前行的勇气。在暮色笼罩的潭边打坐，在幽静的山中顿悟佛门真谛：一心守禅，荣辱不惊。

[集评]

顾与心曰：幽深本色语，不杂一句，洁净玄微，无声无色。（李攀龙《唐诗广选》）

"古木"二句幽而浑，中晚人有此法，多失于卑。（李攀龙《唐诗直解》）

三、四似流水，一似双立，安句自然，结亦不累。（王夫之《唐诗评选》）

起用"不知"二字，便见往时未到，今日方过，幽赏胜情，得未曾有，俱寓此二字内。（黄生《唐诗摘钞》）

幽处见奇，老中见秀，章法、句法、字法皆极浑浑，五律中无上神品。（同上）

"咽"与"冷"见用字之妙。（沈德潜《唐诗别裁集》）

"泉声"二句，深山恒境，每每如此。下一"咽"字，则幽静之状恍然；著一"冷"字，则深僻之景若见，昔人所谓诗眼是矣。（赵殿成《王右丞集笺注》）

王孟诗，皆清微淡远之音。天风海涛，一变而为吹花嚼蕊。作诗者心境不同，诗格随之而异，各臻其妙也。此诗写赴寺道中山景，在题前盘绕。先言行云峰数里，尚未到寺。三、四句言此数里中，古木夹道，寂无人迹，惟闻钟声出林霭间，而不知闻根在何处，有天际清都之想。与常建之"惟闻钟磬音"同一静趣。五句言山泉遇危石阻之，乃吞吐盘薄而下，以"咽"字状之。六句言烈日当空，而万松浓荫，但觉清凉，以"冷"字状之。非特善写物状，兼写山中闻见，清绝尘寰。末句归到山寺，言龙归潭静，见禅理高深也。常建过破山寺，咏寺中静趣，此咏寺外幽景，皆

不从本寺落笔。游山寺者,可知所着想矣。(俞陛云《诗境浅说》)

(前四句)吴曰:幽微复邈,最是王、孟得意神境。(高步瀛《唐宋诗举要》)

送郑侍御谪闽中①

高 适

谪去君无恨②,闽中我旧过③。大都秋雁少④,只是夜猿多⑤。东路云山合⑥,南天瘴疠和⑦。自当逢雨露⑧,行矣慎风波⑨。

[注释]

①郑侍御:诗人的朋友。谪(zhé):官员被降职或外放。闽中:今福建。②君:指郑侍御。恨:抱怨,遗憾。③旧过:以前去过。④大都:大部分。⑤猿:闽地多山,故猿猴多。⑥东路:长安到闽中的路线。云山合:山高入云端。⑦瘴疠(zhàng lì):瘴气和瘟疫。和:消失,平静。⑧雨露:皇帝的恩泽。⑨慎:小心谨慎。风波:仕途变故。

[赏读]

不要抱怨把你贬谪到边远的闽中,我也去过那里。那里少见秋天的大雁,但夜里常听闻猿猴的啼叫。闽东山高入云,南部瘴气瘟疫也不多。你会重新得到皇帝恩宠的,此行要小心谨慎多保重。

朋友遭贬谪流放,将去偏远的南方,前路茫茫,想必心情惶恐沉郁。诗人也曾遭遇过仕途的失意坎坷,自然同情、理解朋友心绪,因此劝慰朋友不必计较自己的功名得失、职位升降,更以自己曾经的闽中经历开导朋友:那里的气候没有那么寒冷,所以大雁不多;因为山多,故而夜间还能听到猿猴的啼叫;那里的山峰高耸入云,瘴气瘟疫也不似传说中吓人,所以大可放心前往。

这番宽慰概括起来就是:首先,闽中是个不错的地方;其次,前途光明,耐心等待。诗人真心关怀、苦口婆心,只是不知对朋友是否奏效。毕竟是因为贬谪远赴陌生之地,内心的精神伤痛岂是几句劝说就能消解的?

[集评]

周云:语语陡健,却又浅深,所以为盛唐。(郭濬《增定评注唐诗正声》)

周珽曰:不事刻画,精悍奇特。(周敬 周珽《唐诗选脉会通评林》)

第五句悲思无限。(王夫之《唐诗评选》)

(四句)雁少猿多,正言旅思不堪也。(末句)忠厚。(沈德潜《唐诗别裁集》)

秦州杂诗①

杜 甫

凤林戈未息②,鱼海路常难③。候火云峰峻④,悬军幕井干⑤。风连西极动⑥,月过北庭寒⑦。故老思飞将⑧,何时议筑坛⑨。

[注释]

①秦州:治今甘肃天水。②凤林:凤林关,在今甘肃境内。戈未息:战争未停止。③鱼海:地名,又名鱼龙川,在今甘肃西部。④候火:烽

火。古代边疆筑有瞭望高台，遇敌情时点火报警。云峰：云层堆积形如山峰。⑤悬军：深入敌后的孤军。幕井：有盖的水井，此处指军营中的水井。⑥连：连同。西极：西部地区。⑦北庭：北庭都护府，此处泛指西北边地。⑧故老：边城老人，诗人自称。飞将：西汉名将李广，此处代指大将郭子仪，他当时被陷害罢官。⑨议：议论，商量。筑坛：筑坛拜将。

[赏读]

凤林的战事尚未停息，鱼海的道路行军困难。战场上的烽火浓烟升天堆积形如一座座山峰，孤军深入敌后处境艰难，连水井都干枯了。北风呼啸撼动西部边区，寒冷的边地连月色都冷寂清寒。好怀念飞将军李广啊，何时才能筑坛拜将平定边患呢？

唐肃宗乾元二年（759），因为替宰相房琯辩护，诗人被贬为华州司功参军，从此远离长安。弃官流寓秦州期间，诗人写作了《秦州杂诗》共二十首，本诗是其中第十九首。

兵荒马乱，民不聊生，诗人对世事纷乱深感忧心。边地战事未息，道路因此阻隔，报警的烽火遮蔽了天空，久旱的土地连水井都已枯竭。战争带来的祸害使民众苦不堪言，冷月寒风令生活更加艰困。乱世思定，忧国忧民的诗人心痛不已，颠沛流离的生活遭遇让诗人更加渴望平息战火、安定生活。家徒国乱何时安？也许只有李广那样的带兵神将才能平定边患，给民众带来安定生活的希望。

那又去何处才能找到今天的飞将军呢？

[集评]

时郭子仪以鱼朝恩谮，罢归京师，故以筑坛望之。（沈德潜《唐诗别裁集》）

后半明顶西陲，并暗笼全势矣。左瞻右瞩，眼盼登坛。笔飞墨舞，至是乃包裹完密耳。曰"连西极",则烽燉之连延而起者,不止西极也。曰"过北庭",如所云发金微以戍中原者,皆过北庭而来也。外攘内宁,思一举以奠四国。忠诚蕴结,情文旁畅。至哉诗乎,观止矣!(浦起龙《读杜心解》)

禹 庙①

杜 甫

禹庙空山里,秋风落日斜。荒庭垂橘柚②,古屋画龙蛇③。云气生虚壁④,江声走白沙⑤。早知乘四载⑥,疏凿控三巴⑦。

[注释]

①禹庙:为纪念大禹治水而建,在今四川忠县。②橘柚:传说大禹治水时在今四川广种橘柚以利民生。③龙蛇:大禹治水时征服了危害民众的龙蛇猛兽,《孟子·滕文公》言"(禹)驱蛇龙而放之菹",使蛇龙不再兴风作浪。此处指禹庙壁上的龙蛇图画。④虚壁:岩壁。⑤走:冲刷。⑥乘四载:大禹治水时使用的四种交通工具,即水行乘舟、陆行乘车、泥行乘輴、山行乘樏。⑦疏凿:疏水路、凿山崖。三巴:指巴郡、巴东、巴西,在今四川。

[赏读]

大禹庙建在空阔的山中,秋风中落日斜照大殿。荒凉的庭院中缀满了橘子和柚子,古屋的墙壁上还残留着龙蛇的画像。大禹当年开凿的岩壁上云气升腾,滚滚江水携带着沙石依旧奔流不息。早已听闻大禹乘着四种交通工具治理水患，疏河道、凿山崖让三巴大地水流顺畅。

唐代宗永泰元年（765），诗人出蜀东下时，游览了禹庙。凭吊历史遗迹，诗人一定满怀感慨。远古时的大禹广种橘柚以利民生、驱龙蛇猛兽为民造福，大禹治水更是功盖千秋，造福了子孙后代。而今日的大禹庙空旷寂寥，庙外云气绕岩壁、江水裹白沙。大禹疏水凿崖通三巴，其壮举与气势青史留名。

江山依旧人事非，秋风中，落日斜照下的大禹庙而今只留荒庭、古屋，诗人心中不免冷落悲凉。而叙庙内外所见，见闻大自然云气江声，诗人感受的是大禹治水的磅礴气势。既是历史典故又是现实所见的"橘柚""龙蛇"歌咏的是大禹的丰功伟绩。思历史观现实，诗人对大禹为民造福的千古功名慨叹不已、景仰有加。

[集评]

凡唐人祠庙诗，皆不能出老杜此等局段之外。二诗（《禹庙》《重过昭陵》）盖绝唱也。（方回《瀛奎律髓》）

意气荒愁，结追念禹功得体。（李攀龙《唐诗直解》）

"荒庭"二句用事入化处。然不作用事看，则古庙之荒凉，画壁之飞动，亦更无人可著语，此老杜千古绝技，未易追也。（胡应麟《诗薮》）

谭云："声走"妙！钟云：蜂声曰"游"，江声曰"走"，痴人前说不得。（钟惺　谭元春《唐诗归》）

四十字中，风景形胜，庙貌功德，无所不包；局法谨严，气象宏壮，是大手笔。（仇兆鳌《杜诗详注》）

"龙蛇""橘柚"，宋人亦知其用本事，不知其妙在无迹，极镜花水月之趣，学者悟此，乃得使事三昧法。（爱新觉罗·弘历《唐宋诗醇》）

末意乘四载以治水，早知之矣，若疏凿遗迹，必亲至三巴，始知控引

之方也。(沈德潜《唐诗别裁集》)

起笔便有神灵森爽之色。三、四,孙莘老云:苞"橘柚"、驱"龙蛇",皆禹事。愚按:妙在只是写景,有意无意。"青(虚)壁",谓庙外崖壁,正在"白沙"之上。"嘘(生)"之、"走"之,造物之气势,即神禹之气势也。神理与结联叹颂禹功一片。(浦起龙《读杜心解》)

孙莘老谓此二句"点染禹事",说固有征,但少陵因禹庙所见,适与古合,遂运化入诗,乃其能事。若未栽橘柚,未绘龙蛇,决不因用禹事而虚构此景……学诗运用古事,当以此为法。(俞陛云《诗境浅说》)

(后四句)范曰:结二句点禹事,言功在万古,所以有此庙耳。王阮亭曰:写得神灵飒然,笔墨之妙。(高步瀛《唐宋诗举要》)

望秦川①

李 颀②

秦川朝望迥③,日出正东峰。远近山河净,逶迤城阙重④。秋声万户竹⑤,寒色五陵松⑥。有客归欤叹⑦,凄其霜露浓⑧。

[注释]

①秦川:今陕西秦岭以北地带,此处泛指以长安为中心的地区。②李颀(690?~754?):家居河南颍阳(今河南登封西)。唐代诗人。开元年间进士,曾任县尉,后隐居。与王维、高适等诗人来往密切,其诗题材广泛,风格豪放激越。有《李颀诗集》。③朝(zhāo):早晨。④逶迤(wēi yí):弯曲绵延。重:重叠。⑤秋声:秋风吹动竹林发出的声音。⑥寒色:

令人心生寒意的翠色。⑦归欤（yú）：回去吧。⑧凄其：凄凉。

[赏读]

清晨遥望秦川，只见太阳刚从东方的山峰后升起。远近山河一片明净，宫殿连绵重叠。秋风声声吹动万户竹林，寒意阵阵翠染五陵松树。客居长安的游子发出思乡回归的感叹：回去吧！这里霜寒露冷，实在是太凄凉了。

风呼啸、叶飘落，"悲哉秋之为气也"。悲苦、凄凉的秋色、秋声早已深入人心，加之诗人从长安失意而还，低落的情绪更加深了凄苦之情。与通常的悲秋心理不同，在这首诗中，有失望的感慨，但是诗中流露更多的却是高昂的情绪气势。

诗人失望而离长安，归途中回望百里秦川，广袤的大地上一轮红日跃上东山，普照的阳光让世界生机勃勃。明净的山河、重叠的宫殿，瑟索的秋天在朝霞中呈现明亮壮美的景色。在这高远壮美的朝晖中，秋声寒色的凄冷、松与竹的动静都染上了雄浑悲壮的色彩。

诗人笔下的秋天充满瑟索之气，其中蕴含官场失意的悲愁，更不乏开阔豪迈的襟怀。仕途不顺不如归去吧，家乡没有霜露寒冷的凄凉。这声"归欤"长叹是无可奈何，但又何尝不是去意决绝？

[集评]

委婉感慨，自不可遗。（徐用吾《唐诗分类绳尺》）

置秋声千竹上，便顿挫。（李攀龙《唐诗训解》）

三、四净雅，五、六亦壮，结复雅淡。（唐汝询《唐诗解》）

玉遮曰：五、六摹写极目处，最为雄丽。（王闿运《唐诗选》）

景中有情，格法固奇，笔意俱高甚。帝都名利之场，乃清晨闲望，将"山河""城阙""万户""五陵"呆看半日，无所事事。将自己不得意全不一字说出，只将光景淡淡写去，直至七、八，忽兴"归欤"之叹，又虚托霜露一笔，觉满纸皆成摇落，已说得尽情尽致。(屈复《唐诗成法》)

壮阔。(高步瀛《唐宋诗举要》)

同王征君洞庭有怀①

张 谓②

八月洞庭秋，潇湘水北流③。还家万里梦，为客五更愁④。不用开书帙⑤，偏宜上酒楼⑥。故人京洛满⑦，何日复同游。

[注释]

①王征君：诗人的朋友。②张谓（721？~780？）：字正言，河内（今河南沁阳）人。唐代诗人。天宝年间进士，曾任礼部侍郎，曾与李白友善。其诗格律严密，语言精深，多宴饮、送别之作。③潇湘水：潇水、湘水。④为客：宦游在外。⑤书帙（zhì）：书卷。帙，书套。⑥偏宜：适宜。⑦故人：友人。京洛：长安、洛阳一带。满：多。

[赏读]

八月的洞庭湖秋色正浓，潇水和湘水向北奔流汇入湖中。做梦都想回到万里之外的家乡，五更时从梦中惊醒心中更愁闷。不想翻开书卷读书，就去酒楼借酒浇愁吧。朋友故人都在长安、洛阳一带，何时才能再与他们一起游玩呢？

离家千万里，乡愁万千长，与朋友泛舟洞庭湖，望北雁南飞、江水北流，自己却无法北归，触景生情，思乡的情绪高涨。梦中回家乡，醒来愁更长，借酒浇乡愁，酒入愁肠只会愁上加愁，连绵不尽的乡愁就这么反复铺陈，深植人心。

独在异乡为异客，不管是天涯漂泊还是四海宦游，远离家乡、亲人的孤寂感油然而生。心系家乡，梦游故土，家乡有挂念的亲朋故友，有追忆的成长印记。与家乡深入骨髓的心灵之交深埋在心底，只要有一丝涟漪，乡思、乡愁便涌上心头，绵绵不绝，斩不断，理还乱。

[集评]

灵秀清壮，情景跃然。（郭濬《增定评注唐诗正声》）

无作意处。（李攀龙《唐诗广选》）

此北人南客，因感秋而思念其家乡也。观水之北流，便有思洛意。然身不可往，而梦还其家，梦醒则愁极。五更矣，此岂开峡之时乎？惟登酒楼以消忧也。于是，既念其家，复念其友，且叹归期之未可卜耳。（唐汝询《唐诗解》）

渡扬子江①

丁仙芝②

桂楫中流望③，空波两畔明④。林开扬子驿⑤，山出润州城⑥。海尽边阴静⑦，江寒朔吹生⑧。更闻枫叶下⑨，淅沥度秋声⑩。

[注释]

①扬子江：即长江，古代称今仪征、扬州一带的长江为扬子江，因扬子津和扬子县而得名。②丁仙芝（生卒年不详）：字元祯，润州曲阿（今

江苏丹阳)人。唐代诗人。开元年间进士,曾任余杭尉。喜饮酒交游,其诗多为游历山水之作。③桂楫:桂木制成的船桨,此处代指船。中流:半渡,水流中间。④空波:天空和水波。两畔:扬子江两岸。⑤扬子驿:驿站名,设在扬子津附近,在今江苏扬州邗江区。驿,古时传递文书的人休憩、换马的地方。⑥润州城:今江苏镇江,位于长江南岸,与江北的扬子驿相对。⑦海尽:扬子江尽头与东海连接处。边:海边。⑧朔:北风。⑨更:又。下:飘落。⑩浙沥:树叶、雨雪等坠落的声音。度:传来,送来。

[赏读]

船行江中极目四望,江中水波荡漾,两岸明净洁美。望江北林木茂盛,扬子驿隐约可见;看江南群山绵绵,润州城坐落其间。江水的尽头海天交接,幽暗宁静;北风吹来,江水滔滔,寒意袭人。枫叶纷纷飘落,送来淅淅沥沥的落叶秋声。

诗人横渡扬子江,兴致勃勃地观赏两岸风景。只见林木成荫、青山连绵、水天一色,沿岸的驿站、城池水行而现、舟过而隐,景致明朗洁净。渡江的诗人如行进在流动的美丽图画中,想来也是神清气爽。

只是,秋天的风倏忽而来,天边变得幽暗。朔风吹过阵阵秋意寒气,那扑簌簌飘落的枫叶送来的是深秋的瑟索之气。风声、落叶声营造的秋景秋色凄凉悲苦,诗人的情绪想必也由兴奋陡转悲愁,变得低落。

横渡扬子江,景色多变,动静、明暗对比强烈,观景之情随之起伏跌宕,变化莫测的大自然与阴晴苦乐的内心世界总是那么相联相系、共生共息。

[集评]

写景如在目前。"林开"二语,可作金山寺门榜一对。(刘辰翁《王

孟诗评》)

首句一"望"字,统下三字,结"更闻"二字引上"边阴""朔吹"是此诗针线。作者非有意必然,而气脉相比自有如此者。虽然,故八句无一语入情,乃莫非情者,更不可作景语会。(王夫之《唐诗评选》)

江流入海而尽,海上之气,即为"边阴",宇内既宁,故边阴亦静也。(王尧衢《唐诗合解笺注》)

幽州夜饮[①]

张 说

凉风吹夜雨,萧瑟动寒林[②]。正有高堂宴[③],能忘迟暮心[④]。军中宜剑舞[⑤],塞上重笳音[⑥]。不作边城将[⑦],谁知恩遇深[⑧]。

[注释]

①幽州:古代燕国都城,在今北京大兴区。②萧瑟:风吹树林发出的声音。寒林:寒气逼人的树林。③高堂:高大的厅堂。④迟暮:晚年,年老。⑤剑舞:以舞剑为乐。⑥塞上:当时幽州一带属边防要地。⑦边城将:诗人当时为右羽林将军检校幽州都督。⑧恩遇:皇帝知遇之恩。

[赏读]

阵阵凉风吹落淅沥夜雨,萧瑟秋声给树林抹上了浓浓寒意。而此时高堂上正在设宴欢饮,欢乐的气氛让人忘掉迟暮之心。军中将士应当舞剑取乐,边塞上也应响起激扬的笳声。如果不做边城的将军,怎能体会皇帝赏赐的知遇之恩是如此深厚呢?

凄风苦雨的秋夜，落叶萧萧，寒气袭人。而边塞高堂内却是宴饮欢歌、纵情取乐。是醉生梦死还是苦中作乐？

这首诗写于诗人幽州任内。经历了仕途坎坷后，重新被委以重任，诗人的万般感慨通过高堂内外完全不同的冷热氛围鲜明自然地流露出来。军中将士就该舞剑取乐，边塞笳音原本就是高亢激昂，而如果不是身为守边将士又怎能体会皇帝如此的知遇之恩呢？

所以，雨夜痛饮并非将士们醉生梦死荒废边防，而是以苦为乐、戍边为国的豪迈之举。塞上风雨湿冷，将士热血沸腾，而他们的壮烈情怀只有身临其境才能感同身受。

[集评]

边塞之地，迟暮之年，风雨之夜，如此苦境，强说恩遇，其心伪也。（顾安《唐律消夏录》）

结处倒说恩遇，妙甚，远臣不可不知。（李攀龙《唐诗直解》）

此有不乐居边意。言因夜雨而命酒高堂，足自适也，然不能忘迟暮之心。（唐汝询《唐诗解》）

一气顺净。（王夫之《唐诗评选》）

此种结，后惟老杜有之。远臣宜作是想。（沈德潜《唐诗别裁集》）

言军中宜于剑舞，非剑则不相宜。塞上重于笳音，非塞则笳亦不重耳。

此以感恩作反结。言舞剑闻笳，边城将才有此境。我如不作边城将，当此苦况，谁知昔日在朝恩遇之深？总因心中不乐幽州，故以昔时恩遇反形出边城之苦也。（王尧衢《唐诗合解笺注》）

托意深婉。（姚鼐《五七言今体诗钞》）

结法后唯老杜有之，边将宜作是想。（胡本渊《唐诗近体》）

乐处已忘其老，而不忘其君，此正小雅。（叶蓁《唐诗意》）